U0128451

内蒙古文学重点作品创作扶持工程

让世界看见

牛海坤 著

远方出版社

图书在版编目（CIP）数据

让世界看见 / 牛海坤著. -- 呼和浩特：远方出版社，
2020.12

ISBN 978-7-5555-1607-1

Ⅰ．①让… Ⅱ．①牛… Ⅲ．①报告文学 – 中国 – 当代

Ⅳ．① I25

中国版本图书馆 CIP 数据核字（2021）第 013652 号

让世界看见
RANG SHIJIE KANJIAN

著　　者	牛海坤
责任编辑	云高娃　王　福　韩　芳
责任校对	云高娃　蔺　洁
封面设计	李鸣真
封面题字	李　力
出版发行	远方出版社
社　　址	呼和浩特市乌兰察布东路 666 号　邮编 010010
电　　话	（0471）2236473 总编室　2236460 发行部
经　　销	新华书店
印　　刷	内蒙古爱信达教育印务有限责任公司
开　　本	170mm×240mm　1/16
字　　数	220 千
印　　张	21.5
版　　次	2020 年 12 月第 1 版
印　　次	2021 年 12 月第 1 次印刷
标准书号	ISBN 978-7-5555-1607-1
定　　价	75.00 元

如发现印装质量问题，请与出版社联系调换

小康不小康，关键看老乡。

———题记

序　言

　　内蒙古位于祖国北疆，广袤无垠的草原、葳蕤茂密的森林、浩瀚辽远的大漠、纵横千里的阴山组成内蒙古多姿多彩的地理风貌。千百年来，各族人民在此繁衍、生息，丰富着绵历之久、镕凝之广的中华文化。文学传承，生生不息。源远流长的内蒙古文学，在牧野上传唱，在群山中回响，点亮了祖国北疆一盏盏温暖的生命明灯。

　　进入新时代，在习近平新时代中国特色社会主义思想的指引下，内蒙古文学工作者坚持深入生活，扎根人民，把澎湃的现实生活、昂扬的时代精神、丰盛的经验和情感提炼造型。人、生活、岁月在他们笔下是砥砺行进的历史，是绵厚的家国之爱，是浓烈的人间烟火。一批批贴近时代、贴近人民、贴近大地的现实题材作品带着生活之感、时代之悟和人民之思传向全国。

　　为进一步加强文学的组织化程度，推出更多高品位的优秀作品，培养更多高素质的文学人才，内蒙古自治区党委宣传部牵头，内蒙古文联、内蒙古作协组织推进"内蒙古文学重点作品创作扶持工程"，汇集内蒙古众多优秀作家作品，努力推动内蒙古文学事业繁荣发展。该工程坚持以精品奉献人民，在宽广的世界视野中描绘中华民族精神图谱，有 121 部作品入选，已出版作品 53 部（57 册），部分作品荣获鲁迅文学奖、全国少数民族文学创作骏马奖、全国精神文明建设"五个一工程"奖、内蒙古自治区文学创作"索龙嘎"奖、内蒙古自治区精神文明建设"五个一工程"奖等，为满足人民文化需求、增强人民精神力量做出积极贡献。

伴随习近平总书记代表党和人民的庄严宣告，中国人民踏上了实现第二个百年奋斗目标的新征程。内蒙古大地焕发出前所未有的活力，人民创造历史的伟大实践为文学提供了丰沛的源泉和广阔的天地。讲好内蒙古故事，发出富有影响力和感染力的声音，创作出不负时代、不负人民的优秀作品，这是一个作家的光荣与梦想，也是推动内蒙古文艺蓬勃发展，汇聚建设亮丽内蒙古的精神力量。

"内蒙古文学重点作品创作扶持工程"入选作品，以无数真切的、鲜活的声音，书写着属于这个时代的、有质地的、有温度的内蒙古故事。这些作品从内蒙古脱贫攻坚的现实课题中来，从当代内蒙古的发展进步和人们的精彩生活中来，以体现精神高度、文化内涵和艺术价值相统一的书写，为无数创造历史的人们立传。

　　百年恰是风华正茂，百年初心历久弥坚。值此中国共产党成立100周年之际，衷心希望内蒙古文学工作者以深邃的历史眼光和宏阔的现实视野，倾听内蒙古从历史走向现在、走向未来的脚步声，创作一批见历史之大势、发时代之先声的优秀作品，展现新时代中国共产党和中国人民再创中华文化新辉煌、书写中华民族新史诗的文化自信和历史雄心；希望内蒙古文学工作者更加珍爱文学、诚实写作，记录内蒙古人民在建设美好内蒙古的奋斗姿态，把新的灵魂、新的梦想注入文学，努力为铿锵内蒙古书写新时代的史诗。

　　薪火传承，旗帜高扬。在习近平新时代中国特色社会主义思想的指引下，期待内蒙古文学工作者担当使命，以浩瀚的文学弘扬蒙古马精神，展示内蒙古文学弦歌不辍、日新又新的文化活力；期待更多的读者在文学世界中感受辽阔大地上的人文情怀，感受内蒙古文学的独特魅力；期待内蒙古文学在中华文学版图上绽放出绚烂的光辉。

内蒙古文联党组书记、主席　冀晓青

目录

第一章 使命在肩

2017年盛夏，通往代钦塔拉的路上，车子滑过处，有轻尘扬起，随风如细浪一样没入路旁的草地里。道道灼热的光晕在草地上空升腾，如烟，如雾，仿若幻影，层层荡开，氤氲成一片光怪陆离的涟漪，连草、连树、连山河大地……

梦幻瞬间扑来。

一只只蝴蝶，从天边、从草原深处、从马群飘动的鬃毛间、从群峦之巅、从云上翩然而来，灵动、绰约，斑斓人间，映印苍苍山水。它们飞过山岗，山岗长起了林木；它们飞过大地，青草覆盖荒原；它们飞过大河，清波碧浪，婉转萦回……

白晶莹，这位科尔沁的女儿，在她的梦里，蝴蝶一直在飞。

电话的振动声，将白晶莹从蝴蝶翻飞的梦境里唤回。

"喂，喂，白主席好！我是白云海，我刚下飞机，在乌兰浩特机场，有好消息告诉您啊，我给总书记汇报了咱旗的蒙古族刺绣……"电话那边声音急促而兴奋。

"什么？白书记，您给总书记汇报了蒙古族刺绣？真的啊？什么，真的吗？"一向谈吐流利的她突然语无伦次起来。

"真的，是真的。我参加了全国深度贫困地区脱贫攻坚座谈会，会上给总书记汇报了咱旗的马产业、水稻、木耳、高钙果欧李等11个精准扶贫项目，蒙古族刺绣引起了总书记的特别关注……"

车停了，白晶莹下了车，她又问了一遍："白书记，蒙古族刺绣汇报了，总书记很关注？"

"是，是。总书记听得非常认真，问得也很仔细，我都一一做了汇报，总书记期盼着蒙古族刺绣带领咱们的农牧民脱贫奔小康呢……"

这个好消息来得太突然了，白晶莹感觉有些猝不及防，阵阵暖流奔涌着向她袭来，她的眼睛湿润了。

给白晶莹打电话的是内蒙古自治区兴安盟科尔沁右翼中旗（以下简称科右中旗）旗委书记白云海，他一参加完全国深度贫困地区脱贫攻坚座谈会，立刻从山西省太原市返回兴安盟，飞机一落地，他马上拨通了白晶莹的电话。

2017年6月23日，习近平总书记在山西省太原市主持召开了全国深度贫困地区脱贫攻坚座谈会，听取全国脱贫攻坚的进展情况汇报，集中研究破解深度贫困之策。总书记强调，脱贫攻坚工作进入目前阶段，要重点研究解决深度贫困问题，各级党委务必深刻认识深度贫困地区如期完成脱贫攻坚任务的艰巨性、重要性、紧迫性，以解决突出制约问题为重点，强化支撑体系，加大政策倾斜，聚焦精准发力，攻克坚中之坚，确保深度贫困地区和贫困群众同全国人民一道进入全面小康社会。

座谈会上，白云海以及来自全国深度贫困地区的市（州）和县（旗）的11位党委书记代表先后进行了汇报发言。白云海书记做了题为《立下愚公志，造福农牧民》的典型发言，向总书记汇报了科右中旗旗情、贫困原因和脱贫攻坚的主要做法。每位代表只有5分钟的汇报时间，但白云海书记的汇报时间超出了会议的规定。

总书记对科右中旗11个精准扶贫项目中的蒙古族刺绣产生了浓厚的兴趣，他听得非常认真，还几次提出问题，询问蒙古族刺绣的相关情况。白云海书记一一作答，并简要地介绍了蒙古族刺绣的形成、发展以及对蒙古族刺绣未来发展的设计与构想。总书记非常高兴，对蒙古族刺绣这个既传统又时尚，有着无限创新潜力和市场前景，能够走入千家万户，带领贫困群众精准脱贫的新型产业项目特别关注，希望蒙古族刺绣能够带领科右中旗的广大农牧民早日富裕起来。

带着总书记的殷殷嘱托，白云海回到了科右中旗。

这一路，白云海的心情一直无法平静。他构想着蒙古族刺绣未来的发展路径，决定要用最短的时间聚焦精准发力，攻克坚中之坚，要让蒙古族刺绣早日带领农牧民妇女摆脱贫困，奔向小康。眼下，这个项目才启动半年，还处于培训的初级阶段，要迅速扩大培训范围，打造优秀的技工团队，同时开拓市场，树立蒙古族刺绣品牌，激发农牧民通过刺绣脱贫的渴望和热情，把蒙古族刺绣打造成具有内生动力和市场活力的长效机制项目，使其成为兼具传统与时尚特点的现代新型脱贫产业。

"白主席，您现在就在旗里找个地方，咱们得建一个扶贫刺绣车间，扩大培训范围。蒙古族刺绣要形成产业，首先要有基地……"白云海滔滔不绝地对白晶莹谈论着想法，他恨不得把心中构想的一切马上变成现实。

从电话那边传过来的声音，让白晶莹深切地感受到白云海书记的那份迫切心情。扶贫车间，这个以带动脱贫攻坚为宗旨，实现稳就业、灵活务工的新举措，是富有创造力的，它不仅为现代工业生产注入了新鲜的理念，也为社会主义新农村牧区的发展建设及农牧民增收拓展了空间和渠道。白晶莹听着白云海书记的讲述，她的内心感到了一种从未有过的开阔与明丽。她的眼前甚至浮现出农牧民脱贫后那一张张饱满而生动的脸。家乡的父老，他们每个人的脸上都洋溢着幸福和甜蜜，像罕山下的花儿一样，幸福盛开。

往日重现。一份温暖的记忆，一份沉甸甸的感动，将白晶莹的思绪拉回到2014年。

兴安盟是年年冬天下雪，而且是下大雪。

这一年的隆冬，阿尔山飞雪连天，冰封万里，天地间一派清朗，山水间一派清气。

　　总书记冒着零下30多摄氏度的严寒，来到阿尔山市。他深入林场、牧场、企业、牧户、社区调研考察，给各族干部群众带来了党中央的关怀。这里是林区，正处于艰难的产业转型期。总书记十分关注当地林区改革发展和棚户区改造，他来到伊尔施镇困难林业职工郭永财家中，看到郭永财老人住房还比较困难，叮嘱当地干部要加快棚户区改造，排出时间表，让群众早日住上新房，做好慰问困难群众的工作，大年是中国的传统节日，要让每个家庭都过好这个年。

　　总书记冒着严寒走村串户，查地窖、摸火墙、看年货、坐炕头，详细询问查看贫困群众的生活情况。

　　总书记与大家一直谈论的是他最牵挂的事，他的话语是冬天里的阳光，直射到郭永才和大家的心里，暖暖辉映。

　　总书记强调，只要还有一家一户乃至一个人没有解决基本生活问题，我们就不能安之若素；只要群众对幸福生活的憧憬还没有变成现实，我们就要毫不懈怠团结带领群众一起奋斗。

　　这些年，白晶莹一直怀揣着这个重要的使命努力工作。这半年多，她更是投入了全部热情克服困难，努力用蒙古族刺绣带领农牧民增收。半年多的探索与实践告诉她，白云海书记在电话里所展望的那一切没有他想得那么容易实现，但白晶莹还是充满了信心。就如她在决心搞义务培训之初，对白云海书记说过的那句话："碰到一个困难，我们就想办法去克服一个困难；遇到一个问题，我们就去努力解决一个问题。"她相信有国家政策的扶持，有总书记的关怀，有广大党员干部和人民群众的支持，就没有创造不了的奇迹。白晶莹的内心升腾着一份豪情，壮美的科尔沁，生生不息才是它的本色，她要让正在被唤醒的民族技艺光华重现，她要带领农牧民尽快富裕起来。

时间过去了三年，总书记对内蒙古的关怀再次传来。白晶莹没有想到，地处祖国北疆的一个少数民族旗县的发展，竟一直深深牵动着总书记的心。这让她感动、兴奋，推动蒙古族刺绣向产业化发展，更好地助力农牧民妇女脱贫的决心更加坚定了。

很快，总书记关注深度贫困地区脱贫的消息通过各类媒体迅速传遍祖国大地。科右中旗的农牧民欢欣无比，他们奔走相告，他们说着总书记对边疆少数民族贫困地区的关怀，说着祖国的变化，说着他们理解得并没有那么准确透彻的国家扶贫政策，憧憬着幸福的生活。

位于大兴安岭南麓，科尔沁沙地北端，嫩江流域的科右中旗，是民族地区、边疆地区、生态脆弱地区，也是经济最不发达地区之一，集中连片特困地区。全旗面积为15613平方千米，总人口255494人，有汉、蒙古、满、回、朝鲜、鄂温克、鄂伦春、达斡尔等多个民族。

作为科尔沁文化发祥地的科右中旗，有着悠久的历史。在一代天骄成吉思汗统一蒙古各部落和南讨西征的战争中，始终有一支精锐的怯薛（侍卫）护卫着他的安全。这支扩编带弓箭的侍卫军被称为"科尔沁"，由成吉思汗的二弟哈萨尔统领。哈萨尔力勇善射，以"神箭"著称。相传他"矢无虚发，应弦而倒"，有"大曳弓，九百步，小曳弓，五百步"之说，被誉为哈布图·哈萨尔，意为神箭手哈萨尔。1206年，成吉思汗统一蒙古各部后，实行分封，将额尔古纳河、海拉尔河和呼伦湖一带作为哈萨尔的分封领地。此后，哈萨尔的后裔就长期在这一带驻牧，"科尔沁"由军事机构的名称逐渐演变成哈萨尔后裔所属的部落名称，成为著名的科尔沁部。

1624年，科尔沁部首领与努尔哈赤于伊克唐噶哩坡刑白马乌牛，正式结盟。从此，科尔沁部与后金政权保持着良好的盟友关系。1636年，皇太极继位后，嫩科尔沁与清廷的关系愈发紧密。科尔沁部按满洲旗制编为10旗，为清朝的统一立下了汗马功劳。清王朝为彪炳科尔沁部的赫赫战功，定下"南不封王，北不断亲"的国策。清廷对蒙古各部实行盟旗制，其旗名更为图什业图，是谓"靠山"之意。

这里也是具有光荣传统的革命圣地，是内蒙古最早确定的革命老区旗县之一。1947年5月1日，内蒙古人民代表会议（又称"五一大会"）在这里召开，会议通过了《内蒙古自治政府施政纲领》《内蒙古自治政府暂行组织大纲》，宣告了内蒙古自治政府的诞生。它的成立不仅开创了内蒙古历史的新纪元，也为全国各少数民族地区实行民族区域自治提供了典范。

广袤的科右中旗，历史上，也是芳草天涯，沃野辽阔，曾有"平地松林百里"之称。然而，从19世纪中后期开始，由于辽河上游地区滥垦滥伐以及大量移民等诸多因素，导致素有"河川众多，水草丰茂""地沃宜耕植，水草便畜牧"的人间福地遭到毁灭性破坏。20世纪初，著名的嘎达梅林起义爆发，抗垦的起义军几经转战，还是未能阻止辽河下游水源枯竭，生态失去平衡，科右中旗逐渐沦为茫茫沙地。

中华人民共和国成立后，中国共产党为摆脱贫困展开了不懈的努力，科右中旗的贫困局面开始好转，由于种种原因，这里多次错失发展机遇，贫困状况一直未能从根本上发生改变。

由于所处地理位置的特殊，科右中旗的行政隶属关系跨省、跨盟，先后发生了7次变更（1953年直辖于内蒙古自治区东部区行政公署，1954年改属呼伦贝尔盟，1960年与突泉县合并又于1962年分治，1965年改属哲里木盟，1969年改属吉林省，1979年复归内蒙古自治区，1980年划归兴安盟），这使原有的地区性项目和计划受到制约，甚至有些在建项目停建，严重影响了电力、交通、水利等基础设施建设，也严重制约了科右中旗的经济发展，使它丧失了很多发展经济的机会。

2002年、2006年、2011年，该旗先后3次进行了机构改革，撤并了部分苏木镇和嘎查，苏木镇由20个撤并为12个，嘎查由246个撤并为173

个，由此造成苏木镇及嘎查管辖范围扩大，出行距离变远，行政管理成本增加。特别是嘎查撤并后管辖自然屯数明显增多，多数嘎查辖2—4个自然屯，个别嘎查辖5—6个自然屯，最多的辖9个自然屯。由于国家公路、电力等基础设施建设项目都是以苏木镇、嘎查为单位投资建设，导致苏木镇、嘎查撤并后国家项目资金投入相应减少。同时，这些项目一般都只建设到中心屯，其他自然屯因与中心屯距离远而不能受益，普遍存在基础设施建设"最后几十公里问题"。

在几十年的变迁中，当地群众的生产方式由游牧变为半农半牧，再变为农业，使自然生态环境遭受严重破坏。同时，由于农耕历史短，大部分群众农业生产经营方式还处于粗放阶段，适应现代农业生产经营方式还需要一定的时间。"先天不足"的农业，使科右中旗在经济社会发展过程中逐渐落后。

生态失衡后，这里的生态环境愈发脆弱，自然灾害类型多、频率高、强度大、范围广，风沙、洪涝、干旱、霜冻、冰雹、虫灾等自然灾害频繁发生，尤以旱灾为重，几乎是"十年九旱，年年春旱"。特别是进入21世纪以来，自然灾害明显加剧，以干旱为主的自然灾害已成为农牧业生产发展的"瓶颈"。同时，农牧业基础设施建设滞后，全旗有效灌溉农田面积不到全部耕地面积的三成，相当一部分草场是无水草原，产草量、载畜能力明显下降，科学养畜、建设养畜水平低，致使农牧民群众因灾致贫返贫，有一部分低收入农牧民群众处在"丰年温饱，灾年据 2009 年第四次全区荒漠化和沙化土地监测结果显示，科右中旗 2342 万亩土地中，沙地面积超过 1000 万亩，荒漠化土地面积 377 万亩（风蚀土地面积 274 万亩，盐渍化土地面积 103 万亩）、沙化土地面积 608 万亩、有明显沙化趋势的土地面积 265 万亩，分别占全旗土地总面积的 16.1%、26.0%、11.3%，并且局部地区自然条件趋于恶化，已不适宜居住和生存发展。生态致贫是"南三苏木"的最大贫困，生态扶贫是科右中旗最亟须的扶贫。

返贫""几年脱贫，一年致贫"的状态。

致贫的原因还有部分贫困人口受教育程度所限，文化素质偏低，直接导致这部分人缺乏增收技能，自我发展能力不足，生产手段落后，劳动生产率低下，收入偏低。在科右中旗农村牧区人口中，大多数人在接受信息、学习技术、沟通交流、了解市场、就业创业等方面受到制约。同时，由于传统、高盐、单一的饮食习惯和超标的饮用水导致疾病多发，因病致贫占55%以上，个别农牧户又因娶亲等特殊原因致贫。

在上述现实背景下，科右中旗经济发展不足，非农经济发展滞后，农牧民群众增收渠道单一，种养业仍是农牧民的主要收入来源，占农牧民总收入的80%以上，加之农牧业生产经营方式粗放，还没有摆脱靠天吃饭的局面，农牧民组织化程度低，不能有效应对市场变化，导致农牧民群众经不起天灾人祸，受不得市场供需波动，很难抵御市场和自然双重风险，缺乏稳定脱贫的产业支撑。同时，三次产业结构不合理，产业结构演进速度缓慢，工业发展水平低，不能有效地驱动农牧业及第三产业的发展。第三产业不活，无法对第一和第二产业的发展形成拉动，导致农牧业产业化程度低，农畜产品就地加工转化增值率不足，大多以出卖原料或初级产品为主。

近年来，随着惠农惠牧政策的逐渐增多以及社会保障政策的不断完善、扶贫工作力度的加大，使个别贫困群众的依赖性、懒惰性增强，"等、靠、要"思想更加严重，缺乏"我要脱贫"的意识，自我脱贫、自我发展愿望不强烈，成为"被脱贫"的群体。

地处边疆，生态脆弱，受教育程度低，思想陈旧落后，经济欠发达等诸多因素叠加在一起，一种种现实，一份份无奈，一次次意想不到，使这里与时代的发展失之交臂，这块梦幻般的大地陷入贫困逼仄的怪圈。1988年，科右中旗被列为国家级贫困旗，2011年，被列入大兴安岭南麓集中连片特困地区。

2013年，内蒙古对全区66个国贫旗县、区贫旗县、边境旗县调查，其中，科右中旗的调查如下：农区人均纯收入低于自治区农区人均纯收入的贫困人口有3.8万，人均纯收入低于自治区特困人口收入的特困人口有3.3万，牧区人均纯收入低于自治区牧区人均纯收入的贫困人口有4.2万，共有贫困人口11.3万，是66个贫困旗县中贫困程度最深的国家级贫困旗县。科右中旗成了内蒙古最早确定的深度贫困地区。

历经史诗般的岁月，也历经了百折千回的沧桑，贫困成了这片土地的又一个名字。

党的十八大以来，在以习近平同志为核心的党中央的坚强领导下，自治区党委、政府把脱贫攻坚作为头号民生工程，取得显著成效。内蒙古的贫困人口由2013年的197.8万人下降到2015年的113.5万人，全区84.3万各族群众摆脱了贫困，科右中旗的贫困人口也由原来的11.3万减少到6.73万，全旗一半以上的贫困人口温饱问题得到基本解决。

　　消除贫困、改善民生、实现共同富裕，是中国特色社会主义的本质要求，更是历史和中国人民赋予中国共产党的光荣使命。中华人民共和国成立以来，在中国共产党坚持不懈的努力下，使6亿多人口脱贫。党的十八大以来，又减贫2亿。中国取得的成就举世瞩目，成为全球首个实现联合国千年发展目标贫困人口减半的国家。

　　然而，至2012年，中国还有9899万的农村贫困人口，这个数字比世界人口排名第十二位的国家的人口总数还要多。而且，中国剩余的贫困人口多散落在革命老区、贫困山区、少数民族聚居区、集中连片特困地区、地质灾害地区、生态脆弱地区。这些地区自然条件恶劣，人员居住分散，老弱病残居多，用以往的扶贫开发措施很难解决。要帮助最后的9899万人口脱贫，脱贫的成本之高、难度之大、见效之慢，都超过以往，再向前一步异常艰难。

　　时任国务院扶贫办党组书记、主任刘永富在接受中国经济网独家采访时表示："以前出台一项政策，一批人都能够脱贫致富，现在剩下的9899万贫困人口都是'硬骨头'，减贫难度越来越大。"

　　科右中旗的情况亦是如此。在党和国家的帮助扶持下，尽管贫困问题已得到基本解决，但是，到2015年，全旗仍有贫困人口6.73万，这部分贫困人口中，蒙古族贫困人口占97%，他们散落在生态脆弱地区和集中连片特困地区，他们的贫困问题同样是"硬骨头"，难度很大。

　　中国是最大的发展中国家，全部贫困人口的如期脱贫不仅关系着中国的民生福祉，也关系整个世界减贫的成败。中国到2020年实现全部贫困人口如期脱贫，将比联合国提出的世界减贫时间整整提前10年。这是有责任担当的大国为整个世界的减贫事业做出的最大贡献。

历史每次大跨步前进，往往始于某一个重大的节点或某一次重要的契机。

2012年，中华民族就迎来了这样一个关键节点和契机。这一年的11月15日，在十八届中共中央政治局常委同中外记者见面会上，习近平总书记强调，我们要团结带领全党全国各族人民，继续为实现中华民族伟大复兴而努力奋斗。人民对美好生活的向往，就是我们的奋斗目标。

习近平总书记开始了对全国14个集中连片特困地区考察调研，深入24个贫困村。中国解决剩余贫困人口的真正转机就此出现。

2013年11月，习近平总书记到湖南湘西十八洞考察时做出了"实事求是，因地制宜，分类指导，精准扶贫"的重要指示。之后，中办详细规制了精准扶贫工作模式的顶层设计，推动了精准扶贫思想的落地。

2014年3月，习近平总书记在参加"两会"代表团审议时强调，要实施精准扶贫，瞄准精准对象，进行重点施策，进一步阐释了精准扶贫的理念。

2015年1月，习近平总书记首个调研地点选择了云南，强调坚决打好扶贫开发攻坚战，加快民族地区经济社会发展。

5个月后，总书记来到与云南毗邻的贵州省，强调要科学谋划好"十三五"时期的扶贫工作，确保贫困人口到2020年如期脱贫，并再次指出，扶贫攻坚"贵在精准，重在精准，成败之举在于精准"。

精准扶贫的提出，给扶贫工作理清了思路，明确了方向。但是，距离2020还有不到6年的时间，中国要消除7000多万贫困人口，也意味着每年要减贫1200万，每个月要减贫100万。而在此前的30多年里，年均只能减少贫困人口600多万。

到2020年，中国要实现全部贫困人口如期脱贫，全面建成小康社会，这是中华民族期盼千年的伟大梦想。当然，这更是中国共产党主动迎接的一场旷古大考验，是中国共产党对人民的庄严承诺。

这样的任务，只有中国共产党才会提出。这样的标准，也只有中国共产党才敢于制定。

全面建成小康社会"一个都不能少"，共同富裕的路上"一个也不能掉队"，对贫困群体精准帮扶到"不落下一个"，党中央带领14亿中国人民，举全党全国之力，打响了一场人类历史上前所未有、彻底摆脱绝对贫困的攻坚战。

习近平总书记从农村大队党支部书记到党的总书记，他始终牵挂着贫困群众，一直把扶贫使命扛在肩上。他说："40多年来，我先后在中国县、市、省、中央工作，扶贫始终是我工作的一个重要内容，我花的精力最多。"

1988年6月，他到宁德任地委书记。摆脱贫困，是他当年工作的着力点。在宁德，他响亮地提出了"弱鸟先飞"的理念，"弱鸟可望先飞，至贫可能先富，但能否实现'先飞''先富'，首先要看我们头脑里有无这种意识。"

习近平总书记一再强调"贫穷不是社会主义"，在脱贫攻坚中始终坚持人民至上、以人民为中心，强调"消除贫困、改善民生、逐步实现共同富裕，是社会主义的本质要求，是我们党的重要使命"。

"善为国者，遇民如父母之爱子，兄之爱弟，闻其饥寒为之哀，见其劳苦为之悲。"习近平总书记在2015减贫与发展高层论坛发表主旨演讲时引用了这句话，这是他多年倾心投入扶贫工作的心声写照。

念念不忘，必有回响。精准扶贫的种子，飞越千山万水，在祖国大地生根发芽，开花结果。走遍全国，到处都在发生着精准扶贫的精彩故事。地处中国北疆的科右中旗，在中华民族伟大复兴的实践中，为告别贫穷，实现人民对幸福生活的美好期许，火热地投入这场史无前例的战役之中。

2016年，白云海出任科右中旗旗委书记。上任前，他对这个旗深度贫困的情况有一定的了解。到任后才知道，他之前所了解的这里的贫困与现实中的贫困相比，还差得很多。

在白云海的印象中，科右中旗是一个以牧业为主，再加部分农业作为补充，地下资源匮乏，税收少、财政弱，缺少现代产业带动引领的贫困旗县。可当他上任后走遍全旗才知道，时间已进入21世纪，这里却还是靠天吃饭，粗放式经营农业和牧业。受科尔沁沙地扩张的影响，稍有干旱、风灾、雪灾，要么地里颗粒无收，要么牛马羊断了草料。而且，长久以来，在当地群众中还形成一种观念，栽树种草意义不大，远水解不了近渴，地薄多种，得一斤算一斤，进而形成风沙越大越开荒，越垦越穷、越穷越垦的恶性循环。再加上降水、土壤结构、植被覆盖率、水资源匮乏等原因，直接引发科尔沁沙地的全面沙化。尽管干部群众一直在努力改变这一切，但成效并不显著。

科右中旗除了环境气候恶劣、底子薄、抗风险能力弱、基础设施建设缺失、交通闭塞等诸多不利因素，还有什么制约着这里的发展呢？旗委、旗政府深入探究反复调研，得出了一个结论，这些年科右中旗难以走出深度贫困，部分原因是受以往扶贫观念的束缚，思想没有发生根本转变。望着沙尘飞扬、干旱焦渴的大地，白云海的心情异常沉重，他想快速改变这里的贫穷落后，让农牧民脱贫富裕起来。

时间正在一分一秒地接近脱贫攻坚完成的节点，2018年、2020年是两个重要的节点，白云海不断问自己，科右中旗能够确保到2018年通过高质量验收，摘掉30年深度贫困区的帽子，到2020年实现全部贫困人口脱贫吗？面对巨大的困难，科右中旗必须亮剑，从根本上改变这里脆弱的生态环境，依靠国家的优惠政策，调动广大干部和人民群众的积极性，提高群众自主脱贫意识，改变贫困思想，精准扶贫，以实际为起点，把工作落在实处，在实践中学习总结，用实际行动攻坚克难。

精准扶贫，最重要的就是实事求是。

国家已进入新时期，全面实现小康的发展目标，"一个都不能掉队"的要求，已成为国家的重大政治安排。精准扶贫，全面脱困，不只是一项国策，更是举国上下的行动，是在国家统一指导下，思想上、行动上的生动实践。

要做到精准扶贫，首先就要把贫困人口精准地识别出来。

科右中旗旗委、旗政府迅速组织广大干部投入扶贫攻坚战役中，分析以往扶贫工作中的得与失，深入学习精准扶贫、精准脱贫的基本方略，对贫困户精准核实，摸清底数，查明情况，针对性地解决问题。一场精准核实贫困户的行动开始了，领导干部走进苏木乡镇、走进嘎查村屯、走进农牧民的家庭。

经过入户调查、民主评议、乡镇审核、县级数据对比，新的贫困人数出来了。一份份统计资料，清晰地显示了贫困户是谁，分布在哪儿，详细记录了所有建档立卡贫困户的致贫原因。这些信息资料全部被录入系统，电脑一开，鼠标一点，一目了然。至此，科右中旗和中国其他正在摆脱贫困的地区一样，在扶贫开发历史上第一次实现了真正意义上的精准到户、精准到人，建档立卡并录入信息，实现了有进有出的动态管理。这在扶贫史上尚属首次。

贫困人口和人数公示了，贫困农牧民建档立卡了，广大干部却不敢相信自己的眼睛了，怎么突然间增加了这么多的贫困人口？

在科右中旗政府统计数据中，保留着这样一组数字：2013年，全旗贫困人口11.3万，到2015年底贫困人口6.73万，而通过新的精准核实，也就是几个月后的2016年，建档立卡的贫困户定格在9.2万。尽管每年脱贫和返贫数据有变化，但新统计出的贫困人口数据摆在人们眼前，还是让广大干部非常震惊，用分管扶贫工作的副旗长王海英的话说："这么多年，你说深度贫困吧，一平均还不在深度贫困线上。我们认为走出了深度贫困，但那是平均出来的数字，其实我们还在深度贫困线上徘徊……"

精准扶贫的提出，给下一步工作理清了思路，明确了方向。但精准的数字也大大提升了科右中旗脱贫的难度，过去是平均脱贫，现在的贫困人口是精准识别出来的，又该如何去帮助一个个贫困户脱贫呢？

脱贫攻坚，全国一盘棋；全面小康，决胜在合力。

习近平总书记强调指出，脱贫攻坚本来就是一场硬仗，而深度贫困地区脱贫攻坚是这场硬仗中的硬仗，必须要采取更加集中的支持、更加有效的举措、更加有力的工作，扎实推进深度贫困地区脱贫攻坚。

攻克深度贫困地区堡垒的攻坚战全面打响，人、财、物也迅速向深度贫困地区聚集。

内蒙古38位省级领导"一对一"联系38个贫困旗县，带动409名盟市级领导、1852名县处级领导分别联系贫困苏木乡镇和贫困嘎查村。攻坚期内，贫困旗县党政正职不脱贫不调整，驻村工作队不脱贫不撤离，帮扶责任人不脱贫不脱钩，层层传导压力，逐级压实责任，构建起了横向到边，纵向到底的责任体系。

在2834个贫困村，每个村选派一支驻村工作队，全区共选派驻村工作队3463个，驻村干部1.1万名。15.2万名党员干部联系帮扶35.7万贫困户，每个党员干部包联3至5户贫困户，实现了帮扶工作全覆盖。

为确保精准扶贫工作落到实处、扶贫监督问责体系逐渐成形，内蒙古自治区党委、政府制定了《内蒙古自治区脱贫攻坚督查巡查办法》，开展联合督查、专项督查、随机抽查、明察暗访等办法，实现对12个盟市、66个贫困旗县督查检查全覆盖。

作为国家扶贫开发重点旗，定点帮扶的单位有中央宣传部，自治区28个厅局延伸帮扶30个贫困嘎查，26个盟直部门协助帮扶，鄂尔多斯市准格尔旗对口援助、北京市通州区结对帮扶、湖南省长沙县对口支援等，自治区政府为各单位划定了帮扶的责任范围，要求在规定的时间通过国家的检查验收，完成责任项目。

中西部22个省份党政主要负责同志向中央签署脱贫攻坚责任书，立下"军令状"。

内蒙古自治区党委、政府按照中央的决策部署，针对科右中旗及66个贫困旗县层层签订责任状，逐级压实脱贫攻坚责任。自治区及各盟市、旗县全部成立了党委书记任组长的扶贫开发领导小组，新成立脱贫攻坚推进组专项推进。贫困地区以脱贫攻坚统揽经济社会发展全局，自治区与盟市、盟市与旗县、旗县与苏木乡镇层层签订了脱贫责任书。

这是一份沉甸甸的责任，传递着中国共产党坚定的决心。从党中央最高指挥部到最下面的基层，层层压实责任，兑现让人民实现美好生活的承诺。责任书的最后一项都这样写道：每年向党中央、国务院报告扶贫脱贫情况，接受督查考核。

总书记强调，军令状不是随便立的，我们说到就要做到。总书记已下了最大的决心，全国的领导干部都横下了一条心，义无反顾地扑下身子，全身心投入脱贫攻坚实践中。

2015年初，中央"一号文件"出台，明确提出要提高扶贫精准度，将扶贫项目审批权下放到县，省市政府切实履行监管责任。

2016年，中央又把统筹整合使用水利、农业等财政涉农资金的自主权赋予贫困县，形成"多个渠道引水、一个龙头放水"的扶贫投入新格局，进一步提高了资金使用的精准度。

2017年，在全国深度贫困地区脱贫攻坚座谈会后，《关于支持深度贫困地区脱贫攻坚的实施意见》由中共中央办公厅、国务院办公厅印发。中央20多个部委相继出台40多个文件，一系列系统性扶持政策，

——聚焦深度贫困地区，瞄准突出问题，集中发力。

在全国扶贫脱贫攻坚战中，科右中旗利用国家、自治区多家对口援助的超强优势，多措并举，把生态环境治理和精准脱贫奔小康工程放在一起解决。

科右中旗不再是孤军奋战，各方面的主力军已集结到科右中旗攻破最后堡垒的前沿。新的扶贫机制快速形成，旗委、旗政府的领导干部与帮扶科右中旗的中共中央宣传部、内蒙古自治区党委宣传部及多方派驻扶贫机构共同商讨、调研、论证，提出由对口单位分摊承包解决问题。在多方的大力推动下，确立了马产业、肉牛养殖、水稻、木耳种植、高钙果欧李种植等10个精准扶贫对口援助项目，科右中旗有了更集中的精力、财力、物力对生态环境展开全面治理，加快完善基础设施建设，引导农牧民加入新的脱贫机制，在扶贫与扶志中脱贫攻坚。

实事求是、因地制宜、群策群力、精准施策，为脱贫攻坚奠定了夯实的基础。随着工作的推进，科右中旗的干部群众在观念上也发生了根本性转变。这是党中央提出精准脱贫之后，很多领导干部，包括少数民族地区领导干部发生的明显变化。以思维方式、工作方式、脱贫概念的转变推动生产方式的改变，以执政为民的理想信念、实事求是的工作作风解决贫穷。科右中旗的扶贫攻坚战开始从夯基础、强产业、拔穷根、解民忧、增动力入手，解决环境恶劣、欠账太多、农牧民"两不愁、三保障"等问题。

各方面的工作围绕着创新、协调、绿色、开放、共享的发展理念快速推进，全旗上下充分认识到只有发挥政治优势和制度优势，把精准扶贫、精准脱贫作为基本方略，采取科学有力的举措，拿出过硬的脱贫攻坚工作实施方案并切实行动起来，才能从根本上消除贫困。以贫困人口为主攻对象的实施方案坚持保护生态，实现绿色发展。坚持因地制宜，创新体制机制，突出问题导向，创新扶贫开发路径，由"大水漫灌"向"精准滴灌"转变；创新扶贫资源使用方式，由多头分散向统筹集中转变；创新扶贫开发模式，由偏重"输血"向注重"造血"转变；创新扶贫考评体系，由侧重考核地区生产总值向主要考核脱贫成效转变。各项目标任务，按照精准脱贫工作实施要求，在各个领域展开。

10个精准扶贫项目迅速落地，改变科右中旗贫穷落后面貌，用绿水青山就是金山银山的理念指导防沙治沙，改善生态，各项求生存、图发展、谋富裕的举措也相继出台。

加强退耕还林、退牧还草、实施飞播治沙造林项目，加快重点区域绿化等生态项目的建设。开展禁牧、禁垦、禁伐工作，缩小沙地面积，提高草原综合植被覆盖度，让脆弱生态得到有效改善。为了改变交通闭塞，解决生态脆弱地区人流、物流"出不去、进不来"的难题，加快乡级公路和通村水泥路建设项目。对于"一方水土养不活一方人"的生态恶劣的地方，开始整合易地搬迁、危房改造、游牧民定居等项目资金，为农牧户新建、维修住房，全部消灭土房，实现住房条件的改善和生态自然的修复。

整合所有涉农项目资金，集中打造羊、马、獭兔、杂粮产业以及欧力种植、文化旅游等优势特色产业，使贫困户与龙头企业利益联结机制更加紧密。积极推行"菜单式""托管代养""入股分红"等多种模式以及金融扶贫、电商扶贫等方式，促进贫困群众增收。

在各项工作中，更加注重扶贫与扶志、扶智相结合，不断改进扶贫方式，特别是大力实施教育精准扶贫，重点发展民族教育和职业教育，有效提升少数民族孩子的学习能力和就业技能。同时，对2115名贫困家庭学生，从学前教育到高中教育包括特殊教育全程免费；对贫困家庭大学生，每人每年给予1万元补助；对未考入高中或大学的贫困家庭孩子，免费让其到职业技术学院学习。

对因病因残致贫人口的医疗保险个人缴费部分全额补贴，报销的最高额度提高到45万元，同时纳入商业补充保险，政府和保险公司进行兜底救助。将丧失劳动能力的贫困人口全部纳入低保范围，对未能覆盖的老年人、残疾人等低收入特殊群体，采取生活救助等保障措施进行兜底。

大力实施农牧民素质提升行动，建立奖勤罚懒正向激励机制，破除"等、靠、要"思想。积极开展以控烟、控酒、控盐、禁赌、禁毒为内容的"三控两禁"活动，逐步转变生产生活方式，激发贫困群众的内生动力。

同时，按照"六个精准"和"五个一批"的要求，根据致贫原因和脱贫需求，因户、因人制定出台贫困户年度脱贫计划，做到"一户一干部、一户一计划、一户多措施、一户三本账（识别台账、帮扶台账、退出台账）"，明确发展目标和脱贫路径，确保扶贫帮到点上、扶到根上。完善修订"菜单式""资产收益式"等产业扶贫政策，确保贫困户在产业发展上施策到位，做到产业扶持对建档立卡户全覆盖。通过对象识别、项目安排、资金使用、措施到户、因村派人的措施，推进到全旗的173个嘎查村。旗委、旗政府对有劳动力的贫困人口也提出了要求：每人必须掌握一项劳动技能，参与一项增收项目，有稳定的收入来源。

一项项措施在落实，精准脱贫带来的责任担当、高效严谨也在工作中迅速显现。

旗林草局在加快区域绿化建设项目中认识到，要防沙治沙，"建设绿色中旗"，为整个东北老工业基地提供生态安全保障，不仅要改善修复科右中旗、大兴安岭集中连片特困地区脆弱的生态，还应该把目光放得更加长远，为脱贫攻坚实现全面小康预留出更大的空间。

旗委、旗政府采纳了林草局的意见，并提出"政府班子换届，规划不换届，一届接着一届干，不实现规划目标不罢休"的口号，为稳步推进林业生态建设提供保证。

在防沙治沙上，用封、退、造相结合的办法，对现有的天然林进行围封禁牧，对不适宜耕种的土地坚决实行退耕，对已经沙化、盐碱化的草牧场进行人工造林恢复生态。在实施生态造林项目过程中，采取国家、集体、个人同步造林相结合，由集体统一建造，建成后产权归属个人，由个人管理的具体措施，向沙地展开宜林造林、宜草种草全面治理的战略措施。同时，结合退耕还林、"三北"四期工程造林及防风治沙等重点生态建设工程的实施，开展全民造林，大面积植树种草行动。

明确造林绿化的整体布局，大力发展非公有制林业，注重发挥示范带动作用，推广成功经验，推动非公有制林业快速发展。

在防护林方面，按照"稳定所有权，放活使用权，保证受益权"的原则，积极探索适合当地林业特点的营林机制。进一步放活非基本农田大洼地、河渠废弃地、四周闲散地、农田林网及各级道路两侧的使用权，充分调动群众参与林业的积极性。随着各项林业工程项目的不断落实，沙化土地开始得到有效治理。

在建设乡级公路和通村水泥路、实施危房改造、易地搬迁的过程中，旗委、旗政府斥巨资严格依据《农村饮水安全评价准则》进行饮水工程改造，投入扶贫整合资金760万元，重点对巴彦呼舒、高力板、新佳木、代钦塔拉等7个苏木镇的51个嘎查实施313眼取水点建设工程，工程受益人口14395户、4.2万人（其中，贫困户3085户、8055人口）；投入扶贫整合资金900万元，重点对好腰苏木、巴彦茫哈、巴彦淖尔、巴仁哲里木、哈日诺尔等5个苏木镇的28个嘎查实施148处取水点建设工程，工程受益人口9250户、3.02万人（其中，贫困户1419户、3628人口）；投入国家专项资金40万元和整合资金140万元，在杜尔基镇、铜矿、新佳木、巴彦呼舒、额木庭高勒、代钦塔拉等苏木镇实施集中式供水工程管道维修、加装设备、取水点建设。

旗教育局为提高资助贫困学生的精准度，对全旗家庭经济困难的学生开展认定工作，认定的数据及时上报，保证了建档立卡贫困家庭的学生无辍学。为了"控辍保学"，教育局与各义务教育阶段学校签订目标管理责任状，层层落实责任，发现疑似面临辍学的学生，校长要亲自带领班主任深入学生家中了解情况，并帮助辍学学生重返校园。

科右中旗卫生健康委将健康管理关口前移，采取各种措施提升基层医疗机构服务能力，实现"清零达标""一站式结算"，方便群众看病就医。贫困人口基本医疗保险、大病保险和医疗救助实现了全覆盖，让贫困群众"大病有保障，小病不用扛"，杜绝了农牧民因病致贫、因病返贫现象的发生。

旗扶贫办、民政局、残联，各苏木镇党委、政府，驻村第一书记都入驻嘎查村，与嘎查书记组织起帮带农牧民的志愿服务队。志愿服务队上门引导乡亲们改善居住环境，帮助整理家庭菜园，着力帮助生产生活有困难的群体，使他们无后顾之忧。为摆脱贫困，实现人民对美好生活的愿景，广大党员干部抱着"不破楼兰终不还"的决心，誓与贫困群众同风雨、共奋进。

　　然而，新的问题很快出现了。那就是科右中旗各苏木嘎查村有不少文化水平不高、缺少劳动技能的建档立卡农牧民贫困妇女，她们因病因灾致贫的较多，劳动能力相对较弱，又有着沉重的家庭负担，现有的脱贫项目明显不适合她们，因村因人的帮扶政策也无处着力。

　　党中央提出的目标是，到2020年实现全部贫困人口如期脱贫。是全部，又怎么能少了"半边天"。

　　散落在全旗12个苏木镇、173个嘎查村、464个艾里的2万多名贫困妇女成了全旗贫困人口是否能够如期脱贫的关键。解决"半边天"就业和脱贫问题被提上政府的议事日程，为贫困的农牧民妇女寻找适合的就业项目成了全旗，乃至全区共同的思考。

第二章 聚焦贫困妇女

　　妇女脱贫遇到了困难，关注科右中旗的贫困妇女，妥善帮助这些人走出贫困，已是当务之急。

　　妇女不脱贫，言何全社会脱贫，奔小康。看一个社会和时代是否文明，如何对待妇女、儿童和弱小是最重要的一条评判标准。在今天，世界上很多地方的妇女依然得不到应有的尊重，她们没有参政、受教育、参与社会生活的权利。妇女的地位，她们生活的层面、质量关乎家庭和整个社会，是一个世界话题。

　　马克思曾在致路·库格曼的书信中讲道："每个了解一点历史的人也都知道，没有妇女的酵素就不可能有伟大的社会变革。"的确，妇女解放是社会进步的标尺，妇女的进步是社会进步的一面镜子，社会的进步可以用妇女的社会地位来精确地衡量。恩格斯也在《社会主义从空想到科学的发展》中重申了傅立叶的观点："在任何社会中，妇女解放的程度是衡量普遍解放的天然尺度。"同一时期，李大钊也指出："我以为妇人问题彻底解决的方法，一方面是合妇人全体的力量，去打破那男子专断的社会制度；一方面还要合全世界无产阶级妇人的力量，去打破那有产阶级（包括男女）专断的社会制度。"

在中国，五四运动被视为中国妇女解放的发端，持续了千年的压抑和沉闷被打破。当时，多地出现了兴女学、破除缠足陋习、解放妇女身心的女权运动，为妇女权益奔走的仁人志士也相继出现，他们为消除性别歧视，建立尊重妇女的良好社会进行了不屈不挠的斗争。

中国共产党是解放妇女的先锋队。在建党之初，妇女解放就成了中国共产党的奋斗目标之一。1922年7月，刚成立一年的中国共产党在第二次全国代表大会上就审议通过了中国历史上首部关于妇女运动的决议。同时，中国共产党第二次全国代表大会决议指出："工人和农民，无论男女，在各级议会、市议会有无限制的选举权，言论、出版、集会、结社、罢工绝对自由"，并要"制定关于工人和农人以及妇女的法律"，"废除一切束缚女子的法律，女子在政治上、经济上、社会上、教育上一律享受平等权利"。在风起云涌的社会背景下，中国的妇女渐渐觉醒，开始挣脱封建思想的束缚，走出家门，参与社会活动，登上了争取自己权利的舞台，用生命谱写了捍卫自由和尊严的慷慨悲歌。

据1925年的不完全统计，全国产业女工有42.5万人，占产业工人总数的16%，在纺织业和丝织业中，女工的比例更高，女工成为生产建设中不可忽视的力量。产业女工的出现，预示着一场摧垮封建礼教的风暴即将来临，而要使妇女真正走出黎明前的黑暗，更需要有勇敢者站出来，引领、号召、组织、动员全社会的妇女。随着社会的发展，妇女解放成为国际性、世界性、全球性的问题。

几千年特定的环境和条件，造就了女性温柔、慈祥、坚韧和巧惠的性格，但在革命年代，她们也是巾帼不让须眉。

抗日战争中，无论是在前线还是后方，都能见到女学生、知识女性、家庭妇女积极抗战的身影；在根据地，妇女们积极组织姐妹会、妈妈团、缝衣队、慰劳队、妇女会、妇女救国会、妇女抗日救国会等各种妇女团体；二万五千里长征中的妇女独立师；在腊子口战役中流血不流泪的女红军；在决定中国命运的"三大战役"中的"拥军支前沂蒙六姐妹""英雄母亲""支前女模范"。她们忍辱负重流血牺牲，在实践中寻找中国妇女解放的答案，写下了中国乃至世界妇女运动史上最辉煌、最悲壮的一页。

中华人民共和国成立后，女性的角色被重新定义，国家动员农村女性参与农业生产，城市女性进入工厂做工或从事街道集体事业，通过保障女性参与工作的权利来改善妇女的地位。妇女们纷纷响应号召，义无反顾地投身于祖国的建设，与男性展开火热的竞赛，用勤劳和智慧写出了新社会妇女昂扬的风采。

毛泽东亲切地称妇女为"半边天"。这个尊重女性，标志中国妇女地位的称呼从诞生起就受到全国人民的认可和喜爱。中华人民共和国成立后，女性进入传统男性独占的社会领域，并开始独当一面，她们的社会地位发生变化。在城市，梳双辫、留短发、身着蓝色工装成了时髦；在农村，挥汗如雨，迎接丰收的"铁姑娘"形象也成为一种时尚。女教师、女医生、女运动员、女博士、女设计师、女飞行员、女科学家不断出现，给那个时代增添了缤纷的色彩，她们自信、温婉、矫健、果敢，她们睿智、辛劳，她们与祖国人民一道，共同推动着共和国各项事业的崛起和发展，书写出新时代女性的亮丽篇章。

对于妇女地位的确立，我们国家很早就在制度上进行了保障。1949年9月，中国人民政治协商会议第一届全体会议通过了具有临时宪法作用的《中国人民政治协商会议共同纲领》，确定了男女平等政策。1992年4月3日，第七届全国人民代表大会第五次会议通过了妇女儿童权益保护法，并以中华人民共和国主席令第58号公布，自1992年10月1日起施行。1995年，联合国第四次世界妇女大会在北京召开，中国政府向世界承诺"把男女平等作为促进我国社会发展的一项基本国策"。在大会通过的《北京宣言》里，中国号召全世界消除性别歧视，实现男女平等。北京世妇会为全球性别平等做出了杰出贡献，对世界产生了积极意义和深远影响。

重视和发挥妇女在经济社会发展中的主导作用，推动妇女与经济社会同步发展，在承认男女现实差异的前提下倡导男女两性权利、机会和结果的平等，依法保障妇女合法权益，从法律、政策和社会实践各方面消除对妇女一切形式的歧视，构建以男女平等为核心的先进性别文化，将性别平等意识纳入决策主流，切实在出台法律、制定政策、编织规划、部署工作时充分考虑两性的现实差异和妇女的特殊利益，对妇女的权益予以了高度重视和坚决维护。男女平等已成为中国促进妇女与经济社会同步发展、男女两性平等发展、妇女自身全面发展的一项基本国策。

历经百年，在中国共产党的领导下，中国在实现男女平等方面做了大量的工作，建立了尊重妇女的良好社会氛围。中国的妇女，也以忧国忧民、舍小家为大家的民族气节和舍我其谁、铁肩担道义的家国情怀，将国家、社会、家庭和个人连接成一个不可分割的整体，把实现自身解放与民族解放，国家建设的要求和愿望付诸实际行动，成为社会主义建设的重要力量。

进入新时代，妇女的社会地位再一次被高度肯定，妇女不是弱者。中国共产党以前所未有的力度和气魄，捍卫妇女的权利和尊严，以毫无争议的实际行动，生动诠释了中国的大国情怀。

2015年9月28日，国家主席习近平在纽约联合国总部出席并主持全球妇女峰会时指出："妇女是物质文明和精神文明的创造者，是推动社会发展和进步的重要力量。没有妇女，就没有人类，就没有社会。""没有妇女解放和进步，就没有人类解放和进步。""在中国人民追求美好生活的过程中，每一位妇女都有人生出彩和梦想成真的机会。中国将更加积极贯彻男女平等基本国策，发挥妇女'半边天'作用，支持妇女建功立业、实现人生理想和梦想。中国妇女也将通过自身发展不断促进世界妇女运动发展，为全球男女平等事业做出更大贡献。"

消除贫困，让人民过上好日子，"一个都不能少"。以习近平同志为核心的党中央高度重视妇女的减贫事业，顶层设计把妇女的减贫纳入脱贫攻坚的整体部署中。2015年，全国妇联向各省、市、自治区发出了在脱贫攻坚中开展"巾帼脱贫行动"的意见，意见指出："扶贫开发事关全面建成小康社会，事关人民福祉，事关巩固党的执政基础，事关国家长治久安，事关我国的国际形象。在我国现有的建档立卡贫困人口中，妇女占45.8%。妇女既是脱贫攻坚的工作对象，也是脱贫攻坚的重要力量。"全国妇联启动并实施了"巾帼脱贫行动"，从思想、教育、健康、巧手等方面来帮助妇女脱贫。

应该说，解决妇女的贫困问题，是中国带领世界走向妇女解放的更高阶段。这将为第三世界的妇女、全人类的发展与进步提供有益的借鉴，带来的社会价值、经济价值、人文价值不可估量。2015年，世界仍有8亿多贫困人口，其中一半以上是妇女。中国也还有2550多万妇女生活在贫困线以下。她们的问题不解决，第一个百年奋斗目标就不能算完成。精准脱贫，就是要带领她们继续奋斗，用不懈的奋斗解决贫穷。解决妇女的贫困问题，对整个世界都意义重大。

　　科右中旗的妇女生活在边疆，由于生态环境恶劣和诸多原因导致了她们的极度贫困，没念几年书，她们中的一些人就挑起了家庭的重担，跟着父母去种地、去放牧。文化教育的缺失，限制了她们的身心发展，她们不能掌握更多的劳动技能，只好困守在家乡。而且，多年的生活习惯和缺医少药的生活条件，让她们习惯了小病忍着，大病扛着，积劳成疾，大多数贫困妇女身体都有病有残。

　　据2014年全国妇联对14个集中连片特困地区贫困妇女生存状况调查显示，61.9%的贫困妇女是小学以下学历，其中文盲占18.7%；85%的贫困妇女患有不同疾病，青壮年贫困妇女患妇科疾病的比例占1/3以上。

　　建档立卡贫困户妇女多数患有妇科疾病、高血压、心脏病以及其他疾病，有的妇女因为患病后得不到及时救治，还落下了终身残疾。在深度贫困的乌逊嘎查，我走访的张长山家、李田宝家和白宝林家，是3个特困家庭。3位女主人和她们丈夫的年龄都不到50岁，可看上去他们都比实际年龄要苍老许多。3个家庭的生活都极其艰难，2个家庭的妇女因患有心脏病、高血压、再生障碍性贫血，丧失了劳动力，第三个家庭的妇女还算健康，但丈夫患有脑血栓，全家人的生活靠她这一个劳力勉强支撑着。她们是累得受、苦得吃、泪得咽，血也得吞。

　　采访时，3个妇女的话都很少。她们的脸上都烙有与年龄不符的皱纹，深红色的脸颊昭示着艰难岁月留下的痕迹。谈话时她们很小心，还不时地相互问说得对不对。长久困难的日子，使得一种压抑的情绪萦绕在她们的举止言谈间，化为一种叫作苦难的形象，让人心痛，也让人印象深刻。但当我提起孩子，提起她们的儿女，3个妇女的脸上立刻有了笑容，眼睛也亮了起来。这3个家庭都有2个正在念书的儿女，她们争着讲自己的孩子，完全沉浸在孩子成长和摆脱了她们曾经遭遇过的艰辛生活的喜悦中。她们说孩子们的聪明，说他们的健康，说他们的上进，当然，还有孩子们生在这样的家庭，她们作为母亲的愧疚和无奈。就在几年前，3个贫困家庭的孩子还处在辍学边缘，精准扶贫实施以来，国家推出的"控辍保学"为孩子们的上学提供了基本保证。虽然她们还是建档立卡贫困户，但对孩子们的培养没有半分退缩和迟疑，她们说："哪怕再穷，也要供儿女们念完大学。"

让孩子走出去，是这里每一个农牧民家庭的愿望。因经济基础薄弱，基础教育投入不足，办学条件差，办学质量相对较低，很多贫困家庭无力使子女接受更多教育，他们往往因家庭无法负担上学所需的费用，一度面临辍学问题。很多孩子被阻隔在这片大地上，一辈子都没有能走出去。

针对贫困地区的教育扶贫，党中央指出：教育一定要搞好，让孩子们受到好的教育，不要让孩子们输在起跑线上。

"我们也是这么想的啊！我们这辈子是走不出去了，只能把没有实现的愿望都寄托在孩子们的身上。我们鼓励孩子们好好读书，学本领，长大后融入社会，做一个有出息的人。说实话，我们害怕穷，更怕极了这穷会生根，会代代继续……"这是她们的心声。

"现在真是好了，国家在吃饭、看病、上学、住房方面，都替我们安排了，听说移民搬迁的新房都快盖好了，感谢共产党让我们过上了好日子，都安排好了，都替我们安排好了……"她们漾动着泪花的眼睛里写满了感恩，一种实实在在的感动流淌在她们的表情里。

几位贫困妇女朴实的话，说出了普通农牧民对国家扶贫政策的理解和感动。这项深得人心的国策已然在百姓的心里生根发芽，在生活中开花结果。在祖国北疆，在这个偏远的少数民族聚集的地方，我听到了精准脱贫、扶贫助弱在我们这个星球上碰撞出的炙热回响。我相信，在党和国家的指导和帮扶下，她们的贫困状况一定会改变，日子会一天天好起来。在未来，在追求幸福实现人生价值方面，她们都会拥有一番不同于从前的模样和生活。

在科右中旗，走出去打工又因病或者其他原因返乡的贫困妇女不在少数，龙梅就是她们中的一个。龙梅有9个姐妹，1个弟弟。在她小的时候，由于家里人多，劳力少，生活十分困难。她23岁出嫁，本想着生活会有新的开始，可是土地沙化使耕地日益萎缩，尽管新婚的龙梅和丈夫包双成在地里拼尽了全力，还是因为干旱少雨没有收成，靠天吃饭显然是太吃力了，夫妻俩决定进城打零工。

两人去了通辽打工，虽说每天都很苦很累，但仗着年轻有把子力气，日子渐渐好了起来。他们的生活有了改善，除了维持日常开支、交房租，夫妻俩还有了些许存款。但这样的日子并没过多久，1年后，随着儿子的出生，他们的手头变得越来越紧。奶粉钱、托管费、学费，一个个来，一层层加码，他们的压力越来越大。为了维持各方面的开销，他们只能一天打几份工。丈夫包双成在打工间隙说起了乌力格尔，以此来增加点收入。

历史悠久的科尔沁大地，民族文化底蕴深厚，拥有丰富的物质文化资源和非物质文化遗产资源，民族传统文化积淀深厚、存续状态良好，曲艺、传统音乐、传统美术等非物质文化遗产种类繁多，群众基础深厚。

包双成从小就听广播电台播放的乌力格尔，他的记忆力超强，往往听过一遍的乌力格尔段落，他就能全部记住并绘声绘色地表演。包双成的乌力格尔讲得越来越好，在全区乃至全国的乌力格尔比赛中多次获奖，正式成为乌力格尔大师布仁巴雅尔的传承人。他的名气越来越大，收入也渐渐稳定。儿子聪明上进，龙梅也在饭馆做起了面案师傅，一家人其乐融融。可就在这时，龙梅患了心脏病、高血压，并且由于常年搬重物又患有腰肌劳损，不能在饭馆打工，还不得不花钱看病吃药。她的情绪低落到极点，对生活也失去了信心，贫困和无助笼罩着这个家庭。用龙梅自己的话说，简直没办法活下去了，儿子的学习也被她耽误了。那是一段充满辛酸和泪水的日子。龙梅说起这些往事的时候，眼泪就滴进了绣架上的牡丹花瓣中，丈夫包双成站在她的身后，神色黯然。

梅荣，同样是一个外出打工又返乡的贫困妇女。她很年轻，表达能力强，有着姣好的面容。可是美丽并没有给梅荣带来丝毫的幸运，贫困一直对她穷追不舍，让她得不到片刻喘息。说起自己的经历，她数次哽咽。

1982年，梅荣出生在一个叫巴彦茫哈的地方，那是科右中旗半农半牧区。家中除了爸爸妈妈，她还有2个哥哥。那时，她家的生活条件很好。然而，天有不测风云。12岁那年，父亲得了重病，家中的积蓄很快就用光了，把能卖的牛羊都卖了，还借了一大笔钱，但父亲还是在不久之后病故。家里的顶梁柱没有了，原来欢乐幸福的牧民之家一下子陷入困境。2个哥哥只能辍学外出打工，专注学习的梅荣，心情也一下子跌到谷底。仿佛就在一夜间，梅荣长大了。她想："我必须学会独立生活，必须要想办法多学一点儿东西，哪怕是去种地，也要为家里分忧。"少女是多梦的，她很快又想："要不我去学幼教或者是学护理，但学费是个问题，怎么继续读书？"为了挣到下一年的学费，12岁的她第一次走进大山，跟着大人上山过岭挖药材，风餐露宿，日晒雨淋。

这让梅荣第一次体会到什么叫日子艰难，劳作辛苦。但苦难并没有令她退却，更激起了她不服输的劲头。从那以后，除了采药，只要是能挣钱的累活、苦活，她都抢着去干。就这样，她靠自己挣学费读完了高二。就要念高三了，接着是考大学，梅荣学习成绩优异，信心满满。可就在这时，要债的人整天聚在家里逼债，母亲痛苦不堪，她再也看不下去，忍痛辍学外出打工，为家里还钱。

17岁的梅荣独自到了广州，在饭店里做起了服务员。那是她第一次接触外面的社会，也是她的第一份工作。大都市的繁华深深吸引着她，也在不断唤醒着她的梦想。她总在想："除了做服务员，我还能做什么？有没有其他机会告别眼前的日子？"可日子在她的忙碌中一天又一天地过去，她心中想要的那个机会始终没有出现，她的梦想也就此破碎。因为家里欠了很多钱，她每月发工资后，就把大部分寄回去。她需要这份工作，寻找机会需要冒险，她没有那样的资格。梅荣说，饭店服务员的工作最不好做，无论客人怎么蛮横不讲理，也要笑脸相迎。梅荣心里不好受，可又能怎么办！想到自己负债的家庭和母亲，她就是再不愿意也要坚持，她告诉自己，一定要坚持到最后。

梅荣在广州打工4年，21岁时回到科右中旗。她知道再不能外出打工了，因为2个哥哥已经结婚，他们都要养家，而且都常年在外做泥瓦匠，家中只剩下母亲，还有撂荒的30亩自耕地。母亲年纪大了，身为女儿，她必须留下来照顾母亲。

在这个家里，母亲是3个孩子的人生榜样。她身体力行教会3个孩子自立自强，无论遇到什么困难都自己去解决，不依靠任何人。家里的破土房漏了，他们一起和泥修理。自耕地是维持他们生活的基本保障，他们一起播种、锄草、浇水，每年的收成总比别人的多。如今母亲患了高血压、心脏病，梅荣想："我必须负责，我有责任把家庭的重担挑起来，把30亩自耕地种好，努力把欠款还掉，照顾好母亲，让她过上好日子。"她常用乌鸦反哺的故事激励自己，她对自己说："连一只鸟都做到了，你是一个人，难道做不到吗？"她下定决心，要做就做到最好，只有做好了，收入才能提高，生活才会好，妈妈才能安心。村里人听说她要一个人种30亩地，都不相信，甚至有人笑着说："她一个人能种30亩地？咱们就等着看她哭吧。"梅荣面对乡亲们的质疑并不生气，她笑着说："行不行，到秋天就知道了。"

她在30亩地里种了苞米，起早贪黑地精心看护，到了秋天，30亩地终于迎来了5万斤苞米的大丰收，村里人都夸她能干。更让乡亲们吃惊的是，她雇了辆卡车去拉苞米，她一个人装车卸车，把5万斤苞米扛回了家。

人们问："那么重的体力活，你才21岁，又是女孩子，为什么不寻求帮助？"梅荣说："别人没有理由帮你的，因为他们不是你的亲戚，也不是你的家人或兄弟姐妹，就是兄弟姐妹，他们也有自己的事要做，怎么帮你？再说了，求人总要付出代价。那你怎么办？只有靠自己，你自己能了，人们才会尊重你。"

那年，梅荣把苞米卖了，债是还了不少，可手里的钱又没了，接下来的生活怎么维持？望着苦了一辈子的母亲，梅荣难过到了极点，她的倔脾气又上来了，这样不行，得在农闲的时候养猪、养鸡。于是，她就在院子里养起了猪和家禽。梅荣很喜欢这些能给母亲和自己带来收入的猪呀、鸡呀，把它们养得膘肥体壮、翅羽鲜亮。可是，卖又成了问题。后来，她认识了几个专门贩猪贩鸡的人，还从他们口中得知农民卖猪卖活禽的价格和市场销售的差价，立刻和他们谈好了合作分成。第一次，她挣了200多块钱，非常激动。尽管今天看来这只是笔很小的收入，可当时却让她和母亲的生活有了指望，让她有了干劲。她开始做这个生意，起初是去附近的村庄挨家挨户地询问，问谁家要卖猪卖鸡，然后再让那些小贩过来收。后来，她就走得越来越远，几乎走遍了科右中旗的农村和牧区。这一年下来，她又还掉了不少欠债，也改善了她和母亲的生活，梅荣非常有成就感，对未来更有信心了。

第二年，她的想法更多了，她想："我卖苞米时费劲，全村人卖苞米同样费劲，那我为什么不在自己种苞米的同时，找个合伙人一起收苞米呢？两人一人一半，挣的钱不就更多了吗？"梅荣是个敢想敢干的人，从这一年开始，她与合伙人做起了收苞米的生意。一个人忙不过来时，她就让母亲去苞米地里盯着，看装了几车，装了多少苞米。那也是母亲最高兴的时候，她的女儿会做事了，她也终于可以帮忙了，母亲感到了从未有过的自豪。

晚上，梅荣对母亲说，她们一共运了多少车，一车几万斤苞米，一斤挣两三分钱，一共挣了多少钱。母亲非常吃惊，她没想到自己只是跟着车看一看，数一数，就挣到这么多钱。母亲对梅荣说："丫头，你就干吧，你想好了就去干。我不担心你做的事情，你自己的事就自己安排。妈从来没想过你有这个能力，你超过了妈的想象，妈放心了，妈支持你……"

听了母亲的话，梅荣非常开心。

卖完了苞米，她又开始卖砖。在国家的惠农政策下，农村的困难户盖房，政府给予一定补贴，于是，许多困难家庭计划盖新房。可是，困难户要盖房，却没有砖。梅荣又一次看到了商机，她跑到很远的砖厂去看、去问，比较哪里的砖质量好、便宜，然后她再联系要盖房的人家，给他们提供质优价廉的砖。艰苦的生活将梅荣磨炼得聪明、机智、冷静、干练，在这期间，母亲几次住院，她都没有给哥哥们打电话，而是自己把母亲送进医院，所有的费用自己承担。就这样，她在农村断断续续干了10年。这期间，也有外出打工的时候，但无论走到哪儿，她都把母亲带上。

2016年初，因为胃穿孔，梅荣做了胃切除手术。其实，在广州打工时她也有过一次胃穿孔，只是她硬忍着，后来慢慢愈合了。而第二次胃穿孔非常危险，好在她及时赶到了医院。医生对她说，再晚来一会儿，生命都有危险了。医生叮嘱她，即使病好了，也要注意休息保养，再不能像以前一样劳累。医生的话让梅荣感到难过，她能不再劳累吗？那她靠什么生活？母亲怎么办？她的心里一片茫然。

在科右中旗，有许许多多像龙梅、梅荣一样的贫困妇女，她们有着沉重的家庭负担，不少人有病，甚至有残，什么样的扶贫项目才能把她们的问题解决，帮助她们脱贫？要帮助每一个贫困人口都找到适合他们的脱贫项目已经很难，而要帮助这些有着沉重的家庭负担，有病有残的贫困妇女找到适合她们的脱贫项目更是难上加难。

就在全旗为农牧民妇女的脱贫谋划、寻找出路之时，旗政协党组书记、主席白晶莹也在苦苦思索，并已有了初步的方案，那就是用蒙古族刺绣助力妇女脱贫。她期待能有机会，让蒙古族刺绣得到检验，在实践中探索它的发展前景，把贫困妇女带动起来。只是，她认为自己的方案还不够成熟。精准扶贫项目，关系着国家脱贫攻坚的大局，要精准立项，精准实施。将刺绣立为精准扶贫项目，前边没有人做过，是个未知数，还存在着一定的风险。方案不成熟，她决不能拿出来。

白晶莹，这个土生土长的科右中旗人，心心念念的就是这片土地。她从内蒙古师范大学政教系毕业后，回到家乡先进入旗妇联工作了2年，因工作扎实、成绩突出被提拔到旗计生局，当了局长。当各个苏木乡镇紧缺干部时，她响应号召到乡里当了2年的乡长，之后，又到另外一个乡当了2年党委书记。兴安盟对党员干部进行公开考试录用，她以高分通过考试，又到一个乡做了副处级党委书记。几年后，她被提拔到旗人民政府任副旗长，之后又做了旗宣传部长，旗政协党组书记、主席。

多年的基层工作让她与农牧民建立了深厚的感情，在旗妇联、旗计生局工作期间，让她对处于深度贫困的农牧民妇女有了更多的同情与理解。她想为她们做些事情，但她的工作岗位一直在调换，只能力所能及地帮助她们。直到2010年，她的人生遭遇不幸，在母亲的启发和鼓励下，她才开始在工作之余，义务教授自己掌握的民族技艺——蒙古族刺绣，尽自己所能帮助那些孤寡和贫困妇女。白晶莹的培训规模不是很大，但她已经坚持做了6年。

在科右中旗，自古以来，妇女就有做刺绣的习惯。尽管随着时代的变迁，刺绣服饰已在日常生活中难得一见，但是每逢婚礼、那达慕、祭祀、节庆之日，人们还是会把绣满美丽图案的服饰穿戴出来。因此，有些贫困妇女掌握了刺绣技术，也就多了一项收入，在日常生活中赚到一些钱。

白晶莹关心帮助贫困妇女，她也关注着国家、自治区在这方面的动态。2015年4月，全国妇联联合国务院扶贫办共同出台《关于在扶贫开发中做好贫困妇女脱贫致富工作的意见》，号召各地区以帮助贫困妇女持续增收为核心，推动各项扶贫政策、资金、措施在同等条件下优先向贫困妇女倾斜，促进贫困妇女得实惠、普受惠、长受惠，力争每年脱贫人口中妇女比例不低于40%。白晶莹更坚定了信心，决心用蒙古族刺绣技艺帮助更多的农牧民妇女摆脱贫困，帮助她们富裕起来。

正是春耕季节，为了解决妇女的贫困问题，旗委书记白云海带领

刺绣，和很多传统手工艺一样，曾深情却悄然地装点了生活。这种因女性双手而诞生的技艺，是女人留在历史画卷中的另一种生命印记，寄托着女性之于生活独一无二的情感。

大家又一次走基层。自精准扶贫实施以来，他们已走遍了科右中旗的苏木、嘎查和艾里。记得初来的时候，他们看到的无不是破败不堪的村落，摇摇欲坠的房子，坑坑洼洼的道路，风沙弥漫的田野。农牧民靠天吃饭、靠天喝水、靠天养畜。每个嘎查村屯，都有找不到女朋友娶不起媳妇的光棍，家家都有看不起病的老人。这里是大兴安岭地区，冬季漫长，每逢冬季，闲着没事干的人们就串门、闲聊，再就是唱唱二人转，用当地人的话说叫"猫冬"。时间久了，人们觉得不够刺激，就喝酒、打牌，因此，喝酒和赌博现象非常普遍。被生活的艰难消磨掉锐气的人们，仿佛只剩下一个充满希望的念头，那就是拼了命也要供儿女们读书，等他们长大了，就让他们离开家乡，他们不想让下一代也靠国家的救济生活。在这种群体无望的心态下，贫困的农村牧区，光棍及老龄化现象愈发严重。

从推进精准扶贫、精准脱贫开始，科右中旗发生了改变，特别是生态建设、道路修建、农牧民住房改造、饮用水安全建设等一系列项目工程的启动实施，让农牧民看到了希望、看到了未来。教育、医疗等保障性措施的出台，解了农牧民的后顾之忧。种植养殖企业向贫困农牧民推出的"菜单式""托管代养""入股分红"等模式，激发了农牧民的劳动生产积极性，"猫冬"习惯正在被改变，喝酒、赌博现象明显减少了。有了希望，他们就少了"等、靠、要"的思想。

白云海一行走进农牧民家庭，与农牧民促膝交谈，从农牧民的话语和眼神中，他们明显地感觉到农牧民摆脱贫困的迫切心情。在这场脱贫攻坚战中，边疆的贫困妇女已被调动起来，她们愿意为过上美好生活而不辞辛苦，看着有病有残的贫困妇女不想"等、靠、要"的劲头，白云海一行非常感动，让农牧民尽快摆脱贫困，富起来的决心更加坚定了。

自来到科右中旗挑起旗委书记的重担，白云海的耳畔时刻回响起2015年习近平总书记在全国第一期县委书记研修班结业上曾经讲过的话，一个县就是一个基本完整的社会，"麻雀虽小，五脏俱全"。现在县级政府所承担的责任越来越大，需要办的事情越来越多，县委书记在干部序列中说来级别不高，但地位特殊。

白云海深深明白旗委和自己肩头责任的重要性，尤其是与上级部门签订责任书保证深度贫困的科右中旗如期脱贫以来，他的感受更深。旗委书记要勇于攻坚拔寨，做好这场决战的排头兵。同时，作为基层指挥部的领导，对每一个指令的发出都要慎重。在自治区的农村牧区，长期保持着以男劳动力为主的生产方式，也由此形成"男主外，女主内"的保守观念。尤其是农闲期间，妇女除了孝老护幼就无事可干。如何找到最适合她们做的事情，探索出一条脱贫致富的新路径，带领广大农牧民妇女走进新生活，已不仅仅是科右中旗急需破解的难题，这个问题的解决对内蒙古，甚至全国都具有非常重大的意义。

2015年9月，习近平主席在全球妇女峰会上强调，在刚刚通过的2015

年后发展议程中，性别视角已纳入新发展议程各个领域。发扬北京世界妇女大会精神，重申承诺，为促进男女平等和妇女全面发展加速行动。

在自治区15.2万建档立卡贫困户中，妇女占了7.3万。科右中旗建档立卡贫困户9859户，其中贫困妇女就有2万多。她们具有摆脱贫困的迫切愿望，只要帮助她们找到合适的项目，她们完全能够自食其力。

此刻的中国，要让9899万人摘掉贫困的帽子，需要一个新的理论，一套新的系统，一种新的方式。科右中旗要让2万多名贫困妇女脱贫，同样也需要新思路、新产业。

伫立窗前，遥望这片温情的大地，白云海陷入了沉思，他知道解决妇女的脱贫问题，不仅关系全旗脱贫目标的如期实现，还直接影响着科右中旗未来的发展。因为在妇女们的身后，还站着她们的父母、配偶和儿女。她们有了收入，整个家庭生活就能得到改善。妇女们在家庭中的地位提升了，她们就有话语权，有了主导性，增强生活的信心，这对配偶和儿女都是一种鞭策鼓励。随着妇女们投入新时代的精准扶贫，她们的精神面貌也会发生改变，会带动影响整个家庭。她们脱贫了，也定能在全旗发挥引领示范作用，吸引在外打工的女大学生回乡创业，同时，把那些在外务工的妇女呼唤回来。妇女们回来了，留守儿童和老人就会得到照顾，没人管理土地和牛羊的情况也会得到改变。到那时，老人不再等待，孩子不再孤独，男人也有了陪伴，农村牧区的稳定和谐也就实现了一大半，他们也就真正体会到幸福和快乐。

　　最幸福的时光，最美好的景象，也就是这个时候了。

　　一种责任感、使命感在白云海的心中升腾，一定要带领贫困的农牧民妇女走出一条新路，让百姓的日子越来越好。

第三章 刺绣助力脱贫

　　科右中旗于1636年建制，至今已有380多年的历史。这里民族文化底蕴深厚，拥有丰富的物质文化和非物质文化资源。由于科右中旗处于相对封闭的环境，因此，物质与非物质文化遗产保存较完整。2008年，科右中旗被国家文化部命名为"中国民间文化艺术之乡"。2011年，被国家文化部命名为"乌力格尔之乡"。同年，被内蒙古自治区人民政府命名为"自治区级蒙古族说唱艺术生态保护区"。科右中旗也是自治区命名的"民族曲艺艺术之乡""科尔沁民歌之乡""科尔沁服饰之乡""蒙古四胡之乡""赛马之乡""安代之乡""蒙古文书法之乡"。

　　"吃生态饭、做牛文章、念文旅经"是科右中旗精准扶贫新的发展定位。依托科尔沁草原的自然特色、人文资源和深厚的民族文化底蕴，着力打造全域旅游、四季旅游，重点发展文旅产业，带动全旗农家乐、牧家乐等优势特色产业发展，这是科右中旗根据自身的区域特点，助推全旗脱贫攻坚的一个重要举措。在这样的时刻，图什业图亲王府必然成为具备地区和民族文化特色旅游的有效载体和旅游品牌。

2016年4月，内蒙古自治区重点文物抢救工程项目——图什业图亲王府重建工程完工，标志着这项旅游扶贫工程的启动。科右中旗又名图什业图旗，曾是嫩江流域科尔沁十旗之首，古哲里木会盟地，是当时重要的政治、经济、文化中心，在北方草原有着重要的历史地位和文化意义。

据载，科右中旗建制于清崇德元年（1636年），王府于同治十年（1871年）始建，历时19年才建成。图什业图亲王府的建筑风格和结构仿北京紫禁城修建，均有坡顶、斗拱、隔扇间房、彩刻门窗、雕梁画栋、飞檐翘脊、廊腰缦回的风格。王府总占地面积为4万平方米，150间房屋，整体建筑主要由王宫（中院）、衙门、游乐场所、佛事经堂（家庙）等区域及城墙、城门、炮楼等护城设施构成。可惜这样一座恢宏的建筑，消失了。

2009年，为贯彻落实自治区党委、政府提出的"建设民族文化大区"的战略部署，抢救保护图什业图亲王府这一珍贵的历史文化遗产，旗委、旗政府又在原址按照图什业图亲王府原有的建筑规制、空间布局、建筑风格、装饰艺术，开始重建王府。

王府旅游开幕前夕，白云海及新一届旗领导班子来到王府进行验收指导。当他们来到西跨院时，大家都不禁皱起了眉头。原来，西跨院的几个房间还是空空如也，没有陈设任何展品。

2016 年 4 月，图什业图亲王府重建完工。重建后的图什业图亲王府规模宏大，气势雄伟，集中体现了科尔沁文化与中国传统文化的精髓。

对图什业图亲王府及蒙古族刺绣都有所了解的白云海对分管文化旅游的包副旗长说："你看啊，这屋子空着总是不好，能不能想办法摆放一些蒙古族刺绣，比如带有刺绣的服饰、帽饰、荷包什么的，都可以啊！"

带有刺绣的服饰、帽饰、荷包……

白云海所说的这些与女性双手有关的刺绣品，和很多其他传统手工技艺一样，曾深情地哺育了我们。即便在今天，每逢特殊的日子，从大大小小的活动中，依然可以窥见它们的印记。时代变了，但这些传统民族技艺并没有完全离去，它们或多或少地浸润在民间的仪式和习俗里，并悄然地影响着今天人们的生活。

包副旗长略作沉吟后说："白书记，在咱们旗里，还真有这样一个干部，就是现在的旗政协主席白晶莹，她爱好刺绣，家里也有很多的绣品。白主席平时不仅喜欢绣，还教别人。她家里绣架、缝纫机、锁边机一应俱全，绣好的东西都在家里放着。要不给她做做工作，把她的刺绣拿出来放在这里展展？"

白晶莹给白云海留下的印象是做事有条理、干练，办事风风火火，可令他没想到的是，白晶莹还精通刺绣。

白晶莹被请了过来，待听明白白云海书记的意思后，她爽快地说："行啊，这有什么不行呢？这是好事啊！既配合了王府旅游发展，又让人们了解了咱们民族传统技艺，我愿意把家里的刺绣拿出来展览。"接着，她又笑着补充道："但我有个条件，我是党员，是名领导干部，把我和大家这些年绣的东西拿出来展览，我很高兴，但必须是让所有人免费观看，不能收费。我把刺绣全部捐给旗里。如果有人喜欢想买这些刺绣，咱们也不能卖，拿走登记一下就行了，送给他们作为纪念。不能把这些东西拿去卖，要不让人觉得刺绣摆放在这是为了挣钱。作为旗里的领导干部，那样做影响不好，容易使人产生误解。"白晶莹这样要求，一是坚持自己身为党员干部的原则，二是想让蒙古族刺绣能够被更多人发现、关注，接受五湖四海的游客和农牧民的检验，让这份民族文化得以传承下去，这是她心中的梦想。

听完白晶莹的一席话，白云海书记很是感动。这是多么好的一名干部，顾全大局，坚持原则，还想得这么深，这么远。这让白云海想起了旗组织部给他讲过的白晶莹。他们对她的评价是：白晶莹同志忠诚党的事业，原则性强，工作能力突出，是一位脚沾着泥土的优秀党员干部。在30多年的工作中，白晶莹有一大半的时间在基层工作，与农牧民有着特别深厚的情感。

见过白云海书记后，白晶莹忙了整整一天。看着已经准备好的图什业图亲王朝服、朝靴，公主精美的服装、帽子、腰带、荷包等绣品，她百感交集。这一针一线凝结了她很多年的心血。她的这个小儿女的爱好，这个从祖祖辈辈传承下来的技艺，能有这样机会，能以这样的方式展现在人们面前，她的内心有说不出的感动与满足。

一个人的成长过程中，会沉淀许多东西，而真正影响这个人一生的往往是他心中的信念和情感。白晶莹生活在深度贫困的科右中旗，贫困给她留下了刻骨铭心的记忆。改变家乡贫穷落后的面貌，让这里的人们吃好、穿好，过上好日子，这是她人生的奋斗目标。

白云海对以科尔沁王府文化带动全旗特色旅游，特别是将蒙古族刺绣作为帮扶贫困妇女的脱贫工程更有信心了。他想，必须把文章做足，功夫下到，提升王府旅游的内在品质，营造出浓重的文化氛围，让游客从点点滴滴感受科尔沁文化的多元、厚重与独特，以当地特色文化旅游影响周边，辐射东北地区、华北地区，甚至更远的地方，吸引越来越多的游客到科右中旗来。

望着白云海胸有成竹的样子，白晶莹感觉更踏实了。她不需要再说什么，展示出独具魅力的蒙古族刺绣服饰、饰品，能让更多的人了解、领略蒙古族刺绣的神采和光华，胜过千言万语。在白晶莹眼里，刺绣不仅是一门手工艺，一门艺术，更是一种文化。刺绣是女性留在历史画卷中的另一种生命印记，寄托着一份独一无二的情感。在今天，尽管刺绣已不再是人们生活中的必要部分，但依旧散发着动人的光彩。传承和发扬刺绣传统，这是白晶莹一直以来的心愿。

白晶莹在刺绣方面，特别是对蒙古族刺绣有着相当高的造诣。她刺绣的图样，全部是她自己设计。做每幅图，她几乎都是不假思索，落笔无声，图案如流水一样迅速呈现在画稿上，顺畅、自然又不失美感。在这几十年里，她画了大量的刺绣图样，绣了不少绣品，并义务教会了身边的许多妇女，让她们掌握了这门传统的民族技艺。她说，刺绣就在她的心里。

刺绣，古时称之为针绣，蒙古语称它为"哈塔戈玛拉"，是用绣针引彩线，将设计的花纹在纺织品上刺绣运针，以绣迹构成花纹图案的一种工艺。中国的刺绣起源很早，"黼、黻、絺绣"之文，见于《尚书》，虞舜之时，已有刺绣。商周已设官专司其职，至汉已有宫廷刺绣。另据一些史料记载，刺绣可能源于人类的文身或是某种图腾的崇拜。在纺织业兴起之后，人类开始在衣服上绣出形态各异、内涵不一的花纹，来进行身份的识别与修饰。《尚书》载，远在4000多年前，章服制度就规定"衣画而裳绣"。《后汉书》记载有大秦国"衣文绣"，《新唐书》中也说其教皇"王冠如鸟翼，缀珠。衣锦绣，前无襟"，可见贵族与教皇穿的都是丝绸、织锦为面料的刺绣服装。17世纪左右，中国刺绣日渐成熟并传入法国等一些国家，成为人类服饰文化的一个重要审美元素并逐渐成为一种时尚。

中国刺绣是中国传统文化最早走向世界的媒介之一。1924年，南西伯利亚巴泽雷克大墓被发现，这是20世纪前半叶苏联考古学上的一个重大收获。古墓中出土的凤纹丝绸刺绣和刺绣鞍褥面，曾经风靡一时并轰动世界。其刺绣底料为平纹绢，施针均匀，色彩丰富，线条流畅，用锁绣针法绣出花草、凤鸟、雉翟纹，栩栩如生。凤鸟或立于花枝鸣叫，或回顾，或飞跃于花草之间，其精美细腻的艺术特点和品位与战国中、晚期出土的刺绣如出一辙，凤纹丝绸刺绣和6号墓所出土的战国山字纹铜镜显然是中国的。由此，足以证明，春秋战国时期中国刺绣已经流传到国外并对世界文明史产生了重要的影响。

西汉张骞通西域开辟丝绸之路，中国的刺绣随之源源不断西传。在漫长的岁月里，随着声声驼铃，商队从长安出发，经过河西走廊，过西域三十六国，到达大秦（罗马帝国）。商队所到之处，也是中国丝绸和刺绣所到之处。唐代诗人张籍在《凉州词》中曾用"边城暮雨雁飞低，芦笋初生渐欲齐。无数铃声遥过碛，应驮白练到安西"的诗句，描述了当年丝绸之路的繁忙景象。

汉唐时期，刺绣行销世界。从今天丝绸之路出土的刺绣文物来看，以衣饰与佛教用品居多，针法有锁绣、戗针、齐针、切针并流行平金、平银针法，不仅色泽华丽，花纹也活泼秀美。特别是佛像绣品，可以看到中西文化融合的特点，如用粗线条锁绣，讲究多色晕染效果，据传是吸收了印度的烘染法。丝绸、蚕丝制造及刺绣技术的传入，使西域诸国将丝绸纺织与原来的棉麻、毛纺织品结合起来，刺绣、染色、提花等工艺的结合，极大地丰富了西域人民的服饰艺术。

随着中国刺绣的引入和发展，西域诸国也开始将自己的绣品向中原王朝朝贡。通过丝绸之路，西域各国的刺绣文化传到中原，影响和丰富了丝绸之路上的刺绣选材，使得汉唐以后的丝路刺绣呈现出多元的异域风格。进入13世纪，蒙古汗国统治着欧亚等广大地区，中国的丝绸和织匠也随之被引入，中国刺绣融入这些地区的生活中，在当地落地生根。在不断进行文化交流融合后，中国刺绣进一步发展并得以闻名世界。

作为中国刺绣重要组成部分的蒙古族刺绣，历史悠久，风格独特，却鲜为人知。据罗布桑却丹所著《蒙古风俗鉴》及有关文献记载，早在元朝以前，蒙古族便十分注重生活中的刺绣艺术，并且应用范围很广。心灵手巧的蒙古族妇女，仅凭一丝丝线、几片丝绸、几块碎布等，就能巧妙地剪、缝、绣出一件件凝聚生活哲理的艺术作品。这些饱含人间情趣的生活用品，有耳套、帽子、花鞋、靴子、荷包、碗袋、飘带、摔跤服、枕套、蒙古袍等。这些生活用品，绣有犄纹、鸟兽纹、花卉纹、卷草纹、图门贺、寿字纹、龙凤纹、回纹、方胜纹等图案，展现出蒙古族刺绣的独特之美。在蒙古族所创造的文化中，蒙古族刺绣艺术是十分光华瑰丽的一页。

蒙古族先民结合自身的审美观念和地域特色，创造了适合自己民族的精美的衣帽、服饰、皮靴等。这些靴帽、服饰不仅为蒙古族所喜爱，同时，也影响了周边其他各民族的刺绣文化，其他各民族的刺绣技艺也被蒙古族刺绣所吸纳。《蒙古风俗鉴》写道："自周、唐以来，汉族的织锦缎就已传入蒙古地区。"汉族织锦缎中富有装饰性的锦文图案及各种花草、鸟兽、虫鱼、瓜果图案，对蒙古族先民及其他北方民族的刺绣艺术产生了很大影响。

我们从《黑鞑事略》中了解到，当时蒙古族服饰都有刺绣，而姑姑冠，"用画木为骨，包以红绢金帛，顶之上用四直尺长柳枝或铁打成杖，包以青毡"。

据研究者指出，元朝政府机构中设有绣局、文锦局、鞋带斜皮局、鞍子局等机构。这些都与刺绣有关，可见元朝对刺绣的重视。元《通制条格》卷九载，职官除龙凤纹外，一品、二品服浑金花，三品服金荅子，四品、五品服云袖带襕，六品、七品服六花，八品、九品服四花。庶人除不得服赭黄，惟许服暗花纻丝丝绸绫罗毛毳，帽笠不许饰用金玉，靴不得裁制花样。在古代，蒙古族刺绣用其纹饰和数量的差别，识别人物身份和地位的不同。

在数百年前的草原，不论是贵族妇女，还是贫苦的平民妇女，都以学习刺绣为相夫教子的立身之本。少女从10多岁就开始跟随母亲学习刺绣，刺绣荷包、袜底，到十五六岁掌握了一定的刺绣方法后，就开始绣各种复杂的花样。有些聪明能干的姑娘不满足于从母亲那里学到的刺绣技巧，就去求教一些巧绣能手，称她们为姐姐，从她们那里学习各种高超的刺绣技巧，如套袖、衣襟、耳套的制作方法，在各种底布上刺绣花卉、鸟兽及自己喜欢的传统图案，并缝制衣帽等。这些姑娘因刺绣作品的精巧而得到周围人的称赞，刺绣技艺也成为她们出嫁前的一份重要资产。

　　蒙古族是一个善于装饰生活的民族，日常生活中的衣帽、花鞋、靴子、针扎、碗袋、枕套、鞋垫、绣花毡、门帘等，都是由妇女和姑娘们精心绣制的。在恋爱的季节，姑娘们还会偷偷绣一个精美的荷包，等待时机，送给心上人。当姑娘把自己精心绣制的荷包交给心仪的男子时，她的一生也就交给了这位男子。蒙古族民间一首《荷包歌》是这样唱的：

　　　　八岁的姑娘呀，绣呀绣到一十六岁，
　　　　像是班禅授给僧人的荷包，
　　　　八百两黄金把它买到皇宫吧，
　　　　皇后会挂在脖子上飘摇。
　　　　九岁的姑娘呀，绣呀绣到一十八岁，
　　　　九条金龙呀，转动着眼睛的荷包，
　　　　十条就是九旗的王爷当成项链买去，
　　　　也值得呀，九年后又被招选进了朝。
　　　　…………

　　蒙古族刺绣以鲜明的技术特色、精细化的审美趣味装点着蒙古族的日常生活。蒙古族日常生活中的刺绣自然不造作，朴素而无虚饰，就如他们质朴自然的生活，彰显着他们对于美的追求。

有着深厚传统的蒙古族刺绣，是最易操作的一种美化服饰的技艺。生活在这里的人们用五彩的丝线装点生活、美化服饰，点缀在衣服上的刺绣多以前襟花、衣侧花为主，构图严谨多变，题材丰富多彩。同时，这些刺绣多以传统纹样为特色，疏密安排恰到好处。小花小鸟点缀得妥帖，浅黄、粉绿色的镶边让人赏心悦目。不同的花样和色彩，其适用人群也不一样。色泽艳丽、制作精美的服装是婚礼服或节日服，古朴典雅的服装是老人服，展现力与美的是摔跤服。姑娘们的穿着富有青春气息，中年妇女的穿着比较雅致，男人一般喜欢穿朴素袍子。

热热闹闹的婚礼，是蒙古族妇女展示手艺最重要的日子。这一天，她们把美丽的服饰穿在身上，用这种方式来庆祝隆重的盛典。婚礼上，从孩子到大人，每一个人的服饰，无论颜色、款式，还是面料、工艺，都不一样，每一针每一线都出自不同女人之手。整个婚礼就像一个流动的刺绣博物馆，就连接送新娘的骏马配饰也都绣着不同的图案。新娘的嫁衣是婚礼中的焦点，在蒙古族的多个古老部族中，虽然新娘的嫁衣风格不同，款式略有区别，但每一件都凝集了绣娘的全部巧思和技艺，仿佛只有如此才能倾注对新娘美好的祈愿。

作为女红的刺绣，是手艺，是传承。在中国，不同时期、不同地域、不同文化、不同年龄的女性一直用自己的双手表达着对生活的热爱。蒙古族妇女也一样，她们用刺绣装点生活，让平淡变美好，让生活变得有滋有味。

在过去的草原上，女人们不管是在放牧的间隙，还是在早晚的闲暇时光里，都会见缝插针地缝制衣服。做一件蒙古袍往往需要很长的时间，但她们从不觉得辛苦。也许今天的人们觉得她们太过认真，也没有必要。她们却不这么想，在她们看来，刺绣是和生命联系在一起的，儿孙们穿上她们亲手制作的带有刺绣的盛装，就是把祖先的祝福也穿戴在了身上。这种内心的信念与祈愿，让一代又一代的蒙古族妇女为她们的孩子做出美丽的绣衣。情感埋藏在了针线里，如同把母亲的爱带在了身上，无论在哪儿，母爱始终温柔相伴。现在，虽然带有刺绣的蒙古袍在渐渐淡出很多年轻人的日常生活，但并不代表它的离去。刺绣像一个重要的基因或者说是一个鲜明的生命符号，已深深地镶嵌在民族记忆的深处。

起源于清代图什业图亲王府的刺绣属于科尔沁蒙绣，主要指图什业图王府世袭的一种蒙古族传统美术技艺，它与科尔沁的历史紧密相连。在科尔沁部与满族结盟的几个世纪里，贵族联姻，一直是清廷维持北方乃至安定内地的重要因素，"塞牧虽称远，姻盟向最亲"。其中，为大清的稳固立下了不世功勋的孝庄皇太后就出自科尔沁。

蒙古族刺绣正是在此基础上产生的，有显著的满、蒙、汉、藏等多民族文化交融的地域文化特点。图什业图亲王府在过去是科尔沁蒙绣的中心，在图什业图亲王的世袭罔替中，王府里的生活极为豪奢，王公贵族的服饰绝大多数饰有精美的刺绣。王府内不仅有众多的仆役、歌手、驯马手、医生、摔跤手、力士、工匠等，还有不少的绣女为王府里的男男女女制作一年四季的生活用品和各种服饰。

图什业图蒙古族刺绣均是纯手工制作，绣女们在日积月累的实践过程中，从材料选择、图案布局、色彩搭配到刺绣针法，一丝不苟，精耕细作，形成自己独特的风格。蒙古族刺绣与其他刺绣有所不同，是能用彩色丝线、棉线、驼绒线、牛筋，在绸布、羊毛毡、布利阿尔皮（香牛皮）上绣花或做各种贴花的一种艺术。蒙古族刺绣技艺精湛，构图严谨，花卉、动物百态千姿，生动逼真，传统图案装饰性强，紧密柔和，浓淡适度，色彩明快，具有浓厚的民族特色和很高的艺术水准。

清朝时，科右中旗有着广袤的森林草原。嫁到这里的大清格格带领王府的绣娘在林深草密、鸟语花香、流水潺潺的秘境中寻找刺绣的灵感，在沼泽、小溪、疏林、灌丛旁发现刺绣题材。茂密的松林、灌木林、疏林、蒙古栎林、榆树林、五角枫林，蒙桑、茶条槭、黑桦、山荆子和各类灌木花草，威风的东北虎，憨态可掬的黑熊，充满野性的狼、猞猁，灵动的狍子、犴、鹿，独特的飞龙、栗斑腹鹀、大鸨、金雕、苍鹰、雀鹰、毛脚鵟、灰脸鵟鹰、秃鹫、燕隼、红脚隼、雕鸮、长耳鸮等都被收入她们的刺绣中。她们依靠巧思、指尖，将大自然的馈赠转化到绣布上，表达着身为女儿的心情和离家后缠缠绕绕的思念。

在图什业图流逝的岁月里，蒙古族刺绣工艺是以师徒相授的形式代代相传。蒙古族将年长、技艺精湛的绣女尊称为"奥伊德勒沁额吉"，大多数绣女均有师承关系。随着时间的推移，蒙古族刺绣不断从中外民族刺绣技艺中汲取营养，互相融合，互相影响，取长补短，从而不断地丰富了各类绣法。图什业图蒙古族刺绣以蒙古族服饰刺绣为主，其外观或质朴清新，或漂亮华贵。不同的刺绣服饰，色彩艳丽，布局精妙，错落有致。刺绣选材皆源于自然和生活，形象逼真，惟妙惟肖。构图色彩协调，图案精美，针法精致细腻，纹络清晰，每一件刺绣服饰都极具匠心和韵味。

蒙古族刺绣工艺基本技法有绣花、刻花、盘花、贴花四大类。针法共九大类40多种，包括齐针、散针、稀针、接针、打籽、退晕等。刺绣程序依次为设计绣稿、勾稿、染线、上棚、配线、刺绣、下棚等若干步骤。刺绣图案内容丰富，较早的以"赫乌嘎拉扎"（花纹图案）、花鸟、小羊羔、牛犊、小马驹、羚羊和梅花鹿等传统艺术图案为典型代表，后受其他民族文化的影响，刺绣牡丹和莲花成为一种新的时尚。正是这些精湛的绣艺、针法，铸就了独特的科尔沁蒙古族刺绣工艺，发展孕育出一整套成熟的蒙古族刺绣工艺技法。

刺绣，这种诞生于女性指尖的温柔技艺，在今天，当它穿越历史，再次轻柔地回到生活中来，与新的生活、新的时代相遇后，发生了新的变化，并被赋予了新的内涵。

2008年，在第四批全区民间文化之乡评选中，科右中旗被自治区文化厅评为"科尔沁服饰之乡"。同年，兴安盟行政公署公布科右中旗图什业图蒙古族刺绣为首批盟级非物质文化遗产名录。2009年，图什业图蒙古族刺绣进入第二批自治区级非物质文化遗产名录。

作为非物质文化遗产项目，蒙古族刺绣受到内蒙古自治区各级政府的重视，坚持"保护为主、抢救第一、合理利用、传承发展"的工作方针，把它当作最重要的民族文化传承项目加以保护。

王府旅游开始了，来参观的人络绎不绝，辽阔的草原、独特的湿地、奔腾的骏马、烂漫的五角枫，美丽的科尔沁以其生动而独特的自然与人文，款款迎接着慕名而来的客人。一拨拨游客向这个坐落于中国北疆的小镇走来，他们赏美景、观民俗，他们在生动精湛的蒙古族刺绣前流连忘返。科右中旗的农牧民妇女听说可以免费欣赏久负盛名的蒙古族刺绣，纷纷向新建的王府走来。她们走进科尔沁王府，走进王府的西跨院，展厅里浓郁的科尔沁蒙古族刺绣风情，一幅幅熟悉的刺绣图案，一抹抹记忆中的颜色，令她们不舍离去。图什业图亲王的朝服、朝靴，公主精美的服饰、帽子、腰带、荷包等绣品，让她们感到熟悉而亲切，记忆中的一针一线，布帛绸缎，在她们的脑海里渐次清晰起来。

在科右中旗，刺绣，是最古老的一种民间技艺，拥有深厚的群众基础，几乎家家都有人会刺绣，孩子们从童年起就能看到亲人绣的枕头、被套、蒙古袍、荷包，还有马鞍和马鞭上的装饰。在蒙古人的日常生活中，刺绣占有很重要的位置。那时的孩子们总是看着普通的丝线被母亲的双手转化为千变万化的刺绣作品。有的孩子早早地跟着大人学会了刺绣；有的孩子没有学会，但这种熟悉的民族技艺已印进了他们的心里，收藏进了儿时温暖的记忆中。

　　游客对蒙古族刺绣给予了很高的评价，蒙古族刺绣无疑成为吸引游客的一大亮点，王府旅游已打开了一个突破口。蒙古族刺绣在展示中受到的好评和欢迎，同样引起了旗委、旗政府的高度重视。为此，旗委、旗政府召开了会议，会议的议题就是，蒙古族刺绣有没有可能成为解决贫困农牧民妇女的精准脱贫项目。大家认真地思考着，讨论着。尽管这时蒙古族刺绣吸引了广大妇女，调动了她们的兴趣，看起来是一次难得的机遇，但是也存在着风险和挑战。首先，科右中旗占地面积15613平方千米，贫困妇女分布在12个苏木镇、173个嘎查村、464个艾里，要让她们掌握刺绣技术，就要进行培训，可是怎么才能把她们组织起来？还有，要生产的刺绣产品应对应哪些消费阶层？市场在哪里？怎么解决生产、仓储、销售等一系列问题？所有的贫困妇女都参与，形成的是一个大型产业，那么产业的前景在哪里？科右中旗的资金很紧张，培训期间的费用怎么解决？用什么来激发农牧民妇女的内生动力？

　　项目还没实施，一个个现实问题就摆在了眼前。

　　这次会议开到很晚。最后，大家决定先在王府进行小范围的刺绣培训，把王府旅游做成品牌，同时打开思路，积累经验，寻找解决问题的办法，然后，再一步步推进和解决农牧民妇女的脱贫问题。

　　白云海对白晶莹说道："白主席，王府里展示的刺绣，您也看到了，游客太喜欢了，您看能不能再抽时间给培训一下，给展馆的工作人员传授一些刺绣技艺，等游客再来参观王府时，游客也可以亲自体验。"

　　尽管身为旗政协主席的白晶莹工作已经很忙，但她还是当即答应了。白晶莹目睹了游客对蒙古族刺绣的喜爱，一些农牧民妇女看这些刺绣作品的眼神，深深地感染着她，她仿佛看到了一束光，蒙古族刺绣能成为扶贫产业的曙光。她要义务传授刺绣技艺，哪怕再忙也要抽出时间，这是重要的事。让更多的人了解和学习蒙古族刺绣，将这份濒临失传的民族技艺传承下去，她愿意承担这份责任。

　　白晶莹满怀憧憬，满怀热情，她利用早晚和周六日的休息时间走进王府，给工作人员进行刺绣技艺培训。她讲，图什业图王府服饰的刺绣部位是非常有讲究的，主要集中在帽子、头饰、衣领、袖口、蒙古袍的边饰及长短坎肩、靴子、鞋、摔跤服、赛马服等服饰上。日常生活中的荷包、裙裤、飘带、枕顶，包括蒙古包的门帘、绣花毡及驼鞍、马鞍垫等，亦有精美的绣纹，并且都有寓意，不能想绣什么就绣什么。除此，白晶莹还给她们讲刺绣和中国文化的关系，讲中国人"天人合一"

走进内蒙古蒙古族刺绣展览馆，馆里收藏着琳琅满目的刺绣作品。据《黑鞑事略》记载，元时蒙古族服饰都有刺绣，纹以日月龙凤；元朝的姑姑冠"包以红绢金帛……包以青毡"。

的哲学观念在刺绣中的运用和体现。关于刺绣的美，白晶莹强调它不仅体现在形上，也体现在色彩上。她告诉学员，中国人是把生命的组成与五行、五色对应起来，这是中国人对世界的认识，是中华民族与生俱来的。祖先们在自然中把色彩与人的感官联系起来，像红色给人的感觉是火，绿色给人的感觉是草原。对于自然界的风雨雷电，祖先们无法掌控，于是就建立了对色彩的信仰，如红色与太阳、鲜血的关系，黄色与土地的关系等。在逐步认识了自然后，他们开始使用色彩比附，或者借助色彩表达愿望，如红色代表吉祥，黄色代表权力等。

白晶莹给这些工作人员讲历史，讲蒙古族刺绣的内涵、禁忌和规范，她在教授技术的同时，连同刺绣文化也进行了普及。

这一次的培训相对轻松，因为王府的工作人员都比较年轻且有一定的文化基础，她们学得快，领悟能力也强，没用多长时间都学得有模有样，能够胜任在王府展示刺绣技艺的要求了。自此，王府旅游又多了一道充满生活趣味的风景，那就是在工作人员的指导下，游客进行刺绣体验。

驻足王府大院，望着络绎不绝的游人被蒙古族刺绣吸引，望着她们走向绣架拿起针，专注地刺绣，白晶莹感到内心温暖无比。这一刻，时间仿佛停滞，只有一针一线在织布上起落飞舞。王府西跨院古木婆娑，白晶莹静静地想，这一古老的技艺已引起越来越多人的关注，随着时间的推移，这一古老的民族技艺，一定会迎来它新的发展契机。

2016年9月，兴安盟将全盟科学发展观现场会放在科右中旗。在这次会议上，兴安盟有关部门领导和负责人参观了王爷府及蒙古族刺绣展厅。旗委书记白云海在这次会议上对蒙古族刺绣的一些情况做了汇报和介绍。他说："这是我们旗政协主席自己设计绣出来的，在这里免费展览，主要是让人们了解咱们科右中旗的刺绣文化，同时让老百姓学习，给他们提供一个观赏和学习的平台。接下来，旗委、旗政府准备让白晶莹主席对贫困农牧民进行培训，让她们通过刺绣改善生活，掌握一项生存技能。"

白云海书记的汇报得到了内蒙古自治区和兴安盟政府领导的认可，他们一致同意科右中旗通过对农牧民的培训，让她们掌握一项生存技能的做法，还提出待条件成熟，将它立为一个稳定的精准扶贫项目，让农牧民通过刺绣获得收入，最终形成产业带领农牧民脱贫的意见。

万事开头难，这么大的一个项目落地前，是需要进行认真全面的调研，它的市场在哪里？能不能被更多的人接受？有没有持久的生命力？一系列的问题都要搞清楚、弄明白，最后才能决定是否去实施。如果只是单纯地作为一种针对农牧民妇女提高素质、增加技能的培训而不能产生效益，那样不仅会危害党和政府的形象，降低政府的公信力，而且会成为被老百姓唾弃的面子工程。

白云海就此事与旗政协主席白晶莹以及旗委、旗政府的其他领导交换了意见。白晶莹谈了自己的体会，人们这才知道，为了留住这份珍贵的民族工艺，多年来她一直在进行刺绣的义务传授，而且是靠她每月的工资，为妇女们购买布料和针线。如今，这份民族技艺被赋予了扶贫助弱的使命，参与到农牧民妇女脱贫的事业中来，这是大好事。这一次虽然更难，但她依然决定利用休息时间进行义务培训，拿出工资为妇女们购买布料和针线。钱肯定不够，她会想办法，这是为农牧民做好事，她愿意承担全部风险。白晶莹也提出了建议，精准扶贫不能靠输血，真正的扶贫，一定要内外共生形成合力，外靠党和国家，靠政策的扶持，内要靠农牧民自己。通过培养增加农牧民妇女的内生动力，让她们自身有了造血功能，才能带动刺绣产业健康发展。其实，在白晶莹的心里，还有一个更大的愿望，那就是在全国还有许多类似科右中旗这样的老少边穷地区、民族地区，解决妇女的贫困问题同样存在着一定的困难，如果科右中旗的蒙古族刺绣能够带领农牧民妇女走上脱贫路，那也将会为许多贫困地区贡献一些可复制、可推广的经验。

广泛而深入的调研工作从不同层面和不同角度全面展开了。

白晶莹带着调研人员走进工厂，先是参观了骏马纺织厂和其他相关企业，发现了很多问题，比如刺绣运用到服装、鞋、帽、床上用品中，所占比重不大，却极受消费者喜欢，大大提升了产品的价值空间，所以一些企业愿意做这些日常生活用品；一些小的礼品加工厂，又喜欢将一些刺绣元素加到挂件上，比如运用在钥匙包、荷包、手机袋上，他们喜欢在这些轻巧的物件上做文章，由此提升产品的受众范围。白晶莹又走进农村牧区，对刺绣产业是否有群众基础、是否适合这个地方展开调研。她让农牧民谈她们对刺绣的认识，同时看了她们做出来的绣品，有些绣品不但精美，而且保留了蒙古族刺绣的传统针法、图样等。她们对刺绣的感情，她们对刺绣的理解，大大超出了白晶莹的意料。望着眼前秀美却贫穷的家乡，望着农牧民那一双双渴望的眼神，她突然有了一直抱着金饭碗却吃不饱饭的感觉。她要马上回去汇报，要发展蒙古族刺绣产业，让蒙古族刺绣助力农牧民脱贫，让刺绣走进千家万户的蓝图已经在白晶莹心中升起。

白云海书记也在当地和国内的多个地方展开了调研，得出的结论是，蒙古族刺绣是一个非常灵活的产业，也是一个有未来的产业。因为它不占据农牧民打工、做家务的时间，它完全可以在茶余饭后做。它与现代加工业结合，形成第二产业，待它在旅游行业形成品牌，又助推了第三产业的发展。单纯地从旅游业角度来看，受旅游的辐射带动影响，刺绣产业发展，反过来助推旅游发展，加快文化与旅游的融合发展。总之，这一定是一个把传统文化与现代生活结合得很好的新的扶贫产业。

科右中旗扶贫省级联系领导则从另一个开阔的视角展开了调研。他非常认可蒙古族刺绣这个产业，认定发展刺绣能将文化和产业结合得很好，亲王府的技艺现在飞入寻常百姓家，本身就是一个吸引人的点。

它过去很传统，现在、未来可以很时尚，有着长远的发展空间。他说："人们说，将资源优势变成经济优势，其实，民族传统技艺也是一种资源。它很神奇，就在每个人的身边，但是人们很难发现。"

经过种种调研和论证，蒙古族刺绣在中宣部、自治区党委宣传部以及兴安盟委的高度重视和大力支持下，成为脱贫攻坚、农牧民素质提升、乡村振兴相结合的第十一个精准扶贫项目。

一根丝线，一头连着千百年的文化传承，一头牵着万千百姓的致富生计，有历史延续，同时未来可期。旗委、旗政府高度重视这个精准扶贫项目，专门召开会议布置了任务，由白晶莹亲自下乡，在每个苏木嘎查进行义务培训，把蒙古族刺绣技艺带到农牧民妇女的身边。白晶莹的心情无比激动，她的梦想就要实现了。白云海也非常激动，他亲切地对白晶莹说："我的大姐，这回您就可以放开手脚去培训了。"白晶莹连连点头。

义务培训会占用白晶莹不少个人时间，望着每天辛苦忙碌的白晶莹主席，白云海心里不禁一阵难过，他实在是很不忍心，"大姐，您就先从代钦塔拉开始培训吧！以后再去远一些的苏木嘎查，每期培训的人也不用太多，40个人就行。"白晶莹一怔，40个人？如果来的人多该怎么办？她很快明白了白云海书记的良苦用心，白书记不想给她增加负担。

走出白云海书记的办公室，白晶莹给王府所在地的代钦塔拉镇党委和嘎查书记打电话，征求他们的意见。最后，大家商议决定培训工作由镇党委和嘎查的书记发布通知，所有想学刺绣的农牧民自愿报名参加，不限名额。白晶莹在电话里表示，她会利用每天早晚和周六日时间给大家义务培训。

全旗12个苏木镇、173个嘎查村的培训就要开始了。这一天，白晶莹将家人召集在一起开了个家庭会议。她说："你们跟着我要辛苦了，要把这个项目做成产业必须加快培训进度，我可能没有时间照顾妈妈您，还有儿子……"令白晶莹感动的是，全家人都理解支持她，他们让她安排好培训，家里的事不会让她分心。他们深知她肩上责任的重大，生怕拖了她的后腿。

第四章 晶莹的心

刺绣，是白晶莹打开温情记忆的钥匙，慈母的爱就缝在其中。

白晶莹生长在一个传统的蒙古族家庭，母亲和姥姥都是远近闻名的刺绣高手。在她的记忆中，小时候穿的衣服、鞋上都有绣花，家里的被子、门帘、窗帘也都是妈妈绣的，每天晚上她都陪着妈妈在煤油灯下做手工活。白晶莹喜欢刺绣，母亲做什么，她就跟着做什么，画图呀，选找布料呀，帮着穿线呀，见她喜欢这些，母亲就手把手地教，聪慧的她也是一点即通，一学就会。

白晶莹记得，在她很小的时候，总有南方的货郎挑着丝线和布料走村串乡，吆喝叫卖。母亲经常让她拿着鸡蛋换回五颜六色的绣花线和好看的布料。每每看着彩色的丝线在母亲的手里变成镶在布上的山丹、荷花、枫叶、马、牛、羊，还有草地和飞舞的蝴蝶，她都惊叹不已。幼小的白晶莹好奇地问母亲是从哪里学来的，母亲告诉她是姥姥教的，这叫蒙古族刺绣，她的前辈，一代又一代在王府做绣娘的蒙古族女人，她们都会。

　　母亲讲的王府，即王爷府。1947年5月，内蒙古自治区成立后，王府的绣女才得以将图什业图蒙古族刺绣技艺带入民间。旧时王谢堂前燕，由此飞入寻常百姓之家，并很快在科尔沁大地散布开来。传入民间的图什业图蒙古族刺绣，依旧是做工细腻、独到，讲究针法及纹路，保留了科尔沁传统刺绣的精髓。它的技艺特征、传承谱系、刺绣规制至今没有被破坏，有着活态传承的特点和价值。

　　刺绣，从儿时起，就留在了白晶莹心间。白晶莹从母亲那里知道了不少关于刺绣和王府的故事，织匠和绣女的传奇。当她第一次听老师讲丝绸之路时，她真是振奋极了。中国的丝绸薄如蝉翼，上面刺绣的花鸟鱼虫活灵活现，龙凤神奇俊逸，牡丹富贵雍容，还有数不尽的吉祥花纹、图案栩栩如生。千峰驼队带着绣有美丽图案的丝绸走过了沙漠瀚海，走到了西域，走到了里海，走到了罗马帝国，与那里的商人交换物品，精美绝伦的中国刺绣让他们看花了眼。从那时起，白晶莹就常常做着一个梦，梦里有迢迢丝绸路，碧幽幽的草地，霞光里有美丽的蝴蝶，一直在飞……

　　白晶莹在耳濡目染中，在追逐绣梦中渐渐成长。差不多8岁的时候，她就跟着母亲画图样，做刺绣。到了10多岁，她已经能熟练掌握龙凤花草这些题材的刺绣了。上了中学，做出非常像样的刺绣已不是问题。那是一个困难的年代，家家都很穷，为了省钱都是自己做衣服，在母亲的影响下，白晶莹缝纫和刺绣技艺已经很娴熟。

　　进入大学，书籍成了白晶莹了解刺绣的一扇窗，从阅读中，她了解到苏绣、湘绣、蜀绣、粤绣等，对中国刺绣有了较为全面的了解。白晶莹勤于思考、善于学习，喜欢动手去做，对于皮革、羊毛、呢料、毛毛绒等比较特殊的材料，普通的绣针是不适用的，她就试着用钢丝、铁丝、竹签，甚至是注射用的针头做绣针。白晶莹的尝试很成功，由此解决了在皮革、羊毛、呢料、毛绒上普通绣针无法刺绣的问题。通过不断学习和摸索，白晶莹的刺绣技艺不断提升，她融会贯通各种刺绣方法，并将其运用到自己最熟悉的蒙古族刺绣中。

　　参加工作以后，偶有闲暇，白晶莹还会拿出绣针。每每看到自己绣出的东西，她的脸上会洋溢出舒心的笑，她知道，这笑带着儿时的颜色，是从记忆中走来的。刺绣，已根植在她的血脉里，这样的爱好让她发自内心欢喜和不舍。后来，在采访的时候，我才知道，在科尔沁，有不少蒙古族妇女对刺绣都怀有这样的情感。在她们的心中，刺绣寄托着她们对生活的美好愿景，对人生的向往追求，甚至是对生命的起源和民族文化传承这一重大而古老的主题的理解。如春节和婚嫁用品中的《年年有余》和《石榴百子》等图饰，当地群众取其谐音，应用于刺绣之上，祈求生活富足，子嗣延绵。再比如人们希望幸福，就绣佛手，借以象征福；人们盼望加官晋爵，常绣梅花鹿，寓意禄；人们渴望长寿，则绣桃、寿星、仙鹤，以祈祷长生不老；人们贺喜，则借喜鹊；夫妻恩爱，则用鸳鸯龙凤。绣娘巧思慧心，用双手绣出福禄寿喜，构成美好愿望，它囊括了人们期盼的全部幸福。

常年辗转于基层的工作与生活经历，让白晶莹有机会和时间近距离观察草原、旭日、云霞、星空、河湖山林、花草鸟兽以及世俗人情的各种神态，这是她创作刺绣取之不竭的源泉。大自然的鬼斧神工，草原一步一景的变幻，动植物或是张扬澎湃，或是静若处子，赋予了她心灵无限的浪漫与美好，对自然与生命的热爱、敬畏，在她的指尖，化成饱蘸着女儿情思的传统技艺。

白晶莹说："实际上，绣花针就是画家手中的笔，这线就是画家的颜料，而至于画什么，怎么画，那就看画家的心了。画家画心，绣娘绣心。刺绣原本是装点生活用品的手工，穿针引线，巧粗密疏，各有相宜。它不只是手工和技艺，它是传统，是文化和精神，而绣品亦如样貌，也是相由心生。"

白晶莹生活在一个幸福的家庭，儿子聪明健康，丈夫体贴入微。尽管她与丈夫工作都很忙，感情却一直很好。

2010年，一场意外让白晶莹猝不及防。

10月的科尔沁，层林尽染，漫山的五角枫依然一片丹红，晚霞般绚烂着梦幻的科尔沁大地。可就是在这样一个诗意盎然的季节，白晶莹的丈夫却突然因病离世，这个沉重的打击，让她痛不欲生，她陷入了前所未有的悲戚之中。白晶莹感觉天一下子塌了下来，心里装满了泪水却不能哭，也找不到倾诉的地方。在家，老母亲和儿子需要她的照顾；在外，她是旗里的宣传部长，有很多工作等着她去做。白晶莹只能把悲痛藏在心里，拼命工作，悉心照顾母亲和儿子，尽量不让自己空下来，她怕一闲下来，悲伤会马上占据她的心灵。

那是白晶莹生命中最灰暗的一段日子。

一天，白晶莹回到家已经是深夜，可母亲房间的灯还亮着，她悄悄地走了进去。白晶莹看见年迈的母亲正在认认真真地绣着一朵荷花，荷花已完成了一大半，绿油油的荷叶在灯光下静静伸展，落在荷尖上的蝴蝶翩翩于飞。母亲太投入了，以至于她在母亲身后站了好一阵子，母亲都没有察觉到。一首熟悉的歌在母亲的房间轻轻飘荡。

听到自幼就熟悉的歌，白晶莹柔软的心仿佛一下又回到了过去，很久远的过去。

母亲睡了后，白晶莹轻轻地拿起母亲还没有绣完的荷花，一针针地绣起来，一个小时过去了、两个小时过去了，几小时过去了，她浑然不知。天亮的时候，一幅荷花绽放的刺绣完成了。端详着这幅由母亲和自己共同完成的作品，她想起了儿时和母亲在一起刺绣的情景。那时，母亲总是让她画，让她试着配线，鼓励她把绣好的东西拿出来，放在她喜欢的物件上或者放在家里很显眼的地方。想起这些，白晶莹的眼睛湿润了，她有多久没想起这些往事了，纷繁的生活，让好多过往尘封。那一刻，望着眼前熟睡的母亲，抚摸着手中的荷叶绣，白晶莹感觉自己的心人世间有这样一种陪伴，小姑娘在懵懂中拿起针线、布帛，巧心慧思将它们转化为衣物，披着、戴着一起成长，等小姑娘成为母亲，又会把这份美好的技艺传给自己的孩子，从此一份温暖有了循环与延续，这就是刺绣。

突然平静了下来，像黎明的大地一样，宁静祥和，温润无尘。

　　有时候，生活就是这样，能带我们走出迷茫和困顿的往往是那些久已存在的人和事，而且是在我们毫不在意的时候。就如那夜的荷花绣，就如那晚母亲的轻轻吟唱。

　　我第一次见到白晶莹时，她就提到了自己的母亲并将老人的照片发到了我的微信上。她说母亲是影响她一生的人，是她的亲人，也是她的恩人，母亲给她的情谊，细如针，长若线。照片中，老人笑容浅浅，神情慈祥、安宁并且高贵，她们母女眉宇间有着一样的温柔、善良和那种闪烁不停的坚韧果敢，还有一种类似于正义或者说是正直的神态，我说不清，但我能深切地感受到。白晶莹是这位母亲的女儿，她们是科尔沁的女儿，图什业图的女儿。

　　母亲用双手为女儿创造过美，在她迷茫困苦的时候，又用双手为她创造了爱与生活下去的勇气。白晶莹的生活渐渐回到了正轨，每天下班回到家，一有空闲，就和母亲一起画图，一起做她们喜欢的刺绣。有时候，她们还会相互比较设计和绣出来的东西，白晶莹总是败下阵来，看见母亲像一个赢了比赛的孩子一样露出笑容，她的心就像被清风拂过。

　　离别的伤痛渐淡，生命的感动更浓。

　　一天，白晶莹去嘎查看望一位生病的老人，回来的路上，老人痛苦的样子一直萦绕在她的心里。她突然想起老父亲临终前对她说过的话："女儿，多给家乡的父老乡亲做点儿事，要一起做，都是邻里乡亲的……"白晶莹想起了多年在基层工作的场面，想到了农牧民无法摆脱贫困的窘迫，他们太想过上好日子了。她感到自责，不能一直沉浸在个人的悲伤里，应该尽自己所能为百姓们做点什么。她要用自己的力量去帮助贫困的农牧民，但一时又想不出该从哪里入手，她把想法告诉了母亲。母亲说："她们得有事做才能改变，你的刺绣这么好，也得传承下去啊！"白晶莹恍然大悟，授人以鱼，不如授人以渔，帮助贫困的农牧民妇女，是参加工作以来，特别是在旗妇联、旗计生局工作后，她一直想做的事。她理解她们、同情她们，知道给钱给物不如教她们好技能。她在基层工作过多年，认识不少孤寡的贫困妇女，她还记着她们住在哪儿，她们叫什么名字，她们家的情况。母亲的一句话提醒了她，让她看清了向前的路，她可以去完成心中的凤愿了。

白晶莹像个孩子一样，深情地拥抱了母亲。

这一夜，她又做梦了，她又走进那个有草地、有霞光、有骏马、有蓝色蒙古高原的地方，当然，那千万只蝴蝶，依然在长调悠悠的长空下恣意飞舞……

说干就干，一旦是认准了的事、正确的事，白晶莹不会再犹豫，这是她的性格，从不拖泥带水。

白晶莹开始亲自上门去找，一个个地去见她们。她向妇女们说明来意，一个个地给她们做工作，连续走访了好几天。这些妇女的生活都很困难，其中有不少人都是寡妇，一个人操持着一家子的生计。她们朴素单纯，她们自卑无助，她们身心和精神是疲惫而孤独的，同时，她们渴望美好生活，更渴望得到人们的尊重。她们听说白晶莹主动找来，是向她们义务传授刺绣技艺，是要帮她们解决生活困难。这些农牧民妇女没有想到，一个旗领导会主动找到她们，还准备伸出援手帮助她们。她们被深深感动了，除了含着热泪欣然同意，就是表示，一定会好好学。

开课那天，白晶莹把她们都请到了家里，还算宽敞的家，一下子被挤得满满的。看着这些妇女，白晶莹心中隐隐作痛，她知道她们活得不易，她同情她们，她想帮助她们，她珍惜与她们的这份情缘。她说："你们都来了，我非常欢迎。你们愿意学，我就全力教，直到你们学会了。只是，我工作上也很忙，只能利用每天早晚和周六日的时间来教你们，你们要认真、要勤奋，学会了，以后可以凭这个本事吃饭，凭技术给别人当老师，就是将来老了，手头也有个事做。你们要自强、自立、自爱，没有什么比好好生活下去更重要了……"

白晶莹知道，扶人要先扶志。她发自肺腑的话令这些农牧民妇女热泪盈眶，她们对生活的渴望被重新唤醒，她们发誓一定要学好，这样才对得起白晶莹的这份情谊、这份温暖。正是怀着这样的心情，在日后，她们当中的不少人成了金牌绣娘，成了蒙古族刺绣的传承人，她们用自己的双手，用勤劳改变了自己和周围人的生活。

温暖是一种力量。

从那天起，白晶莹变得更加忙碌了。她每天早上4点起床，5点伺候母亲吃过早饭，6点至7点半开始上课，8点前赶到单位。晚上下班后，若没有其他安排，她就从6点开始上课，一直到9点结束。白晶莹在单位的工作并不轻松，她也会累，下班了她也想休息，喝茶、听音乐、看看书，但只要一看到那些等着她教授刺绣的妇女，一想到她们的生活境遇，她就忘记了累。她就这样连轴转着，每天忙忙碌碌，内心却感到了从未有过的充实。

不知不觉培训已进行了2个多月，接受培训的妇女们已掌握了基本的刺绣技术，白晶莹开始画些简单的刺绣图案，鼓励她们去绣，说绣好了，可以用来换钱。大家的积极性都被调动了起来。参差不齐的刺绣交到白晶莹的手里后，大伙儿眼巴巴地望着她，白晶莹知道她们希望能挣到钱。当时并没有人买这些刺绣，也没有市场，更没有平台，白晶莹就用每月的工资买她们绣完的刺绣。妇女们挣到了钱，更有信心了。但对白晶莹来讲，成了巨大的负担，买下她们的刺绣，接下来该怎么办？好在她会缝纫、会码边，自家又有缝纫机、码边机，于是，她买来许多布料，趁闲暇的时候，利用早晚时间拿这些刺绣做马夹，一件接一件地做，竟然做了500多件。她把它们码放在家中，有人喜欢她就白送，没人喜欢她就放着。她想，反正是个爱好，关键是帮助了别人，放在家里也不错。

女人们指尖的技艺彰显着工匠风采，
更传递着她们对美的领悟。这种来自于生活
本真的刺绣之美，细腻之思，常常令人叹服。

　　能够帮助别人是快乐的，而能帮助那些需要自己帮助的人，是更快乐的事，白晶莹乐在其中。

　　2010年就这样过去了，之后的几年，白晶莹继续用自己的工资买农牧民妇女送来的刺绣。在这个过程中，又有不少妇女慕名而来，只要她们来，白晶莹就尽心地教，从没有拒绝过一个人。后来，当有人向她提及这些往事，说她做了一件非常了不起的事时，白晶莹谦虚地说，她并没觉得自己做了多大的好事、善事，没有什么了不起，让她感到意外和高兴的是，自己的一点点刺绣技术帮助了一些人，而且这些人是如此热爱刺绣。

　　有时，大爱是无言的，却也是有形的。那些年，白晶莹的付出不仅让那些妇女学会一门技术，改善了她们的生活，更让她们从曾经的孤独、困惑、无助的情绪里走了出来，变得自信、鲜活起来。

　　时光匆匆，转眼到了2016年底。内蒙古捷报频传。这一年，全区扶持发展生产和就业，帮助8.7万人脱贫，易地扶贫搬迁帮助5万人脱贫，生态补偿脱贫7000人，教育资助脱贫2.5万人，社会政策兜底4.3万人。内蒙古还在2834个贫困嘎查村开展了规划到村到户、项目到村到户、干部到村到户的"三到村三到户"工作，每个村投入财政扶贫引导资金50万元，实施到村到户产业发展项目4067个，12.5万户、29万贫困人口得到扶持，实现了扶贫规划、扶贫项目、扶贫资金、帮扶措施、帮扶干部与扶贫对象的精准对接。同时，自治区对31个国贫县深入推进光伏扶贫，182个贫困嘎查村全面启动旅游扶贫，20个旗县积极开展电商扶贫综合示范县建设，产业扶贫覆盖50多万贫困人口。

与此同时，内蒙古积极构建全社会扶贫大格局，由中央、国家机关单位继续定点帮扶贫困旗县，帮助引进各类项目19个，总投资3.6亿元。自治区直属机关单位继续帮扶贫困人口较多、贫困程度最深的兴安盟和乌兰察布市，累计投入帮扶资金6210万元，延伸帮扶资金52万元。"村企合作"精准扶贫行动、"万企帮万村"工作逐步开展，662家企业帮扶593个贫困嘎查村，带动1.7万户、约5万贫困人口。

这一年，内蒙古超额完成减少21万以上贫困人口的任务，21个区贫旗县摘帽，31个国贫旗县农牧民人均可支配收入达到8900元以上，这让还没有摆脱贫困的农牧民更加热情地投入脱贫攻坚战中，已经脱贫的农牧民则加快了奔小康的步伐。全区贫困地区基础设施建设、公共服务明显改善，义务教育、基本医疗和住房安全保障水平也显著提高。

自精准脱贫攻坚实施以来，中国的贫困人口已从2012年的9899万人锐减到2016年的4335万人，这个成绩是相当巨大的。国际经验表明，当贫困人口数量占到总人口的3%左右时，减贫就进入最艰苦的阶段。就要进入2017年的中国，已经接近这个数字。如果剩余的贫困人口不能摆脱贫困，那么脱贫攻坚就无法取得胜利，党的承诺就难以兑现。这时，党中央要求全党上下再动员再部署，集中力量攻克贫困的难中之难、坚中

　　中宣部围绕"吃生态饭、做牛文章、念文旅经"的帮扶思路，推进沙地治理的"蚂蚁森林"合作造林、山东阳信亿利源肉牛养殖、国家中影集团影视文旅等重点项目入驻科右中旗。一束束光的汇聚，照亮了一个又一个贫困村庄的梦想。

之坚。

此刻的白晶莹和旗委、旗政府都在想，怎样才能把这3年的时间充分利用好，精准施策，让全旗贫困妇女在3年内摆脱贫困，使妇女贫困问题得到根本性解决，确保科右中旗如期脱贫摘帽，不拖全国脱贫工作的后腿。

地处中国北疆的科右中旗，以其崭新的风貌诉说着发生在这片大地上的故事。

旗委宣传部副部长达喜介绍了科右中旗在扶贫"吃生态饭"方面的举措，主要是禁牧、禁垦、禁伐，尤其在禁牧方面，中南部生态脆弱区全年禁牧，北部生态优势区实行季节性休牧轮牧。

围绕"吃生态饭"的发展思路，科右中旗以科尔沁沙地治理为抓手，统筹推进山水林田湖草沙系统治理。在中宣部的推动下，"蚂蚁森林"合作造林项目落户科右中旗，在沙化严重地区造林4.85万亩，总投资2156万元。中宣部机关干部职工捐赠100万元，在巴彦茫哈苏木哈吐布其嘎查种植沙棘1500亩。全旗沙化土地有效恢复，森林覆盖率、草原综合植被盖度不断提高。

围绕"做牛文章"的发展思路，中宣部协调引进山东阳信亿利源等企业入驻科右中旗。建立肉牛培训基地，邀请内蒙古自治区农牧厅、内蒙古农业大学专家教授在科右中旗举办养殖技术培训，帮助联系农业银行贷款。在脱贫攻坚工作中，科右中旗的资金都是跟着项目走，项目跟着规划走，规划跟着市场走，让一个个产业推动稳定脱贫、持续脱贫。

围绕"念文旅经"战略定位，科右中旗启动实施国家中影数字制作基地科右中旗影视外景基地建设项目，项目总投资4000万元，其中，中影集团投资1000万元。这个占地面积4万平方米、建筑面积1万平方米的中影影视基地和2100平方米的数字摄影棚项目，打造集怀旧小镇体验、影视剧角色体验、东北美食品鉴、特色商品购物于一体的展示20世纪六七十年代县乡级小镇景观，目前已经在建。

当提及妇女的脱贫问题，达喜副部长激动说起了第十一个精准扶贫项目——蒙古族刺绣，还有即将展开的刺绣培训，特别是提到白晶莹主动承担风险，不让国家投入一分钱的事让人感动。

在这场脱贫攻坚战中，科右中旗发生深刻的变化，国家坚持的分类施策、因人因地施策、因贫困原因施策、因贫困类型施策，通过扶持生产就业发展一批、通过易地搬迁安置一批、通过生态保护脱贫一批、通过教育扶贫脱贫一批、通过低保政策兜底一批，在这里取得了特别明显的效果。

走进之前走访过的几个贫困妇女家庭，她们都已搬进新建的牧民新村、农民新村。这一年，科右中旗完成改造危房34879户（新建17863户、维修17016户），危房全面清零。全旗累计完成易地扶贫搬迁工作任务979户、2966人，搬迁群众全部入住，并通过菜单式扶贫模式给予两次产业扶持，实现搬得出、稳得住、能发展。家家住上了80多平方米宽敞整洁的砖瓦房，建房费用全部由政府提供。

农牧民的新居外是宽敞的庭院，屋里自来水、照明、网络设施一应俱全。科右中旗已解决了"两不愁、三保障"问题，特别是饮用水的解决，杜绝了因饮水不达标造成的地方病的发生。科右中旗还对照《农村饮水安全评价准则》及自治区补充细则，以水量、水质、方便程度、保证率为重点，对全旗集中式供水工程水质开展抽样化验，针对存在的问题采取措施。饮水安全精准到户，建档管理，建立"旗不漏乡镇，乡镇不漏嘎查村，嘎查村不漏艾里，艾里不漏户"的核查管护体系，以自然村为单位，全面动态掌握农村牧区常住人口用水情况。同时，加强水质检测监督工作，对集中供水、农牧户分散式供水工程，会同旗疾控中心开展检测，及时掌握水质变化。

在全旗实施阻断因学致贫行动中，旗教育局认真落实国家学前教育、义务教育、高中教育各项补贴政策和自治区建档立卡贫困家庭大学生每人每年补助1万元政策，健全从幼教到大学的一条龙资助政策和帮扶措施，对因肢体残疾或智力残疾等原因确实不能入学的，开展送学上门（送教上门）助学，确保了义务教育阶段学生不出现因贫辍学现象。

医疗方面，对农牧民实施医疗保障到户行动，实行"基本医疗保险、大病保险、商业补充保险、政府兜底医疗救助"等健康扶贫政策。

全年完成总投资151万元的苏木镇卫生院（室）建设项目，新建6所、维修35所。按照"三个一批"分类，2020年1—6月，大病集中救治19人、慢病签约服务6347人、重病兜底保障31人。全旗建档立卡贫困人口住院19671人次，门诊就诊58462人次，报销补偿率达到90%。

大力实施社会兜底保障政策，扎实做好低保及扶贫"两项制度"衔接，双向识别，实现应纳尽纳。按照"动态救助、有进有出"原则，对未纳入低保范围的65周岁以上、一二级残疾、享受"家庭病床"政策且长期卧病在床的建档立卡贫困人口，每人每季度给予600元生活救助，共落实补助资金803.46万元，惠及10895人次。

科右中旗巴彦呼舒镇乌逊嘎查，是内蒙古自治区党委宣传部的定点帮扶嘎查。在内蒙古自治区党委宣传部的协调下，为乌逊嘎查投入帮扶产业资金125万元，帮助农牧民发展生产。

按照"联席推进，结对帮扶，产业带动，互学互助，社会参与"的扶贫协作机制，内蒙古自治区党委宣传部12名处级以上干部，结对帮扶12个困难家庭。这些家庭已经搬进了新居，他们大多都有病有残，如智力缺陷、精神障碍、肢体病残、弱视、癌症、脑梗、肺结核等，家家都有一人或两人丧失了劳动力。宣传部的12名干部就用自己的工资帮助他们。采访的3个家庭，张长山家、李田宝家和白宝林家，每家有2个正在上学的子女，6个孩子上学的费用都是由科右中旗扶贫省级联系领导一人承担。科右中旗扶贫省级联系领导的助学标准分别为，念大学的孩子，每学期每人5000元；念中学的孩子，每学期每人3000元。除此之外，科右中旗扶贫省级联系领导还为结对帮扶的家庭在新建的房屋外建起了院墙，为每户打了一口井，建起了发展养殖的棚圈和种植蔬菜的温室大棚。

农牧民对党和政府的精准扶贫政策赞不绝口，这是走进每户农牧民家听到的声音："看看，这才多长时间，就让我们住进了明亮宽敞的新砖瓦房，家中有自来水，有电，有广播和网络。嘎查里的人看病有了保障，再不用担忧孩子们的上学问题，就连那些有残疾的家庭，也不用再愁看病和全家人的吃穿。这都要感谢党和政府啊，对咱们农牧民这么贴心……"

据了解，在内蒙古自治区党委宣传部的帮扶下，这里已引进黑木耳产业扶贫项目。该项目在乌逊嘎查投入16万元，涉及25户、65名贫困人口。嘎查还成立了集体合作社，大力发展养牛业、订单农业，嘎查集体经济破题起步。嘎查的农牧民靠种植黑木耳、订单豆角，积极发展庭院经济，光伏产业，大大提振了农牧民脱贫致富的信心。3位妇女还对我说，在宣传部的建议下，她们已将一次性到户的产业扶贫资金入股嘎查集体合作社，享受分红。她们还计划从明年起，在自有的耕地上种植玉米、高粱等农作物，农闲的时候，就去做生态护林员，享受国家各项惠农政策和更多的补贴。

过去，科右中旗农牧民世代以农牧业为生。干旱少雨是这里致贫的主要原因。现在，日照充足又是这里的资源优势。宜种则种，宜养则养，积极发展庭院经济，光伏产业，一个个被精心培育起来的特色产业，解开了一个个脱贫"死结"。

让农村贫困人口不愁吃、不愁穿，义务教育、基本医疗、住房安全有保障的"两不愁、三保障"政策，已落实到老百姓身上。挪穷窝、拔穷根，易地搬迁，贫困的农牧民逐步走出了恶劣的生活环境和如影相随的贫困。

向贫困宣战，这是全人类长久以来的共同使命，中国的脱贫攻坚是世界范围内制度性解决深度贫困的一项壮举，它是中国特色社会主义制度优越性的一次有力而深刻的展示，更是一项震撼人心的民心工程。

面对自治区乃至全国脱贫攻坚的大好形势，驻科右中旗的省级联系领导，科右中旗扶贫省级联系领导和科右中旗旗委、旗政府的领导更感到任重道远。尽管这一年全旗在脱贫攻坚工作中也取得了不小的成绩，农牧民人均可支配收入超过了以往任何时候，扶持生产和就业、光伏扶贫、易地扶贫搬迁、生态补偿脱贫、教育资助脱贫、社会政策兜底等举措都做得有声有色，但与脱贫摘帽仍有一段不小的距离。尤其是蒙古族刺绣这个精准项目，由于前期要做好充分的准备，因此尚未启动，自然也就成为他这位省级联系领导在科右中旗新的一年脱贫攻坚工作的重点。

　　在五级书记的"链条"上，旗（县）委书记处在承上启下的特殊位置。习近平总书记多次强调，县级党委是中国共产党执政兴国的一线指挥部，也是旗县脱贫攻坚的总指挥部。蒙古族刺绣的培训成了重要议题，在为此召开的会议上，旗委书记白云海表示，不能把全部重担压在白晶莹一个人身上，这是科右中旗的大事，旗扶贫办、妇联、民政局、就业局以及12个苏木镇、驻村第一书记全程参与，让他们协助白晶莹做好培训方面的事情，发现问题及时解决，并由培训所在地的扶贫办、妇联负责培训后的检查、组织、管理工作。

　　会后，旗扶贫办、妇联、就业局立即行动起来，组织基层的就业保障所和基层妇联在12个苏木镇、173个嘎查村展开了宣传动员工作。工作组先后上门走访了6700多家贫困户，最后确定了无法与其他精准扶贫项目对接的2895户建档立卡贫困户为刺绣扶贫项目的重点。在这次拉网式的宣传动员工作中，不仅统计出各苏木嘎查参加刺绣培训的人数，还找到了原来的蒙古族刺绣绣娘和刺绣传承人，让她们带领即将进行培训学习的农牧民妇女，为加快刺绣培训的进度提供了有力的支撑。白晶莹心里非常感动，旗里已帮她解决了最难的问题。尤其是拿到旗扶贫办、妇联、民政局、就业局联合做的调查统计结果后，她更是感动不已。这么多人为脱贫攻坚，为蒙古族刺绣默默地付出努力和辛苦，这是对她工作的最大支持和鼓励。

在即将对全旗展开刺绣技艺培训之时，白晶莹感到压力重重。当初，正是本着帮助贫困妇女的初心，才让她在会上做了那样的表态——由她个人来承担风险，不让国家投入一分钱。事后想起，她也从不后悔。但她清醒地意识到，只要培训工作一展开就不能停下来，源源不断的问题和困难也会随之而来。

白晶莹是旗政协主席，职责所在，不能耽误影响本职工作，要合理安排时间。大范围的培训不能脱岗，她只有利用休息时间，把12个苏木、173个嘎查走完。她自己苦一些累一些倒没有什么，关键是精准扶贫、精准脱贫的时限要求，留给她们的时间越来越少了，白晶莹在跟时间赛跑。还有资金，科右中旗有2万多名贫困妇女，用她的工资购买布料和针线进行培训肯定不够，她还要想更多的办法，少不了去借钱或者想其他办法。再有，仅仅对贫困农牧民妇女进行单纯的业务培训行不行？就培训内容来讲，她得认真设计。还有一点让她担心的是，她要一个地方接一个地方进行培训，培训过的学员如何进行管理，又如何继续帮助她们巩固提高所学的刺绣技术。如果培训一批，就丢掉一批，那后面的一切都将沦为空谈。太多的事情，需要未雨绸缪。

多年的基层工作经验告诉她，农牧民都重实惠，即便是好政策摆在面前也要看得见、摸得着，如果没有经济收入，就怕她们不学。如果是那样，培训就有"夭折"的危险。怎么办？进行订单培训？对，要让她们在学习中挣到钱。白晶莹被自己的这个念头吓了一跳，但她坚信这是对的，应该这么做，也必须这么做，这不正是新时代的精准扶贫，培养农牧民内生动力的途径嘛！可是，去哪里找大量的订单？原本她想，循序渐进形成产业，接订单是培训后的事，但现在，订单对于培训已是刻不容缓。这让白晶莹犯了难。

订单培训颠覆了白晶莹先前的计划，必须重新设定。哪怕比登天还难，她也必须去找订单。这是她的承诺，也是她的责任，没有退路，只有向前。

白晶莹让心慢慢平静下来，努力想解决问题的办法。接订单，意味着在培训中就进入刺绣生产，初学刺绣的农牧民妇女能不能完成任务？完不成怎么办？只有加快培训进度，加大培训力度，让农牧民的刺绣技艺速成。她没想到优雅从容的刺绣艺术，在成为精准扶贫项目之后，为了助力农牧民摆脱贫困，被快速链接到实实在在的市场中，细腻柔软一下子变作坚挺生硬，白晶莹心里隐隐发疼。

白晶莹开始打电话找朋友四处奔走，但是多年未与市场接轨的蒙古族刺绣根本找不到销售渠道，想开拓市场，困难重重，但她没有理由退缩，也不能退缩。白晶莹拿着自己的刺绣样品，走访商场、宾馆和商贸企业，几乎磨破了嘴皮，人家还是不为所动。蒙古族刺绣还没有打开市场，更谈不上品牌。商场、宾馆和商贸企业不行，她就去找各旅游景点和纪念品销售点，与他们耐心沟通，虚心请教，征求他们的意见，并根据他们的建议和要求设计图样，如此，终于落实了部分订单。

　　"一带一路"倡议落地生根、开花结果，古老的丝绸之路跨越千年时空，焕发出新的生机。这对白晶莹无疑是一种鞭策，也为她平添了一份豪气。中国曾以刺绣闻名于世，作为传承者就更应该把它发扬光大。她仿佛听到了召唤，蒙古族刺绣也要有走出国门的一天。

第五章 一针一线总关情

年关将至，正是旗政协最忙的时候，白晶莹处理完手头的工作已经很晚了，为了培训班的事，她还得再忙上一阵子。这次培训不同以往，针对的对象是2万多名贫困妇女，培训的目的不仅是要让她们掌握刺绣的基本常识和操作技能，同时也要促进她们整体素质的提升，培养她们成为懂技术、能示范的刺绣能手，为下一步企业的发展提供人才储备。

一幅关于蒙古族刺绣助力脱贫攻坚的发展图景在白晶莹的心中构建，她要着眼于未来，制订科学的教学大纲，引入现代生活和最新的设计生产理念，全面提升学员素质，让妇女们身在科右中旗也能与外面的世界对接起来。考虑到农牧民的知识水平和资质不一样，她的课必须简单明了，由浅入深，有针对性，力求让所有人听懂学会。对于资质差一些的，要个别教学。对于领悟力强，掌握快的学员，她则设计了不同的培训计划和教学内容。在政策方面，她把党和国家进行精准扶贫的战略意义以及其与农牧民的关系作为重点。在刺绣知识方面，白晶莹着重安排了有关刺绣产业发展的内容以及她所了解的刺绣市场动态。她要让农牧民妇女了解刺绣市场上的绣品及大众的消费趋势。

在技术培训方面，她安排了包括刺绣工艺、刺绣材料、刺绣工序、刺绣针法等教学内容。白晶莹定下了目标，每一期培训班结束，所有学员必须掌握平绣、条纹、点绣、编结绣、挑绣、补绣、辅助绣等基本的技艺。如果个别人没有掌握，那她就一遍遍地教，直到培训班所有学员合格结业。她知道初学者一般不会在单布上刺绣，因此，她又准备了一些初学者刺绣用的布贴。在培训这个环节，白晶莹要求自己做到"不落一人"。

帮助农牧民精准脱贫，是这次培训的根本目的，也是白晶莹的初心和她要完成的使命。她要进行的是订单培训，因此，她提前设计好了准备销售的订单样品，如拖鞋、背包、枕套、围裙、手机套等。白晶莹要用这些图案简单的产品锻炼和打磨她们的刺绣技术，待她们技术成熟，待市场逐渐打开后，再循序渐进推出一些图案复杂、设计精致、技术含量较高的刺绣产品。白晶莹按参加学习的人数准备了刺绣用的针线、顶针、剪刀、布料，还有便于刺绣的布贴。这些布贴是用了好多天才纳好的，每人一份。为保证培训质量和效率，她必须考虑每一个细节。

一切都准备好了，夜已经深了，可白晶莹一点睡意也没有。昏黄的灯光下，她在心里不禁泛起了嘀咕，天气骤然降温，降到零下40摄氏度，这么冷的天，她们能来吗？代钦塔拉是她要去培训的第一个镇，给她报来的学习班报名人数是152人。虽然报了名，但是参加培训的人员是自愿的吗？她们会不会因为天气的变化而有所改变？

白晶莹躺了一小会儿，天快亮了，她起身穿上羽绒大衣走出家门。室外，风停了，雪依然在下，整个世界纤尘不染，晶莹洁白，白晶莹掬起双手，几瓣雪花落下，她温柔地收回掌心的雪，寂静中，仿佛听到雪花在掌心化开的声音，她的眼里泛起了泪花，也是晶莹一片。

接白晶莹的车来了，来接她的是一个与她志同道合的姐妹——刘桂兰，还有刘桂兰的爱人。他们开着自家汽车，不仅没有报酬，还自掏油钱，负责接送白晶莹，为培训班尽义务。白晶莹上了汽车，汽车迅速驶进科尔沁雪花飘落的黎明中，向着代钦塔拉的方向疾驰而去。

2016年12月8日，星期四。一个祥和宁静的日子，科右中旗第一期蒙古族刺绣培训班在代钦塔拉举办。

这一天的清晨，白晶莹一走进代钦塔拉会议室，立刻被眼前的情景感动了，会议室正前方的讲台上悬挂着"科右中旗第一期扶贫刺绣培训班"的横幅，下面红色背景墙的正中是金色的镰刀斧头，两边簇拥着12面鲜艳的红旗。自愿报名的152名农牧民妇女已经全部到齐，她们都穿戴得很厚，一副做好了在寒冷中听课，打持久战的样子。旗民政局、扶贫办、妇联、驻村第一书记也都整整齐齐地站在那里，见白晶莹进来，会议室里顷刻间响起热烈的掌声。主持会议的同志宣布了旗委、旗政府的决定，几个部门的负责同志纷纷表态，他们将全力协助白晶莹主席对全旗农牧民开展培训，落实推进精准扶贫政策，表示会与农牧民好好沟通，及时发现问题，及时解决。

白晶莹含泪望着眼前这一切，这是她完全没有预料到的，她没想到这么冷的天，这些妇女一个不少地来到这里等她上课。她们都来了，冻得红通通的脸上洋溢着质朴生动的笑容。她也没想到旗委、旗政府会派出各部门的负责人，旗委把工作都想在了她前面，完全解决了她担心培训后没有人组织、管理、服务农牧民妇女的后顾之忧。白晶莹哽咽了，一种使命感和责任感迅速占据了她的心头。

开始上课了，白晶莹先把准备好的刺绣材料发到每个农牧民妇女的手上，然后，动情地讲起了国家的政策，精准扶贫的意义，妇女脱贫致富的经典案例。讲完这些，她又讲起了刺绣的源流、流派，介绍了刺绣材料，教授绣花针的拿握姿势，剪刀的巧用，花撑子的使用和调节松紧的方法以及花样的设计、布料的选取、绣品的打样、线色的搭配等。

一上午时间不知不觉过去了，白晶莹一直在讲，已经12点多，可是没有一个人走。农牧民妇女们都听得很认真，她们怯生生地拿起绣花针、线、剪刀、布料、花撑子，从她们的神情里，白晶莹看得出，这一刻，她们好像换了一个人，仿佛置身在另一种人生里，很陌生、很新奇，却是很亲切、很向往。

白晶莹被深深地感动了。这些妇女都散居在乡下，她们中的大部分人生活困顿。然而，从她们此刻的神情中能够看出，她们向往好日子，也不缺乏追求美好生活的勇气。她们在等待着呼唤和启发，就像罕山下等待春回人间的瑰丽斯，不管是在皑皑白雪中，还是在山岭峭壁间，只要春风一过，都会在第一时间绽放，漫山遍野，灿若云裳。

白晶莹能感觉到她们对刺绣的喜爱，但她们的基础参差不齐，好多年轻人连针线都不会拿。她问："你们当中以前就会刺绣的请举手。"只有10多个妇女举手。她暗下决心，要从这一期学习班开始，将这一切彻底改变。

这一课讲完，白晶莹准备离开。这时，几个农牧民妇女有些胆怯地走过来，其中一个人问："白老师，我们下次上课是在什么时候？"紧接着，不少人都跟着围了过来，她们一起叫着白老师。白晶莹忍不住流下了眼泪，这是她人生中第一次被这么多人叫白老师，她感觉非常亲切，非常感动。一直以来，人们都称呼她白乡长、白书记、白旗长、白部长、白主席，白老师这个称呼，她真的是第一次听见。从这一刻起，她变成被人尊敬的老师了。她喜欢这个称呼。她从农牧民的神情举止中看到了她们的质朴，看到了她们对美好生活的渴望，她们对她的信任。

白晶莹感到肩上的责任重于泰山，这份沉重化作了承担和不懈的动力。

几次课之后，白晶莹逐渐了解了她们的基本情况，在接下来的培训中，鉴于大家基础不同，很多人刺绣技法操作不规范的考虑，她就从基础教起，教她们握针、下针、行针、打结、分线等基本技法和如何变化运用这些技法的要诀。如别梗法，她告诉她们这个针法常用于表现叶茎及花瓣中的线条，要按纹样顺势制作，上针、下针都要在墨线上，要求针距一致（转弯处针距稍短），连成条纹，不露针迹。单别梗，约3毫米长为一针，第二针跨出二分之一等。她接着又讲双别梗、包针法、乱针法（插针、镶针）、打籽法等技法，如何能够针针镶嵌、参差排列、套色自然，如何细致地表现较大块面的花草等。她还教她们直绣、盘针、套针、抢针、平针、散错针、编绣、施针、辅助针、变体绣、齐针、套针、施针、滚针、结子、网绣、套、挑花、纳锦、穿珠针等针法的运用，她让学员们边听边操作，鼓励她们把绣的东西拿给别人看，在相互学习和交流借鉴中提高。

日子过得飞快，第一期一个多月的学习班圆满结束，白晶莹给培训班的学员都下了订单。当农牧民们听说这些订单只要绣出来就能够赚钱，刺绣用的针线、布料、图样，甚至是线色的搭配统统都是由白老师提供和帮助，她们都抹起了眼泪，她们感动了，她们想一直跟白老师学下去，好好刺绣。

采访中，我问白晶莹最初培训时的情况，她告诉我："刚开始特别不容易！农村妇女自由惯了，话很多。每到一个地方开始培训，很大的课堂，总是好几百人一齐挤进来，各说各的，还有喊的，有的坐到窗台上，有的一下子盘腿坐在地上。因此，我首先要把大家的精力都集中起来。我说：'今天来的都是妇女，我也是妇女，你们要尊重我。我跑

对于加入蒙古族刺绣帮扶计划的农牧民妇女来说，刺绣已不仅仅是一份收入，她们在守护蒙古族刺绣的同时，也找到了自我的发展方向。任何时候，那些有温度、有质感的东西，永远都会在世间找到最好的注脚，比如传统，比如传道授业，比如爱、奉献……

了三个多小时的路程，来到这里不容易，一会儿还要回去上班，你们一定要给我时间。别说话、别聊天、别大声喊叫，等我讲完了，给你们时间，你们再说，行吗？'有时候，有点起哄的感觉。她们听了以后也会问最关键的：'我们学这个东西挣钱吗？挣不着钱怎么办？绣多了眼睛不好怎么办？颈椎病犯了怎么办？'我早就料到老百姓会提出这些问题，所以，每到一处讲课，第一件事并不是教刺绣技术，而是先做思想工作。慢慢地，我从她们的表情上看出了变化，刚开始精力不集中，一会儿接个电话，一会儿看个东西，等她们下定决心了，精力就开始集中了。"

白晶莹跟妇女们说："我们要全面建成小康社会，你们还在贫困线上，光靠人家帮扶不行。"每到一个地方培训，她都要这么说。

这之后，留守乡村的农牧民妇女尝试拿起绣花针，跟着白晶莹学起刺绣。

刺绣需要一针一线慢慢缝制，但农牧民妇女想摆脱贫困的心很急。培训了一段时间，却还没能绣出成品，她们就开始着急了，甚至有的人产生了懈怠情绪。为了提高妇女们的积极性，白晶莹就对所有收上来的图案进行评分，从简单的图案开始，让村民们尝试接订单，拿到市场上试着卖。妇女们开始利用操持家务的碎片时间接订单、做手艺，足不出户就能赚钱。自此，她们兴趣来了，开始聚在一起学习刺绣技术，交流刺绣经验。

对于接订单，妇女们有选择权。"我把价值五块钱到一万元的图案都画好摆在那，让学员们自己选，每幅图稿上都标了价，她们能绣哪个图案就选哪个。她们知道自己的水平，这个说我选一百的，那个说我选五千的。这样一来，积极性就上来了。"

培训很累，白晶莹累中带笑。培训很苦，白晶莹苦中带甜。看着妇女们能通过刺绣增加收入，绣出自己的美好生活，白晶莹倍感欣慰。

自建档立卡与刺绣脱贫挂上了钩，白晶莹就拿出十二分的干劲，在开办的刺绣培训班上，面对面讲解、手把手教，让学员快速掌握绣、贴、堆等技法，她的认真付出在妇女们中间也建起了信任和口碑。

人心，将心比心，换真心。

温暖是绣娘内心的颜色，也是一件件刺绣的底色。

结束了第一期学习班，白晶莹马上给巴彦塔拉苏木打电话，组织第二期刺绣培训班。第二期刺绣培训班来了200多人，之后，每期培训班的学员越来越多，最多的一次达到了700多人。白晶莹还是利用每天早晚的时间和周六日进行培训，她已经不再是一个人行动，在讲课队伍里，有旗里和基层的党员干部。每天早上5点多，她们一起去附近培训的地方，组织农牧民妇女，给她们讲课。晚上依旧是从6点到9点，和早上相比，时间相对宽裕，她们会去远一点的地方讲课。周六日时间集中一些，她们就去再远一点的地方。白晶莹给她们讲刺绣，也讲文化，讲审美，讲她们的生活和刺绣的关系，甚至还要教她们语文、数学。有的刺绣上要绣文字，可大多妇女是文盲，她就从教认字开始。刺绣的色彩变化要精确到厘米、毫米，甚至更小的计量单位，妇女们不懂，她就教她们数字，不厌其烦地讲，直到她们学会了为止。

在休息的间隙，白晶莹也听农牧民讲她们自己的事情，同她们聊天、谈心。她这样做，是要尽己所能帮助大家，帮她们找找出路。妇女们争着说起来，她们有的说自己什么活儿都干过，什么活儿也会干。原来或种地或放牧，生活还可以，后来急于发家致富，开始贷款，将只适合种花生和苞米的沙地改种别的经济作物，辛苦了一年要么收成不好，要么丰收了价格卖不上去。往往投了10万元，只收回5万元，还要付银行的利息。牧民呢，在羊绒羊毛价格飞涨的推动下，急速扩大畜群，羊群数量超过草场的承载量，加之天灾，生活苦不堪言。在生存与生活的压力下，这些妇女想尽了办法，她们摸着石头过河，很焦急却没有方向，持续的贫困，让她们很茫然、很沮丧。科右中旗地处偏远，信息不灵，走不出去，使得这种生活更加艰难。她们不了解外面的世界，也无法面对外面的世界，观念也跟不上时代的变化。往往越是这样，妇女们也越固执，越落后。了解了这些情况后，白晶莹在教学上开始有所侧重，在传授刺绣技艺的同时，给她们讲知识、讲文化、讲外面的发展变化，让她们学习技艺的同时，也打开了闭塞太久的视野。

探索，就意味着要改革、要创新。

在培训的同时，白晶莹加紧了刺绣图样的设计，改进和丰富了设计内容，在图案设计上做了进一步的规范，以期为蒙古族刺绣融入更多的文化内涵。为了蒙古族刺绣的长远发展，她在讲课中不断融入和丰富民族文化的理念，纠正在漫长的发展岁月中，那些用偏或用错的民族元素和文化符号，将蒙古族刺绣的民族性、独特性和现代性统一结合，力求得到各个层次的商家和消费者的认可，让贫困妇女拿到更多订单。

随着培训班的持续开展，旗委、旗政府组织领导干部为农牧民妇女免费传授刺绣技艺的消息也在科右中旗传开，各个苏木镇的妇女天天都在问，白老师什么时候能来，要等到什么时候。在培训初期，许多农牧民妇女曾在私下说这个培训是骗人的，哪有这么好的事，让你一边学习还一边挣钱。等参加培训的妇女真的拿到订单，最后又拿到钱，原来持观望态度的农牧民妇女开始转变，再也坐不住了，实在等不到白晶莹到她们所在的苏木开培训班，就先通过网络自学起来，她们实在是太着急了。

龙梅就是其中的一个，当她听说可以靠刺绣挣钱，非常兴奋。她和白晶莹一样，也是从小跟母亲学会了刺绣。那时，她家里的姐妹也都跟着母亲学。因此，龙梅有着不错的刺绣基础，只是结婚后因生活所迫，不得不放下了刺绣这一爱好，外出打工养家。当听到刺绣能赚钱时，她重新拿起了绣针。令她欣喜的是，时隔多年，对于刺绣竟然一点也不陌生。白晶莹还暂时到不了龙梅所在的地方培训，她就跟着网上的刺绣讲座学起来。当她感觉自己已经有了明显的进步，就拿着绣好的刺绣去旗里找白晶莹。但她几次去旗里，都因为白晶莹下乡培训没能见上面。龙梅就把绣好的刺绣交给了管理社区刺绣工作的刘桂兰，让她帮忙拿给白晶莹看看。

在一个晴朗的上午，龙梅见到了白晶莹，白晶莹对她的刺绣赞不绝口，她让龙梅赶紧绣，并立刻给她下了订单，鼓励她靠刺绣治病脱贫。龙梅立刻把这个好消息告诉了她的姐妹，姐妹们为她高兴，五妹、六妹、七妹、九妹也很快加入了刺绣队伍。

培训班的名声越来越大，找白晶莹学习刺绣的贫困妇女也越来越多。白晶莹热情地接待她们，把她们拉到刺绣培训班。有的贫困妇女出于自卑，不敢找白晶莹学习刺绣，白晶莹知道她们的情况后就主动去找她们。白音诺拉嘎查的低保贫困户张占小就是其中的一个。张占小49岁，有一儿一女。儿子6岁患上肾病综合症。2015年，丈夫将肾移植给儿子后，自此丧失了劳动能力，家庭生活条件较之从前更加困难了。女儿8岁时，又被查出一只耳朵几乎没有听力。因为弟弟生病的缘故，女儿从小立志学医，要当名医生给弟弟治好病。终于，这个有孝心和志气的姑娘考上了内蒙古医科大学。尽管女儿考上了大学，也没有冲淡长久以来生活给张占小带来的忧伤和沉重，低迷的情绪在张占小的心里挥之不去。白晶莹得知张占小的情况后，立刻和她取得了联系，让她很快加入刺绣队伍中。张占小在白晶莹的鼓励和培训下，刺绣技术提高得很快。

在科右中旗刺绣队伍中，不仅有妇女，也开始出现男绣工，白占雄就是其中的一个。他能走进刺绣行列，起因竟是和妻子白图雅的赌气。

事情是这样的，自白晶莹2016年开始做刺绣培训，白图雅就学起了刺绣。她每天在家绣，进步很快，但白占雄总对她的刺绣挑毛病，指手画脚，这引起了白图雅的不满，她说："有本事你也绣个东西出来，拿给白主席看，让她给评评。你敢不敢？"白占雄也怒了，说："好，赌就赌，绣就绣，看白主席怎么说！"于是，白占雄就绣了一幅刺绣。由于白晶莹太忙，白占雄好几次也没能见到她，于是，他让管理社区刺绣的刘桂兰转交白晶莹。当白晶莹看着这幅因打赌绣出来的刺绣时，几乎不敢相信自己的眼睛，尤其听刘桂兰说这还是一个男人绣的，而且是第一次做刺绣，她简直惊呆了。她立刻让刘桂兰把白占雄叫来，她要劝他做一名绣工。见到白占雄后，白晶莹夸他："你绣得非常好，无论是图案设计、颜色搭配、作品创意，都有非常高的水平。"白晶莹问了他家的情况后劝他："把家中的耕地承包出去吧，你55岁了，干这个轻松，挣钱也不少。你有这个天赋，就全力做刺绣吧！"白晶莹的话击中了白占雄的心，从那时起，白占雄与妻子白图雅全情投入刺绣事业中。

白占雄和妻子白图雅是高利板镇的农民，家中有2个女儿，一个上初中，一个上小学。全家靠白占雄种地维持生计，日子过得十分艰难。他一个人要种30亩的地，实在是太累了。在白晶莹劝他从事刺绣之前，他一直对未来充满了担忧，他怕自己哪一天累倒，那以后的日子怎么办？2个女儿还在读书，他非常迷茫。听了白晶莹的一席话后，他毅然决然选择了用刺绣养家糊口。现在，白占雄夫妇靠刺绣已经脱贫了。

白占雄之所以第一次就绣得这么好，源于他的美术功底。他的父亲学过美术，是当地有名的木匠。在白占雄小的时候，他总看父亲干活，父亲闲下时会给他讲图案设计和绘画中透视比例的关系。而让他真正迷上画画，却是因为一次奇遇。白占雄5岁那年的冬天，他和父亲早晨外出，在雪地里捡到一只刚冻死的布谷鸟。他拿着那只鸟爱不释手，看了又看，但最后还是忍不住饥饿，把鸟儿给烧着吃了。那年他刚懂事，虽然吃了布谷鸟，但他还记得鸟的样子，他带着愧疚的心情将布谷鸟的样子画了出来，父亲看见他画的布谷鸟，大大地夸赞了他一番。白占雄受到鼓励，从那时起就画了起来。

他每天在野外玩耍观察，回家后就画看到的东西，麻雀、蝴蝶、蛤蟆，反正画什么都行，只要能画就快乐无比。16岁那年，白占雄听说通辽文化馆有美术学习班，就去通辽自费学习，从美术基础学起，学素描、油画、雕刻、皮画、木板烫画，学了半年后，回到科右中旗。不久，他就和朋友合租了房子，开起了美工部和木匠铺，为人们做牌匾、家具、刻字、画风景画等，也为店铺做装饰，这一干就是10多年。后来，美工部和木匠铺倒闭，他又回乡种地当了农民。

　　最早进入刺绣队伍里的男绣娘中，曹峰是一个。曹峰是通辽扎鲁特旗人，40多岁。19岁到科右中旗打工，在一个家具厂做油漆工。25岁那年，曹峰与当地的一个女子结了婚，留在科右中旗。婚后，他们先后有了女儿和儿子。为了照顾2个孩子，妻子始终在家没有出去打工，一家人的生活全靠曹峰这一个劳力。可是，天不遂人愿，先是曹峰生病股骨头坏死，接着又发现儿子是个聋哑孩子，全家陷入了困境。去沈阳、长春给儿子看病花光了全部积蓄，尽管有医保，但也只能报销一半，因为曹峰的户口始终没有迁来，还在扎鲁特旗。负责管理旗里社区刺绣的刘桂兰知道了曹峰一家的困难，主动上门找曹峰，让他学习刺绣，但曹峰出于男人的自尊，觉得磕碜，不肯去学。白晶莹听说后也多次上门做工作，终于把曹峰心中的疙瘩解开，曹峰拿起了绣针，加入刺绣行列，并成为一级绣工。

　　白晶莹的刺绣培训进行得如火如荼，手术后正在休养，但心急如火的梅荣在微信群里看到白晶莹给农牧民妇女上课的小视频。微信群里的姐妹在议论，说这是订单培训，她非常激动，她喜欢刺绣，但没想到靠刺绣还能挣钱。她想，如果是真的，她就不用再去外面打工，在家里就能赚钱，要比在外面奔波好。于是，她带着母亲从外地回来，寻找白晶莹。第一次她错过了，等她到了培训地点，白晶莹已去了另一个苏木。她就再打听，可白晶莹的培训班越办越远。在等待见面的日子里，梅荣并没有闲着，跟着小视频学了起来。有一天，她听说白晶莹在离她不太远的乌逊嘎查上课，立刻打车过去，和白晶莹见了面。

见到白晶莹的第一句话，梅荣说："白老师，我不是乌逊的，但是我就是想学这个，做这个刺绣。"随后，她很胆怯地拿出了自己绣的一幅小小的刺绣，白晶莹看了看说："不管你是哪儿的都可以绣，只要你想学，就能跟着学。"那一天，梅荣坐进了课堂，百感交集。

梅荣坐在乌逊嘎查培训班的教室里，认真地听着。下课的时候，白晶莹对梅荣和另外两个姑娘说："你们跟着我回旗里吧，我从办公室给你们拿些图片和一些小样品，再给你们讲一下，你们回家绣，绣完了拿过来我看看。"

她们一起回到旗里，白晶莹让梅荣和另外两个小姐妹等她。她们等待的地方是在一家奇石馆，主人便是刘桂兰。梅荣和她聊了起来，这才知道她是白晶莹的好姐妹，刘桂兰夫妻都是蒙古族刺绣的支持者，为培训做了大量的工作。刘桂兰和她的老公来自农村，靠打工挣了些钱，就在镇里租房开了这家奇石馆，生意还很不错，买了新商务车，准备把奇石馆生意扩大。就在这个时候，白晶莹的刺绣培训开始了，当他们得知白晶莹利用刺绣助力农牧民妇女脱贫攻坚的事情后，夫妇俩没有犹豫就关闭了奇石馆，加入刺绣队伍。

刘桂兰夫妇是在偶然的场合认识白晶莹的，白晶莹的和蔼可亲给他们留下了深刻的印象。通过几次打交道，他们对白晶莹十分钦佩。后来，他们才知道白晶莹是旗政协主席，对她更是信任有加，一个这么为农牧民着想、这么接地气的领导，他们愿意和白晶莹一起做事。听说白晶莹要义务培训，帮助的还是那些贫困的农牧民妇女，从农村走出来的两口子非常感动，立刻停了奇石馆生意，全身心地配合起白晶莹的工作。对于贫困，他们有着深刻的体会，刺绣能让广大贫困农牧民过上好日子，他们愿意加入并为之奉献自己的全部热情。

　　刘桂兰主动承担起镇里的刺绣管理工作，丈夫开着自己新买的车给白晶莹做起了司机，他们开始一个苏木一个嘎查地走。梅荣听了他们的经历，动情地看着刘桂兰，说："没想到你们为了刺绣，为了我们，付出了这么多……"刘桂兰说："我们付出的这点算什么，真正付出的是白主席。那次去吐列毛杜培训，我也去了，那个场面才叫震撼。一个不大的屋子装了四五百个妇女，外面的妇女还在往里挤。人太多，声音大，听不见，白主席就喊着讲。那些人几乎都不会刺绣，她就一个个地教，这一讲就是一整天。回家后，我就对我爱人说，跟着这样的人干，就是赔钱，心也敞亮。我爱人也说，跟着这样的人干，就是累死，我们也乐意。"

　　她们等了一个小时，白晶莹才来。白晶莹给她们拿来图片和样品，又给她们画了图并认真地讲起来，第一针的颜色怎么绣，第二针的颜色怎么搭配，然后给3个姑娘每人下了5个小订单。每个订单只有25元钱，钱不多，但这是一种信任，更是一个希望，梅荣感到久违了的温暖。白晶莹给她们讲完，已经是晚上11点多。后来，梅荣才知道白晶莹离开的那一个小时，是因为感冒去挂了吊瓶输液了。现在，每当梅荣想起这些，眼里还是泪光闪闪。

那天回家后，梅荣的心情久久不能平静，她想，白晶莹是一个领导干部，以她现在的身份，没必要这么劳累辛苦，但她还是坚持下乡义务教农牧民妇女刺绣，她都能这样做，自己还有什么理由不去努力。梅荣还说，和白晶莹在一起就像与朋友相处，一点也没有感到领导与老百姓之间的那种距离。梅荣很感激白晶莹，甚至对她有一种崇拜的感觉，一直到现在都是这样。

梅荣总是亲切地称呼白晶莹"白姨"，"到现在，我最感激两个人，一个是母亲，一个是白姨。她们一个给了我生命，让我自信、自强、独立；另一个给了我希望，教会了我刺绣、做人和做事，让我找到了自己想要的东西，面对未来不再茫然。"

梅荣的5个小订单完成了，她拿去让白晶莹看，白晶莹说："哎哟，挺好看的，真的是我想要的效果，你都绣出来了。虽然不是百分之百，但至少达到百分之七八十了。"梅荣说："我听了白姨的话可兴奋了，更让我兴奋的还在后面，白姨又给了我一个2米的订单，正好是50个花朵，每个花朵20元，绣完了就能挣1000块，我激动得就好像当年考上高中的感觉。回家后，我就对我妈说，就这么决定了，咱们在旗里租房子绣吧！"

梅荣在镇子的铁路边租了房子，这里离医院比较近，方便母亲看病，租金还比较低，不像镇中心一年要1万多，这里一年6000元，连取暖费都包括了。白晶莹知道了梅荣的情况后，没有对她生活上进行直接的资助，而是督促她尽快提高刺绣技艺。她对梅荣说："不管什么时间，就是下班了，你有不懂的东西或其他问题，随时在微信上问，我看到了就给你讲，我是不会那么早休息的。"之后，白晶莹经常在晚上，用微信或者小视频给梅荣讲课。事实上，白晶莹已经非常疲倦了，要么是在旗里主持政协的工作，要么是下乡讲一整天的课，但她从没有因为劳累中断给梅荣单独讲课。在白晶莹的悉心指导下，梅荣进步得非常快，她越干越有劲，白晶莹不断鼓励她，也经常给她增加学习难度。

　　白晶莹进行的刺绣培训，采取的是因人施教、因材施教的办法。对于文化水平低、领悟能力差、动作反应慢的妇女，她一遍遍讲、一遍遍示范，不断巩固，直到她们掌握为止。而对于像梅荣这样聪明、反应快、有知识的年轻人，她就不断加码，提升培训难度，只告诉她们解决问题的路径，让她们自己去思索操作，破解难题。梅荣很喜欢这样的挑战，她说："不懂就是不懂，有困难就是有困难，但我喜欢自食其力，把事情做好。我不喜欢那种直接给东西的帮助，因为我还年轻，虽然做过手术，但已经痊愈了，现在也能刺绣。我不要那种同情，那样的帮助对我来说好像是生活没法过下去的感觉。"

　　梅荣给我留下了很深的印象，她有苦乐、有奋斗，更有改变命运的决心。她说："刺绣已成了我的全部，我也投入了全部，即使晚上醒

一针一线，讲述着传承与重生的故事。在祖国北疆有这样一群女人，她们经历了生活的困顿和磨难后，用指尖勾勒七彩，绣美生活。

来，也要瞅一瞅。为啥呢？我就靠这个生活，所以我必须把它做到最好。"我问她学刺绣的过程中遇没遇到困难，她说："当然有。但有白姨教我，我一路走来，遇到困难也一直坚持。我学到的最有价值的东西就是坚持，如果你坚持不下来，无论多么优秀，到头来一无是处。"

白晶莹用辛苦、努力和坚持让培训班活起来，订单一批批下，产品也一批批出，但问题紧接着来了，那就是还没有销售刺绣品的销售人员。白晶莹日日奔忙，每天睡眠时间不足6个小时，哪还有时间跑销售。但是必须迅速组建营销团队，销售交上来的刺绣，这样才能确保不断扩大的培训有持续的订单。

从蒙古族刺绣成为精准扶贫项目的那一天起，打造具有内生动力、市场活力、长效机制的产业项目，就成了决定这个项目建立和发展的前提条件。它是新生事物，还存在着一定的风险，白晶莹勇敢地迎接了挑战。从培训到形成产业，在没有国家评估审定的情况下，她不能让国家和政府投入一分钱，她也不允许国家和政府的资金成为这个项目的试验经费。她选择了自己来承担风险，就是想通过努力走出一条新路，实现靠民族技艺使农牧民摆脱贫困的构想。

白晶莹非常艰难地进行着培训，为的是骨子里流淌的那份对农牧民的深厚情感，还有就是对刺绣的热爱，当然，还有很重要的一点，那就是对国家扶贫政策的信心。从举办第一期培训班开始，她就坚持服务农牧民并进行订单培训，自己不仅不拿报酬，还垫钱买来学习刺绣用的针线布料和其他辅助工具，无条件提供给农牧民。

接受过培训的妇女越来越多，绣出的刺绣也逐渐增加，建立专业的营销团队势在必行。

在培训阶段，有不少退休的姐妹和热心人士帮助白晶莹跑里跑外。可这些人几乎都是上了年岁的人，他们的精力和体力已经跟不上了，白晶莹于心不忍。要服务越来越庞大的农牧民刺绣队伍，面对竞争激烈的市场，让蒙古族刺绣形成产业并做大做强，必须注入新鲜血液，录用年轻人是当务之急。人们说巧妇难为无米之炊，她手里没有钱，怎么招人？

白晶莹想到了就业办。通过就业办，她了解到有为数不少的科尔沁籍大学生，毕业后没有找到合适的工作，有的是因为语言不通，有的是因为专业不对口，有的是考不上公务员或进不了事业单位，有的是在外打工好几年，一直没找到像样的工作实现梦想与抱负。白晶莹要找到这些大学生，让他们回乡创业，他们有知识、有文化，好好引导他们，他们会是蒙古族刺绣的未来。可是，她发不了工资，一想到这儿，白晶莹心里又打起了鼓。她粗略计算了一下，蒙古族刺绣从培训到见效益，最短也需要一年的时间，这就意味着，在这一年大学生完全是义务劳动，没有报酬，他们和他们的家人会同意吗？

白晶莹决定试一试，她坚信是梧桐树就能招来金凤凰。

　　旗委、旗政府组织劳动人事部门，专门举办了大学生就业招聘会。消息迅速传开后，有180多名大学生前来应聘。招聘会由白晶莹亲自主持，她用一上午的时间介绍了刺绣产业的前景和创业阶段的困难，最后，她问大学生："情况我都介绍了，你们有没有兴趣？如果感兴趣，我就给你们出几道题，你们答完后，合格的人就进入面试。我出的题是，在一年没有工资的前提下，你们有没有决心，愿不愿意留下来？如果蒙古族刺绣形成产业，让你们营销和管理，你们有没有信心？还有最重要的一点，你们能不能为我们的农牧民服务，带着他们脱贫致富？"听完白晶莹的话，全场静默。很快，大部分大学生走了，最后剩下的16名大学生报了名，第二天来面试的却是12个人，又相继找理由走了10个人，最后只剩下2名女大学生，一个叫包永辉，一个叫塔娜。有2个也好啊，有火种就不愁把火燃旺，白晶莹相信用不了多久，一切都会改变的。

　　白晶莹能够理解大学生的离开。她欣赏大学生的专业知识和年富力强，她想帮他们成就一番事业。她珍视蒙古族刺绣来之不易的今天，她希望他们能够留下来，和他们一起共创蒙古族刺绣的明天。尽管只有2名女大学生留下面试，她还是提出了标准和要求，把将会遇到的困难都交代在前。这是对涉世不深的大学生负责任的做法。

　　她说："这是一个新生产业，还存在着风险，因此在验收前不能让国家投入。这也是一个值得努力做的事业，需要我们不断地学习、思考、创造。在遇到困难或者是和书本上学的不一样的时候，需要你们有能力、有信心和毅力去解决并向前推进。你们都是独生子女，能不能克服困难艰苦创业？我会高速度、高质量要求你们，你们能不能适应并跟得上我的脚步？我们接触的多是贫困农牧民，你们能不能和他们打成一片？去服务的时候，他们的想法、做法可能和我们不一致，你们能不能包容理解他们？能不能把他们当作自己的亲人或朋友一样，为他们着想，真心实意地为他们做事？要是你们都有了准备，就报名上班。"

2名女大学生没有犹豫，她们当场表示："我们也是农牧民的孩子，谢谢您对农牧民这么好。我们有信心，我们也不会半途而废，我们信任您。"几句话说得白晶莹心里暖暖的，这份信任给了她安慰，也给了她信心。2名女大学生与自己儿子同龄，她要把她们当成自己的孩子，带领她们和蒙古族刺绣一起向前，尽自己所能给这2个孩子和蒙古族刺绣创造一个美好的未来。

包永辉和塔娜留下来了，上班的地方仍是那个临时办公地点——奇石馆。她们分类整理要去各个苏木嘎查培训使用的布料和针线，因为数量很多，两人几乎忙不过来。

选优配强"领头雁"，必须如此，蒙古族刺绣才能保持生命力，同时健康发展。白晶莹想，必须尽快找到有担当，肯付出，忠诚事业，有发展潜力的年轻人，让他们走上蒙古族刺绣助力脱贫攻坚的第一线。

这个想法一直萦绕在白晶莹的心间，只有包永辉和塔娜是远远不够的。她是这个精准扶贫项目的带头人，她要选好人，还要用对人，这是一件大事，可哪里有合适的人选？科右中旗，这个只有26万人口的贫困旗，只要有点出息的，都出去打工找出路了，时下，农村牧区人口流失严重，几乎是只剩下了留守儿童、老人、妇女，到处是一派萧条的景象。蒙古族刺绣事业发展需要可靠的人才，起点必须高，还要有一定的管理和社会经验，可这样的人去哪儿才能找到？招聘时的场景还历历在目，望着遥远的群山，白晶莹心情沉重而焦虑。凡事预则立，或许，从那一刻起，关于大学生团队的建设，在白晶莹的心里已经开始构建，一批富有激情、梦想和青春的孩子已经在她内心活跃跳动。后来，在采访的时候，我接触到了那个年轻的团队，整个蒙古族刺绣扶贫车间，到处是他们的身影，很忙碌、很鲜活，他们走楼梯时都是跳跃着向前的，他们回头看你，眼睛像月亮，笑脸像太阳，他们的出现使得整个车间充满了朝气，充满了动感的韵律。

年底，又到了领导干部慰问的时候。慰问那天，天气依旧奇冷，辽远的科尔沁，祖国北疆的科右中旗，它的冬天永远是入骨的寒。白晶莹迎着风雪走进一个偏远的嘎查，她先走访了旗劳模，接着又慰问了贫困户和村里的老党员，最后她走进的是自治区劳动模范的家。老两口住在平房里，陈设简朴，劳模老杨的神情里带着那个年代特有的一种气质，温和善意，质朴平静，让人看着舒坦温暖。白晶莹问老两口："你们的孩子呢？快过年了，他们不回来陪你们过年吗？"老劳模说："我那两个儿子，从学校毕业后，都没找到工作，在外打工没有回来。"白晶莹的心不禁一沉，她问："毕业几年了？都多大了？有对象了吗？"老劳模说："大的已经32了，都没有对象。"白晶莹有些心酸地说道："那可咋整，得赶紧呢，在咱们旗里32岁找不到对象，那可就是大龄青年了。"白晶莹想，既然她是来慰问的，那就得解决问题。她想到蒙古族刺绣正需要人，她问他们哪个孩子更孝顺听话，有责任心，肯担当，老两口都说是大儿子。白晶莹回头对工会干部说："那就过完年，初八一上班，你第一时间把他家大儿子领到我办公室，跟我见个面。"

2017年正月初八一上班，白晶莹见到了老劳模的大儿子杨福林。白晶莹问他这些年在外打工的感觉，杨福林说："不行，年年打工挣不了多少钱，有的时候打完工，钱也要不上来。"白晶莹说："你父亲是自治区级劳模，你想不想像你父亲一样，兢兢业业地做点事？"杨福林说："咋就不想呢！"白晶莹说："那好，我问你三个问题，你要认真回答。一是我带着你，让你领头去创业，创业就意味着奉献，这样的话，可能一年没有工资，你能不能挺住？"杨福林说："能。"白晶莹又问："二是我对你要求高，管得严，可能会经常批评教育你，当然也会教你好多东西，你能不能像你父亲那样奉献付出？能做到吗？"杨福林答："能。"白晶莹再问："第三，我对你会比别人要求高，你会很忙，你现在没有对象，你答应了我，可能忙得连谈恋爱的时间也没有，你能不能做到？"杨福林还是斩钉截铁地回答："能。"看着眼前这个朴实而干脆的小伙子，白晶莹也果断地对他说："那好，那你就把蒙古族刺绣的销售和管理承担起来，你年龄大，就由你带着大学生们去干。"

就这样，白晶莹为蒙古族刺绣选出了大学生团队负责人，但冷嘲热讽也随之而来。有人说，白晶莹已经在打造自己家的产业，杨福林肯定是她姑姑家的或舅舅家的儿子，否则做出这个举动太让人难以理解了。甚至有人直接对杨福林说："这产业让你负责，谁能相信你们不是亲戚？"杨福林百口难辩，最后只好一笑置之。白晶莹对他说："没什么，事实永远是事实，谁也改变不了。你去把服务农牧民的事做好，其他的不用理会。"

杨福林带领包永辉和塔娜全身心地投入工作中，3个人每天要完成的几乎是15到20个人的工作量，杨福林一个人承担了统筹订单、购买布料、安排生产、上门为农牧民服务、对外批发零售等几项工作，包永辉和塔娜则带着农牧民的刺绣产品去早市、夜市和王府展厅外摆摊，一是销售，二是看市场、做宣传。

从此，包永辉和塔娜白天在奇石馆备货，早晚出去练摊。人们听说早市、夜市有2个女大学生在卖刺绣，并且她们还没有报酬，是为培训农牧民妇女筹集资金，就一窝蜂地去看。人们先是对她们好奇，继而被她们卖的刺绣吸引，陆陆续续续购买了起来。令2个大学生欣喜的是，这个小小的地摊竟引起越来越多当地人的关注。大学生包永辉对我说，一开始摆摊还真有些不好意思，后来，随着过来询问和购买的人越来越多，她就只顾卖东西，给他们介绍蒙古族刺绣，甭提多充实了，哪还顾得上不好意思。

人们说，创业难。在事业刚起步的阶段，3名大学生克服的困难是常人难以想象的，他们没有工资，也没有任何保障，完全是凭着一腔热情在干。尽管他们年轻乐观，从不言苦，但他们付出的艰辛，只有他们自己明白。

永辉说她永远忘不了大家一起创业的那段日子。他们几个人一起在王府展厅布展、摆放和出售产品时，《代钦塔拉草原》这首歌总是不停地响起。直到今天，这首歌一直流淌在她心里：

你到没到过代钦塔拉草原？
来这里游览富饶的牧场。
罕山脚下水草丰美，
杭嘎里湖畔山丹花开。
茫茫草原跑骏马，
滚滚绿海走牛羊，
春天的草原是一幅美丽的图画。

走进了它的怀抱，

你就会爱上绿色，

就会把眷恋系在背上、系在马背上。

…………

永辉说，每当听到这旋律，她会哭，然后会笑。是啊，人生最难忘的应该是这样的时光，为梦想奋斗的日子一定是最壮美的。在生命的长河中，汗水和《代钦塔拉草原》，静静地流淌在他们成长的岁月中，并且有了名字，是追求，是青春。大学生们和蒙古族刺绣风雨同舟，携手共进，践行着当代年轻人的使命和价值。

在白晶莹和许多人的帮助努力下，越来越多的当地百姓对刺绣有了新的认识，刺绣市场逐渐打开，有的旅游景点开始上门订货，每月早市、夜市及图什业图亲王府的营业额有上万元。白晶莹用这些钱买回布料和针线，继续免费提供给培训的农牧民，培训班的规模也越来越大，参加学习的人也越来越多。

在采访中，问及她们当时没有工资，为什么还会来这里工作，她们这样回答："我们的家都在科右中旗，决定来做蒙古族刺绣，我们已经有了思想准备。尽管当时挣不到一分钱，但有白姨不计报酬地带着我们，我们就感觉到踏实，也有了在这里干下去的劲头。再者，我们回到家乡，回到父母身边，成与不成只是一年的时间，就算什么也没有，可学到了经验，就当赌一把，给自己一个拼搏的机会。路总要一步步走，才知道有没有可能，有没有未来。如果连试一试都不敢，那还是什么年轻人呢？事实证明，我们的选择是对的。不仅蒙古族刺绣取得了成绩，我们也学到了很多宝贵的经验。"

她们不停地跟我说来到这里工作的种种经历，眉眼里溢满了清风一样的笑。她们感情饱满，充满活力，她们热爱自己的事业，热爱自己的家乡，也热爱她们的白姨。几年的锤炼，她们青春的神情里多了份从容和坚毅，很感染人。看到她们那么自信乐观，那么青春无悔，我真替她们高兴。跟对了人，做对了事，还做出不小的成绩，这确实是令人愉悦的事。现在，永辉和塔娜已经成为蒙古族刺绣的销售和管理骨干，她们活跃在农牧民中间，活跃在科右中旗脱贫攻坚的舞台上。

2016年就这样过去了，农牧民的订单收入不少，欢欢喜喜地过年去了。而白晶莹和她的大学生团队没有一分工资和补贴，但他们的心中同样充满了喜悦。

新年伊始，国家又加大了脱贫攻坚力度，这让白晶莹看到了贫困户如期脱贫的美好未来。

第六章 巾帼匠心 草原绣梦

　　2017年1月14日，内蒙古自治区主席布小林在政府工作报告中强调，要牢记习近平总书记"只要还有一家一户乃至一个人没有解决基本生活问题，我们都不能安之若素"的叮嘱，打好脱贫攻坚战，把脱贫攻坚作为第一民生工程，因户因人精准施策，通过扶持生产、易地搬迁、生态补偿、教育扶贫、政策兜底等措施，确保20万贫困人口脱贫，14个区贫旗县、3个国贫旗县摘帽。

　　2017年3月18日，在全国"两会"上，习近平总书记参加青海代表团审议时强调，"十三五"时期是脱贫攻坚啃硬骨头、攻城拔寨的时期，必须横下一条心，加大力度，加快速度，加紧进度，齐心协力打赢脱贫攻坚战。

　　新的一年，中国大地掀起了一股股热潮，举国上下聚力脱贫攻坚，到处是改变，是新气象。新的一年，蒙古族刺绣迎来了新的发展机遇，也迎来了前所未有的挑战。

　　就在全国"两会"闭幕不久，兴安盟委书记再次来到科右中旗进行调研。在调研过程中，他目睹一批刺绣产品发出去，另一批刺绣产品的订单又定下来。他不禁发出感慨，几个月没来，这个国家级贫困旗通过多个举措，使民族文化技艺焕发出新的活力。在这里，刺绣正在被重新认识并赋予新的内涵，刺绣已从文化变成商品融入百姓的生活。这次，他正赶上一个嘎查在搞刺绣培训，过去麻将桌上的乌烟瘴气不见了，农牧民把玩麻将的时间用在刺绣上，闲置的麻将牌没用了，农牧民就把它做成刺绣用的顶针。他看到农牧民用麻将牌制作顶针的过程，前后三分钟的时间，一张麻将牌就变成刺绣用的顶针，真是化腐朽为神奇。让他惊叹和震撼的不仅仅是这制作的速度，更是群众的智慧，还有他们思想观念和精神面貌的改变。他对蒙古族刺绣大加赞赏，充分肯定了这个扶贫产业在脱贫攻坚中的典型示范作用。盟委书记的肯定，毫无疑问给科右中旗的领导干部，特别是旗委书记白云海和蒙古族刺绣带头人白晶莹吃了一颗定心丸。

2017年的4月16日，内蒙古自治区党委书记也来到科右中旗调研。他对刺绣服务扶贫攻坚、培育老百姓造血功能的发展模式以及同时开展的素质提升工程，给予了很高的评价，并对蒙古族刺绣寄托了期待。他兴奋地赞叹道："你们让我看到了农村的生产方式和生活方式的改变，包括对闲暇时间的有效利用。"是啊，当传统的劳动技艺可以创造经济价值的时候，它的走向也必然发生根本性的改变。而当一个事物被人民大众实实在在接受并认可，产生良好的社会效应的时候，它也必然会走得更远。

当蒙古族刺绣产业扶贫得到政府的重视和肯定，得到社会各界的高度关注后，老百姓的积极性更高了，更多的贫困农牧民纷纷走进刺绣的行列。看到农牧民的热情如此之高，白晶莹的心里别提有多高兴了。

可与此同时，更大的困难也摆在白晶莹的面前。蒙古族刺绣继续靠拖鞋、背包、手机套、枕套等小订单已难满足日益扩大的培训队伍，这些单一的产品不仅市场有限，利润也小。如今，蒙古族刺绣需要更大的订单，脱颖而出的农牧民绣工也需要在技术含量更高的订单操作中锻炼和提升。那么，批量大、技术含量高的订单在哪里呢？如果找不到批量大、技术含量高的订单，培训工作就会陷入停顿，也等于宣告蒙古族刺绣这个精准扶贫项目的流产。白晶莹很焦虑，她决不允许出现那样的局面。如果那样的情况发生，她对不起党和国家，也对不起全力推进蒙古族刺绣的广大干部职工和参与其中的农牧民妇女。如果那样的情况发生了，对所有人都是一种巨大的伤害。蒙古族刺绣项目一定要进行下去，脱贫攻坚的使命不能放下。白晶莹暗下决心，哪怕上天入地也要找着出路，她要用心、用行动和生命践行"我心无我，不负人民"的理想信念。

在刚结束的兴安盟扶贫攻坚会上，蒙古族刺绣被列为精准扶贫的龙头项目，新的荣誉和被寄予的厚望，也要求蒙古族刺绣能经受得住眼前严峻的考验。白晶莹已有好些日子吃不好、睡不好了。她的脑海里不断地思考着："推进扶贫开发、推动经济社会发展，首先要有一个好思路、好路子。""要坚持从实际出发，因地制宜，理清思路、完善规划、找准突破口。"想着蒙古族刺绣，想着脱贫任务和贫困的农牧民妇女，她想到了旗里的企业和她所在的政协。白晶莹的思路一下子清晰起来，为什么自己还在受惯性思维的局限？为什么自己没有考虑当地企业是能够助力蒙古族刺绣的资源？为什么没有充分发挥政协委员和政协常委的优势，推进蒙古族刺绣事业？

事不宜迟，想好了就去做，白晶莹给企业家们拨通了电话。

不久，一个关于蒙古族刺绣与当地企业合作发展的座谈会在旗政协召开。白晶莹满怀真情地向企业家们介绍了蒙古族刺绣，企业家们对此有了更多的了解。她拿出农牧民的刺绣，让企业家们观赏，企业家们看后踊跃发言，纷纷表示要支持这项事业。白晶莹谢绝了大家的好意，她说："之所以召开这个座谈会，是想让蒙古族刺绣与企业共同发展，开创新的局面。"见企业家们没太听懂，她又解释道："大家都是企业家，你们的企业和产品通常是通过新闻媒体做广告打品牌，花费的精力和财力都不少，能不能以民族文化作为载体，结合自己的品牌开拓市场？比如咱们的旗花瑰丽斯，漂亮吧？你注册一个瑰丽斯商标，再由我们用五颜六色的丝线把花绣出来，作为你们打开市场的产品或是其他，这会让人一下子记住你们的产品，也会提高你们产品的美誉度。而且你们做这样的广告花不了多少钱，还让人们看到了你们的企业文化，你们的品质，你们的追求。再比如保险，你去推销保险，人们受传统观念的影响，对推销人员很排斥。如果你送客户一个刺绣制品，比如一件绣了平安瓶的刺绣，这不仅让潜在的客户觉得生活有了保障，而且象征着平安的平安瓶放在家里，也会让人感觉到舒服。我们中国人的心里都住着一个家，每个人都是希望家人平安顺遂的……"白晶莹一说完，整个会场都沸腾了，企业家们开始思考如何与蒙古族刺绣合作扩大企业的影响，也为贫困户做点事情。就这样，蒙古族刺绣影响和带动了科右中旗的企业，结合本地区本民族的文化，走上了共同创新发展的道路。

座谈会结束了，它激起的涟漪仍在扩大，蒙古族刺绣解决了订单问题，使培训进入良性发展。白晶莹又设计出新的产品，庄重的桌旗、典雅的挂毯、靓丽的蒙古袍、精美的蒙古靴以及具有保健功能的枕头等，产品多元化了，技术也升级了。社会各界对蒙古族刺绣的关注度越来越高，引起关注就会带来商机，简朴又不失高雅的刺绣产品被不少人看好，越来越多的人开始了解和购买蒙古族刺绣产品，他们将其作为礼品送人或留为己用，许多机关单位的庆典活动，也把蒙古族刺绣作为纪念品。在自治区、兴安盟的文化旅游推广中，一些企业也来寻求合作。150元一幅的平安瓶刺绣制品面世后，极大地提升了保险公司的业务量。随后，各旅游景点也100幅或200幅地购买，500元一件的刺绣蒙古袍也有了订单，蒙古族刺绣成为各旅游景点的热销产品。

可是没过多久，白晶莹又遇到了新的困难。农牧民虽然对刺绣的热情很高，但她们基本都是初学刺绣，没接受过几次规范的培训，大多数人技术水平还不行，兴趣被提起来，可技术还需要进一步提高。基于这样的原因，开始下订单生产的产品图案都很简单，绣起来难度并不大，如枕头、围裙、小挂件等，合格的刺绣有不少，可作废的布料和刺绣也不少，虽然很多刺绣完成了，但是绣得不尽如人意，不合格的刺绣也不少。但为了鼓励大家坚持下去，白晶莹给这些不合格产品也发放了订单费，全部收了回来。

　　时间已到2017年4月，培训班的人数已接近4000人，不合格的刺绣越积累越多，有30多个麻袋了。怎么办呢？如果没有人买产品，她们就不会再绣，积极性也会严重受挫，但是让她们继续绣下去，资金周转困难。白晶莹不得不一再面对接踵而至的难题，一轮轮的考验，迫使白晶莹不断陷入思考中，"办法一定会有的，事在人为嘛！"这是白晶莹经常对自己和大学生们说的一句话。一想到那些农牧民，一想到她们将来能过上好日子，她只能把沉重化作力量，化作坚持。

　　经过反复思考，白晶莹再次把科右中旗的14位企业家请到办公室。她开门见山地说："我又遇到困难了。这些年没有给你们添麻烦，现在遇到困难，希望你们都能献献爱心，出钱买走我们的不合格产品，买了先放在你们的仓库，一年后，大学生再拿钱买回来，我说到做到。你们能多拿的就多拿，能少拿的就少拿，10万不嫌多，1万不嫌少。培训得继续下去，我们实在没钱了。"一个旗政协主席这样哀求，在场的企业家都被深深地感动了，他们纷纷解囊，有的拿3万，有的拿5万，最多的拿出10万，最后筹集到67万。看到大家慷慨解囊，她深情致谢，把蒙古族刺绣做好做强，让农牧民脱贫的决心更加坚定了。

白晶莹没有让企业家直接把钱拿过来。之于爱心，之于奉献，白晶莹要给他们一个庄严的仪式。

很快，在旗政协礼堂召开了300多人参加的购销会。白晶莹让人把不合格的产品放在大箱子里，以箱子为单位明码标价，与14位企业家现场交易。这些企业家在购销会上把钱拿出来，把不合格产品带走了。看着67万元现金，妇女们又惊又喜，她们没想到不合格的产品还能卖出去，还值这么多钱！她们哪里知道，为了这笔周转资金，白晶莹经历了多少个难眠的夜！她是个爱面子的人，但她为了帮助她们脱贫，还是向企业家们开口化缘了。

科右中旗扶贫省级联系领导得知购销会的事情后，很是感动，他考虑给蒙古族刺绣提供些资金帮助，没想到被白晶莹一口谢绝。白晶莹说："我现在还不能接受资金扶持，为什么？因为这个项目还在试运行阶段，是否能成还是个未知数，要是成功的话还好，如果不成功那就浪费了国家的资金，没有效益怎么办？所以，我们现在不能接受国家和政府的资金扶持，等啥时候成功了，关键时刻需要钱了，我会向您汇报，请求支持。现在真的不能要，谢谢您的好意！"

望着这位热心、有担当又坚持原则的旗政协主席，科右中旗扶贫省级联系领导不禁在心里为她点赞，有这样的基层党员干部带头，脱贫大业必成。和科右中旗扶贫省级联系领导同行的同志风趣地说："科右中旗的干部给钱都不要，真是不简单！"之后，中宣部以及其他帮扶单位也要给帮扶资金，都被白晶莹拒绝了。她说："凭着艰苦奋斗创业，我们努力闯出一条路来，这份事业没取得成功之前，不能要国家和政府的钱。"

300人的购销会，极大地震撼和感动了科右中旗的农牧民，越来越多的人加入刺绣队伍。白晶莹不敢懈怠，她用67万元买回一些布料和丝线，设计研发出10多种不同图案样式的箱包、挂毯等，让技艺好的绣工制作新产品。

购买针线布料的资金解决后，白晶莹立刻把考核评级和激励机制引入订单生产。她要迅速提升绣工们的整体水平，再不能出现刺绣次品，要让订单生产进入良性循环。这个时候，每个绣娘的心里也都憋着一股劲，她们目睹了白晶莹为解决流动资金四处奔走，不得已到处求人，她们也见证了企业家们拿走次品，留下她们急需的钱。那些次品里有多少件是自己绣的，她们心里非常清楚。虽然白晶莹从来没有提过此事，但她们已牢牢记在心里，不能再出次品。在绣娘心里，做好刺绣，是为了挣到钱，但已不仅仅是为了挣钱。当然，刺绣水平越高，就越能接到大的订单，就能挣到更多的钱，她们愿意为生活、为荣誉而努力。

　　新的阶段，每一个绣娘都倍加珍惜来之不易的机会，她们一针一线地缝制。能够高质量完成订单，是她们最自豪的事情。

　　一场提高刺绣技术，比拼质量的行动开始了。绣娘们在培训班、在妇联、扶贫办、苏木嘎查组织的巩固提高班，在家里自觉而努力地提高刺绣技术，她们的针法越来越娴熟，丝线色彩搭配、明暗处理也越来越有层次，越来越有自己的风格。

　　考核评级使不少人脱颖而出，像梅荣、龙梅、张占小、白占雄、白图雅、曹峰等，都晋升为二级。从那时起，考核评级、比拼质量成为常态，在绣娘们间形成了热潮。考核评级被确立为蒙古族刺绣的晋升制度，是每个绣娘技术提高和级别晋升的必走之路。绣娘们在完成订单的同时，为绣品注入了更多的热情、巧思与创意。不久，第一批被评为二级的绣工又晋升为一级。白晶莹对晋升快的绣娘并没有放松，对她们不断加码，提出了更高的要求。

　　白晶莹说："你们现在虽然是二级工、一级工，但还有很大的提升空间。接下来，你们不仅要继续提高刺绣技艺，还要提高速度。"

　　人们知道，刺绣需要静下心来一针一线地缝制。提升刺绣的速度，这个要求看似简单，实则难度很大，它需要耐心，更需要时间。

　　梅荣后来对我说："我那时的速度慢。原来带着老妈在外面打工，工作时间比较长，钱吧，也不是那么多，收入也不稳定。但是没办法，你必须得去做。自从学了刺绣，我有了目标、有了理想，收入也不错，还有了大把陪老妈的时间，这是我过去做梦也不敢有的奢求。我觉得靠绣花挣钱养老妈就足够了，可白姨却说：'刺绣可不是你说的这点东西，你还有发展空间，更有责任用你的技术带动贫困的农牧民姐妹。我要给你施加压力，没有压力就没有动力。'白姨的话激励了我，让我从自满中走了出来。在高质量完成刺绣的同时，缩短刺绣时间成了我的新目标，我开始看着时钟刺绣。原来我在家一天半绣完一件作品，白姨告诉我，下次要在一天内绣完。我回家就看着表绣，哎呀，就拿这么一朵小花来说，我第一次用了一个小时绣完，那么下次我一定要减少时间。那时，每天晚上只睡两三个小时，半夜起来也要绣一绣。我到现在也挺感谢白姨，确实，通过那样的训练，我的速度上来了，嗯，特别快。"

科右中旗脱贫攻坚到了关键时刻，帮助全旗贫困妇女的脱贫行动——蒙古族刺绣培训也进入冲刺阶段。为了加快培训进度，更大程度、更广范围地提高农牧民的刺绣技艺，旗委专门召开会议，从培训过的人员里挑选了300多名悟性高、人品佳、能力强、技艺娴熟的学员，把她们集中到一起进行特殊训练。经过一星期的集中培训，这300多名学员不仅在技术有了明显提升，就连神态和举止都有了很大的改变。白晶莹把她们派到173个嘎查行政村，每个嘎查派2名做老师，同嘎查妇女主任组成一个团队，让她们就近在嘎查为农牧民举办刺绣培训班，进行长期指导。通过培训，进一步统一了思想和认识，使农牧民妇女以更加积极的精神面貌投身到脱贫攻坚和乡村振兴当中。

　　让300名经过集训的绣工对农牧民妇女进行培训，这无疑又是一个创举。这是蒙古族刺绣助力脱贫攻坚的成果体现，标志着农牧民妇女刺绣队伍的壮大。她们的自身素质在不断提高，思想观念也发生了转变，摆脱贫困的内生动力提升了，不再依赖政府救助"输血"，开始自力更生去"造血"。

　　走上职场、走进市场，对很多观念相对保守的贫困地区女性来说并不容易。她们害怕的是什么？害怕的就是不敢往前走，不敢想、不敢做、不敢动。对于就要去当培训老师的绣工来讲，这确实是一场考验。尽管她们的刺绣技艺已经过关，但其中的大多数文化水平不高，胆子小不自信，能不能教好、能不能服人，她们还是有顾虑和压力的。身为研发团队副组长的梅荣和龙梅也承担了下乡培训的任务，她们的心里同样不安，她们去找白晶莹，"白姨，我们好紧张，遇到问题和困难能给您打电话吗？"白晶莹说："紧张什么！随时给我打电话。你们要以平常心对待，这样才教得好，才能让人听懂。你们没有压力，听课的人就不会有压力。讲课是一个循序渐进的过程，不要太复杂，按时间和进度去教应该教的东西。"她们下乡讲课，试着答疑解惑，开始角色转变。渐渐地，她们熟练了，在讲课中融入自己的经历、自己的变化，用自己的故事鼓励大家学好刺绣。

　　在白晶莹的鼓励下，下乡培训蹲点的老师们克服了内心的畏惧，刺绣，带着指尖的温度，历经千年，从实用需要发展为艺术，针与线之间融入了女性心灵的感悟，是女性之美的表达。在至真至美作品的背后，是一代代女性为家庭和时代做出的礼赞。

每个人都有了信心。在采访中，一个奇怪的现象不断出现，这些优秀绣娘的身上都有白晶莹的影子，她们磊落、热情、干练的行事作风影响着身边的每一个人。她们不仅跟着白晶莹学刺绣，还学接人待物，从模仿到习惯，到形似而后神似。科尔沁的绣娘朴实无华，他们心明眼亮。这是一个懂得感恩的群体，她们的感恩与感动由表及里，同样朴实无华，但真实得让人感动。采访中，几个有特殊困难的绣娘说，白晶莹心里装着大家，每次都会在订单上给予照顾。但她总会一碗水端平，分发订单的时候公开透明，平均分发，她们的订单也只比别人多一两个。她们知道，多一两个订单是一种鼓励，多绣一个订单就多赚一份钱，是白晶莹在照顾她们的生活。

梅荣说："白姨教我们的不只是刺绣，也包括接人待物。刚开始在一起刺绣的时候，很多人都比较保守，不喜欢与别人分享自己的刺绣，生怕别人超越自己，或是笑话自己。白姨就讲，假如我们接到10个订单，只有一个人能绣，要很长时间才能完成。订单是有时间限制的，是要求进度的，规格也都有要求，如果刺绣的人只有一个，交单延误，别人就不愿意给你了。第二个是质量问题，第三个就是别人对你的信任。同样是这10个订单，如果我们是10个人或者20个人一起绣，那完成订单要多久？我们整体的刺绣技术提高了，团队意识增强了，就很容易拿到订单。老板要的就是在最短的时间内，把最好的东西拿到手。有了这些做保证，下订单的老板才愿意与我们合作。听白姨这么讲，我们突然间想通了。大家纷纷议论，如果白姨不肯把个人的休息时间奉献出来，奉献给我们，哪里会有我们的今天。"

梅荣接着说："去乡下蹲点的时候，我也向大家传递了这种理念，我说，大家要一起绣，一起研究。我们今天培训的是100个人，希望这100个人再带动100个人，这样一个一个传下去，我们的事业就做大了。让2万多妇女人人都有订单，我们才会幸福。"

300名经过集训的绣工对农牧民妇女进行了培训，培训的人数在几何级增加。覆盖式的培训确实是加快了培训进度，扩大了培训范围，但也造成培训资金再度出现困难。能想的办法都想了，培训班在等着布料和针线，该怎么办？面对困难，3名大学生挺身而出，互相担保，到信用联社贷款30万，他们用这笔贷款买回培训用的材料，免费提供给农牧民，保证了培训工作的继续开展。很快，这笔贷款也用完了。白晶莹出面担保，贷款90万。贷款再次用完后，白晶莹就用自己的房子做抵押，贷款几十万，凑够了培训用的资金。

那是一段充满艰难和挑战，也充满希望的日子，培训班在科右中旗的各个苏木嘎查遍地开花，得到了社会各界的高度认可。刺绣扶贫家喻户晓，参与其中的贫困妇女越来越多，并纷纷受益。

在全国范围内，因残致贫、因残返贫都是脱贫攻坚的难点。在科右中旗，也有为数不少的建档立卡特困户妇女是老弱病残，并且她们中有不少人对培训抱有抵触情绪。这些老弱病残者虽情况各异，但共同点是非常固执。有的认为刺绣是细碎活，不愿意去做；有的是身体有残疾，鼓不起勇气去学；还有的认为自己没文化特别笨，反应迟钝，怕听不懂，担心在众人面前丢人现眼。为了"不落下一人"，完成刺绣培训的"最后几公里"，让贫困农牧民妇女丢掉"等、靠、要"的思想，早日加入蒙古族刺绣的行列脱贫致富，白晶莹多次找她们谈话，给这些人做工作。她们仍不愿意学，白晶莹就和她的团队不厌其烦地到她们家里做工作，帮助她们转变思想。对于还不愿意接受的妇女，继续重点走访和引导；对于学得慢的农牧民，就让派下去的老师一遍遍地教，一遍遍地演示，直到她们学会为止。如此，一批特殊的农牧民走进刺绣队伍。

赵霞，女，40岁，高力板镇妇女，打麻将成瘾，每年输二三万。家里有过2台麻将机，打烂了，于是她每天换地方打麻将，随叫随到，不分白天黑夜。她的孩子还很小，她也不管。高力板镇的人戏称她是"麻将头子"，只要能打上麻将，她什么都不顾。白晶莹知道情况后就去找她，说："你能不能学点技术，能不能拿起针线？你是个女人，怎么连自己的孩子也不管，也不照顾家，这样行吗？你学学刺绣吧，把麻将牌放下……"

赵霞很顽固，怎么都不肯接受。白晶莹也很固执，她一定要劝赵霞放下麻将。白晶莹一次次上门劝说，赵霞终于答应试一试。直到这时，赵霞才发现，周围很多人都在学刺绣，学会刺绣后，都不打麻将了。她后悔莫及，于是，比别人更努力地学了起来。

　　有一天，白晶莹正在培训班讲课，赵霞来了，她既紧张又害羞，站在门口不敢进来，白晶莹把她叫了进来。赵霞说："我绣出东西了，不知道好看不好看。"她羞涩地拿出绣品，展开平铺在白晶莹面前，培训班的学员都惊呼起来。赵霞绣的是一幅荷花，她在荷花的边上还绣了几笔紫色的丝线，灵动又不失典雅。大家惊呼起来："没想到你这么心灵手巧，快绣起来吧，要不就可惜了。"大家都夸她。白晶莹更是激动，"赵霞，你绣得很漂亮。你属于心灵手巧型，绝对有潜力。从今天起，你就做'刺绣头子'吧，带领全村的农牧民刺绣脱贫……"赵霞绣的荷花有创新，白晶莹当场奖励她500元。赵霞受到鼓舞，开始认真学刺绣。

　　马八十五，男，50岁，文根嘎查农民，建档立卡特困户，因为车祸，躺在床上10年。妻子为了照顾他很辛苦，也顾不上管2个孩子。为此，马八十五非常难过，他觉得给家里人添了很多麻烦，多次想寻短见又力不从心。白晶莹得知情况后，带着村里的妇联主任亲自上门教他刺绣，给他做思想工作。"你就躺着拿针线，看能不能绣出个小叶子来，如果行，再绣个小花朵，过几天我再来看。"白晶莹鼓励道。

　　过了几天，白晶莹再去的时候，马八十五绣了一个小小的花朵，虽然绣得不是很好，但白晶莹鼓励他："我跟你打赌，你肯定能绣好。你要是再绣2朵花，就能挣30到50元，到时你就自食其力了，还能养活孩子。"马八十五深受鼓舞，从此开始刺绣。看他瘫着身子不方便，白晶莹就请人在他家的房顶做了个刺绣架子，这个架子正好竖在他身前，能调整高低，用起来很是方便。

褚玉何，男，45岁，杜尔基镇靠山嘎查农民，建档立卡特困户，2岁时因感冒打针造成医疗事故，致使肢体残疾（三级），没有劳动能力。他31岁成家，做了倒插门女婿。家里有5口人，母亲患有风湿性心脏病，2个女儿还在上学，生活困顿。当他听说有男人也加入刺绣行列，就主动去找白晶莹，"白老师，我这情况什么也干不了，能不能学刺绣？"白晶莹和蔼地对他说："当然能了，现在男同志学刺绣的也多了，你腿不好，手却没问题啊！"褚玉何说："那我就学。"白晶莹安排了绣娘指导他。三天后，白晶莹来时，褚玉何绣了一个很漂亮的小公鸡。

白晶莹高兴地鼓励道："好好绣，你会绣得越来越好。"褚玉何有了信心，接着又参加了两期培训班。他的技术越来越娴熟，不久，他成了一级男绣工中的佼佼者，绣出来的作品越来越好。为了帮他治病，白晶莹给他的绣品稍微加了点价，让他攒看病做手术的钱。

吴满喜，女，51岁，兴隆屯嘎查妇女，建档立卡特困户，患有心脏病不能干农活，还要负担医药费，日子久了，就算是亲戚朋友，最多也只能借50元钱给她。信用联社没有担保借不出钱来，她只能靠每年2000多元的低保费度日。

2017年5月的一天，吴满喜走了20多里路来到培训班。她问白晶莹："我要是学，能挣钱吗？"白晶莹指着一幅刺绣作品说："你要是能绣这么个小绿叶子，一天就能挣10块钱。若是每天这么绣下去，3天后，你就能挣30元钱。"于是，吴满喜认真地学起来。她很勤奋，进步很快，不到一星期就学会了，之后的每星期都能挣30到50元。

陈娜拉，女，71岁，杜尔基双金嘎查妇女，建档立卡特困户，4岁被人推倒受伤，三级肢体残疾，还患有腰椎间盘突出，不能种地。19岁结婚，5个孩子，3个儿子、2个女儿，2016年丈夫去世。她跟着小儿子一起生活，小儿媳妇患有肺炎，小儿子靠养大车给妻子治病。因为家里有车，按政策她家不能享受低保。在白晶莹的帮助下，她学起了刺绣。现在，陈娜拉靠刺绣，月收入达到2000多元。她家也已经脱贫，她还用挣来的钱帮助儿媳妇治病。她和张占小一样，内心充满了知足和幸福。70岁，70年，她以百姓的视角，见证了科右中旗的沧桑与变迁。她记得1998年发洪水，130户人家被冲走了100户，她也被洪水淹没了脖子，她也记得2004年"非典"，当然，她更记得贫困带给她的痛苦，她对经历过的苦难有深刻的记忆，对现在来之不易的生活特别感恩。在陈娜拉布满皱纹的脸上，你能看到，有那么一层笑意，仿佛永不消散，温和而慈祥。如今，这样的神情，在科右中旗的民间小巷，会经常遇见。

白晶莹说，这是世间最美的遇见与相逢。

通过刺绣，许多特困户不仅改变了生活，她们的性格、脾气，对家庭和对未来的态度也有了改变，她们对刺绣有了浓厚的兴趣，开始展望新生活。

　　银梅，女，52岁，新发嘎查妇女，建档立卡特困户，几年前突然得了宫颈癌，对生活失去了勇气，精神一度颓废。她觉得帮不了家里人，还给家里人带来了很大的负担，像马八十五一样，她也曾想寻短见。2017年，新发嘎查刺绣班开班，在新发嘎查妇联主任的劝说下，她第一次接触了刺绣并从此喜欢上了刺绣，对生活重新点燃了希望。

　　包淑琴，女，51岁，文根嘎查妇女，建档立卡特困户，家里4口人，生活压力很大。看到学了刺绣的农牧民生活好转，她也不想一味地靠国家救济维持一家人的生活，她要靠自己的双手富裕起来，要活得有尊严。白晶莹鼓励她，让她参加了2017年的刺绣班。她学习刺绣后，为家庭找到了出路，一家4口人的生活越来越好了。

　　邓秀英，女，41岁，哈丹阿拉嘎查妇女，建档立卡特困户，二级肢体残疾，眼睛也有残疾。结婚后，病情日益加重，帮不上家里什么忙，因此，她整日郁郁寡欢，不愿意出门，跟邻里之间也很少往来。2017年，哈丹阿拉嘎查刺绣班开班，白晶莹找到了她并让她参加培训班。自此，她从刺绣中找到了乐趣。通过坚持不懈的努力，她成了蒙古族刺绣的一级绣工，成为嘎查里带动刺绣的组长。如今的邓秀英爱说爱笑，积极乐观，一点也没有过去悲观自闭的影子了。

　　白高娃，女，43岁，好腰苏木妇女，建档立卡特困户。她是一位先天性髋关节脱位的残疾人，一直活在自卑的情绪里，不愿与人交往。好腰苏木举办刺绣培训班，白晶莹对她说："刺绣对你来说是最适合的工作了，不用外出，在家里就能靠绣花挣钱。"家里人也支持她去参加培训。于是，白高娃于2017年加入刺绣班。之后村里每次有培训，她都去参加。她说："刺绣给我家经济上的帮助很多，我不再害怕见人了。我不仅挣钱养活自己，还能补贴家用，能给孩子点零花钱。"白高娃对白晶莹说："白老师，我会加油绣好每一幅作品的。"白高娃内心的所有感谢和感恩，都在"我会加油绣好每一幅作品"这句话里了。

白宝姐，女，46岁，巴力珠日嘎查妇女，建档立卡特困户。她患有宫颈癌，丈夫患有糖尿病、高血压，两口子都需要常年吃药，生活特别困难。巴力珠日嘎查举办刺绣培训班，她参加后，从此开始刺绣。现在，她不仅能在家里挣钱，解决了生活上的困难，还有一群爱好刺绣的好姐妹，生活重新阳光起来。

金小，女，44岁，地宫花嘎查妇女，建档立卡特困户。她腿有残疾，没有劳动能力。通过参加地宫花嘎查举办的刺绣培训班，她学会了刺绣这门手艺。现在，她能够自己挣钱，还能跟村里其他姐妹沟通学习，生活变得积极向上，收入也稳定了。

海国志，男，39岁，巴彦呼硕镇何家艾里嘎查农民。他是一名聋哑人，也是一名建档立卡特困户。他从小身体不好，加上不能与人沟通，性格异常孤僻，常年依靠种地养家糊口，勉强维持生计。在他学习刺绣后，不仅给拮据的家带来了可观的收入，也有了志同道合的刺绣朋友，精神面貌也是焕然一新。

美琪琪格，女，43岁，葛根敖日都嘎查妇女，建档立卡贫困户，身有残疾，干不了重活。2017年，葛根敖日都嘎查举办培训班，她学会了刺绣，还带动了20多名妇女加入刺绣队伍。

刘玉清，女，35岁，葛根敖日都妇女，建档立卡贫困户。因有残疾，没有劳动能力，闲置在家，她唯一能做的就是照顾80岁的老人。2016年底，她学习刺绣并成为脱贫典型，年收入达到3万以上。2017年，她带动67名农牧民学习刺绣，其中建档立卡贫困户17名。在第五届内蒙古自治区残疾人职业竞赛中，刘玉清获第一名。

随着白晶莹和她团队工作的深入，有更多的特困户加入刺绣队伍，她们的进步都很快。家住巴音乌苏镇哈日道卜嘎查的伟丽芳，女，48岁。山鹰，女，38岁。斯日古楞，女，45岁。她们都是特困户且身有残疾，但她们凭借顽强的毅力，克服了重重困难，学会了刺绣，并因刺绣改变了生活，进而改变了人生。她们是蒙古族刺绣助力脱贫攻坚的生动写照，是科尔沁最美的绣娘。

在几个月的采访中，我见到了兴隆屯嘎查的吴凤荣，她高兴地说："现在，姑娘在内蒙古农业大学读研究生，学费加生活费一年需要3万左右。我学会刺绣以后，现在每个月平均收入3000左右，供孩子读研不成问题啦！这两年连续干旱，地里没有收入。如果是以前，农牧民的日子都不敢想象，没有刺绣的话怎么供孩子念书学习！"吴凤荣一脸的幸福与感恩。"真的做梦都没想到，我这么一个有心脏病，不能干重体力活的低保户会靠刺绣改善生活，一年低保收入2000元左右，现在我一个月的刺绣收入最少2000多元，这让我觉得生活可有奔头了！"吴凤荣满怀知足地说道。

张占小已成为一级绣工，家庭生活已明显改善。我见她的时候，她兴奋地对我说："我靠刺绣赚钱，买了10头牛，现在的日子越来越好了。"她绣得好，带起了30多个学生，有的一家人跟着她学刺绣。她每天刺绣能挣100元，外加教学补助200元。由于她业绩突出，白晶莹还根据情况对她进行了奖励。张占小的女儿一放假，就跟着母亲一起学刺绣，学开农用车，喂猪、喂牛，帮着她分担家里的事。张占小说她现在很知足，不仅生活条件得到了改善，还有那么多人叫她张老师。她说跟她学习刺绣的人中，有的条件特别好，有文化，不愁吃穿，她们不是为钱才学的，就是喜欢刺绣，这些人的审美和对刺绣的要求都很高，所以她要不停地进步、学习，否则日后就跟不上了。望着眼前皮肤黝黑、体格健壮的张占小，你很难相信，这些话是张占小说出来的。刺绣改变她的不仅是生活水平，还有生命的质量、精神状态，再有就是她对刺绣事业的长远规划。

一个团队，一旦拥有了这样的思考能力，那么，它的未来一定比现在好。

再次见到赵霞时，她正带领几十个学生在刺绣。赵霞已经是一级绣

从美的追求到爱的沉淀，他们以手执线，
用柔情温润劳作，巧心慧思成就别样生活，针
起线落间，世界别开生面。

工了。她对我说："现在女儿上小学了，我得好好绣，还要抽出时间多照顾家和孩子。我们村有170多人想学刺绣，我还得把她们带动起来。"我笑着问她："还想打麻将吗？"她也笑了，有些不好意思地说："谁还打啊，早没有人打麻将了，风气也转变了。"

随着刺绣技艺的不断提高，马八十五已经能驾驭大幅的绣品，一幅能稳稳当当挣个五六百元。我再次见到他的时候，他哭着说："我不想死了，我活着有价值，而且我能给家里的2个孩子攒钱，帮助家人，我不拖累他们了，虽然我还瘫着，但天天刺绣，我真高兴！"

马八十五，一个曾经对生活绝望的人，在白晶莹的劝导与帮助下，学会了刺绣，重新找到了活下去的勇气。他从绣枕边、荷包开始，在我采访他时，他成为一级绣工，月收入2000元以上。全家脱贫，他的日子过得越来越好。

在一个晴朗的日子，白晶莹领着我见了肢体残疾的褚玉何。褚玉何激动地对白晶莹说："白老师，我已经挣了3万多，再有1万块钱就能去做手术了。"白晶莹也很激动，她说："1万块钱很快就能挣够，把手术做了，重新站起来……"白晶莹动情地对我说："褚玉何让我很感动，不仅是他的决心和毅力，还有他火热的情怀。每当有人想采访男绣工，我就给他打电话，每次他都会赶来。尽管行动不方便，他却从不拒绝，从来没有迟到过。现在，他家养了8头牛，日子也是越来越好。"

包淑琴也成了一名刺绣老师，几个月挣的钱已经过万。她的2个孩子在村里逢人便讲："我妈妈是老师了，我们家不再是特困户了。"她们的妈妈学会了刺绣，而且还当上了老师，孩子们很自豪。

见到绣娘邓秀英的时候，她的女儿刚刚出嫁，儿子大学毕业在外打工，她说："我要用刺绣挣来的钱让自己脱贫，绝不拖累儿女。"看着这位自豪、乐观的母亲，你怎么都想象不出她曾经悲观忧郁的样子，你会为她高兴，为精准扶贫和蒙古族刺绣喝彩。

科右中旗针对贫困妇女实施的精准扶贫政策，融化了传统观念和她们生活的坚冰，不仅帮助几万名贫困女性赢得人生出彩的机会，也将她们的孩子和家庭带进广阔的新世界。

人变了，世界就变了。

从2016年12月到2017年8月，白晶莹一共举办培训班32期。事实上，加上早晚去各嘎查的培训，早已不止这个数字了。

在这8个月中，白晶莹顾不上照顾年迈的母亲，没有时间参加亲朋好友的重要活动，每天睡眠也是不足六小时，更没有在培训中挣一分钱，还垫进去几十万元，累计培训绣工5782人。通过绣工们"传、帮、带"式培训，举办培训班100期，培训绣工14753人。这期间，培养一级绣工1300人，二级绣工5000人，三级绣工8000人，其中男绣工258人，残疾绣工281人，带动科右中旗2.1万名妇女从事蒙古族刺绣。2017年，2895名建档立卡贫困户因蒙古族刺绣产业发展受益，实现年人均增收1809元。

第七章 创新发展模式

2017年6月23日，白云海书记在全国脱贫攻坚会议上做了汇报，蒙古族刺绣得到了党中央的特别关注并被寄予期待，这对于正突破重重困难进行订单式培训的白晶莹来说，无疑是莫大的支持和鼓励。一定要把蒙古族刺绣做好，带领农牧民尽快富裕起来，是白晶莹的决心。白云海书记一回到科右中旗，白晶莹就立刻见了白书记，共同商量蒙古族刺绣如何发展的问题。

距离科右中旗到2018年摘掉贫困旗的帽子只剩下一年，距离2020年全旗全部贫困人口如期脱贫也只剩下不到3年的时间。要加快培训进度，建立起集研发、加工、销售、培训、展览为一体的扶贫刺绣车间，让它成为连接2万多农牧民妇女的纽带，迅速形成有市场、有效益、有生命力，能够帮助农牧民脱贫的产业，完成蒙古族刺绣这个精准扶贫项目所承担的任务和使命。

面对存在的困难，还有发展路上不可预知的一些问题，白晶莹对白云海书记说："碰到一个困难，我们就想办法去克服一个困难，遇到一个问题，我们就去努力解决一个问题。"

然而，现实中存在的诸多困难并不是那么容易就能解决的。要建立集研发、加工、销售、培训和展览为一体的产业，人员从哪里来？什么样的管理模式才能让各部门形成合力，从而推动蒙古族刺绣进一步发展？而这一切问题中最难的是，首先要确定蒙古族刺绣的发展模式，这是决定这个产业未来成败的关键。接下来的路，到底该怎么走，白晶莹再一次陷入了深深的思考。

这半年多，蒙古族刺绣的每一步发展都离不开党委政府的支持，更离不开社会各界的参与。白晶莹想，蒙古族刺绣要迅速形成产业获得更大的发展空间，就一定要加强党委领导、政府管理、行业自律、社会参与、企业依法运营，在明确职责定位的情况下，逐步理顺党委政府、市场和社会之间的关系。企业未来要成立党支部，积极发展党员，让党员带头引领产业发展。同时，在党委政府的领导下，使蒙古族刺绣赢得更广泛的重视和支持，加快项目建设，搭建展示平台，促进企业间的交流合作，得到更多的产业扶持，为产业快速发展奠定扎实基础。

要加强行业自律、社会参与、企业依法运营。蒙古族刺绣项目采取了订单式培训，已取得了一定的成果，再向前一步就要完善机制，减少中间环节，提升效率，围绕服务农牧民推动发展。白晶莹想到了几个大学生，可以成立大学生创业就业产业扶贫协会，她的眼前豁然开朗，对啊，下一步蒙古族刺绣就以这个协会为主，采取"企业+协会+基地+农牧户"的模式，将扶贫刺绣车间打造成蒙古族刺绣产业基地，待培训结束后，再在各苏木镇设立生产车间和刺绣培训基地，让它们遥相呼应，成为有规模、有效益的扶贫刺绣车间。

憧憬着蒙古族刺绣的未来，白晶莹感到很兴奋，但要找到扶贫刺绣车间的场地，又是新的困难。自从白云海书记让白晶莹建立扶贫刺绣车间以来，她就四处寻找，但在科右中旗找到能够满足扶贫刺绣车间条件的房屋并不容易。她看了许多地方，都不合适。后来，有人告诉她，有座四层楼房，面积很大，由于资金链断裂，只能在未完成内外装修的楼房里养鸡。听到有厂房的消息，白晶莹立刻去看，眼前确实是座四层的房子，二楼和三楼是这家厂房主人开办的养鸡场，一群群刚孵化不久的小鸡在楼房里满世界地跑着，甚是热闹。白晶莹一看，房子的面积和位置适合建立扶贫车间，她马上给白云海书记打了电话，白云海也很快赶了过来。白云海看后，幽默地对养鸡老板说："你是怎么想的，这么好的房子就养鸡了？鸡要在外面养，怎么能养在房子里？转产吧，你把这房子腾出来，弄个刺绣车间，怎么样？"房子主人是个通情达理的人，爽快地答应了。

房子腾出来了。

一楼占地150平方米，大学生创业就业扶贫服务协会在此办公。协会对全旗12个苏木乡镇进行一对一的服务，包括原材料、图案设计、产品订单、电商、市场开发等，在全国建立销售合作网点。同时，还要对建档立卡贫困户实行上门服务，确保贫困户的产品销售。

二楼占地80平方米，适合做刺绣缝纫车间。白晶莹已联系了一家效益不太好的服装生产厂，让其加入蒙古族刺绣团队项目，这解决了效益不太好的服装生产厂的燃眉之急，而对蒙古族刺绣来说，则省去了设备与人员的投入，能使生产迅速形成规模，整合资源，通过合作实现双赢。根据二楼的面积，白晶莹准备在这里放12台缝纫机、2台高级缝纫机、2台直驱平缝机、2台码边机和其他一些缝纫设备。然后，聘用30名成熟的缝纫工加工蒙古袍、笔筒、靠垫、桌布、纸巾盒等产品，待产品加工完成后，转给大学生创业就业扶贫服务协会出售，蒙古族刺绣一直以来依赖委托加工的历史将在这个缝纫车间画上句号。

三楼占地约1136平方米，就做农牧民扶贫刺绣车间。这一层最大，也最敞亮，可以同时容纳1000多人，要把尽可能多的建档立卡贫困户安置在这里集中培训，提高她们的刺绣技术，适应企业不断发展要求的同时，实现对贫困户的精准脱贫。

四楼同样拥有1136平方米的面积，可以作为仓储和特级工的培训基地。要开拓市场，不断提高蒙古族刺绣产品的附加值，就要在这里培养一支甚至多支本土设计研发团队，将这里打造成刺绣产业研发基地，从盟、区、国家三级聘请高级设计研发人员组成刺绣研发团队，根据订单需求不定期开展研发工作。

白晶莹思索和规划着扶贫刺绣车间，蒙古族刺绣要超越一般企业模式，因地制宜进行新的创建，必须使扶贫刺绣车间成为集刺绣培训、产品销售、服务为一体的基地，以这个扶贫刺绣车间为中心，迅速向12个苏木的173个嘎查辐射，把所有的农牧民绣工连接成一个整体。这个扶贫刺绣车间还应该是加大培训力度，打造优秀技工团队，树立蒙古族刺绣品牌的中心。这里还要有一支能打、能冲、能战、能胜的服务管理队伍，这个很重要。

白晶莹从建立现代新型产业，培育农牧民造血功能等实现精准扶贫的多个角度出发，对蒙古族刺绣扶贫车间进行了规划。这个规划强化了服务农牧民的理念，为扶贫产业应具有的长效机制做足了功夫。扶贫车间也给现代新型产业的创建提供了新的模式，从农牧民的利益出发，在产品生产的时间与场地等方面进行了最恰当的组合。她要让这个扶贫刺绣车间，成为建档立卡贫困户妇女最温暖的娘家，解决她们生活上的困难。

白晶莹全情投入这个规划中，以至于规划要实施了，她才发现忽略了最重要的一步，那就是她的手里没有钱，没钱用什么租厂房建车间？

自从蒙古族刺绣被列为精准扶贫项目以来，为了不给国家造成经济损失，她还一直没有十足的信心让国家投入资金。

此刻，依然如此。

在习近平总书记关注这个产业后，有政府及全国的对口帮扶单位主动提出投入帮扶资金，但都被她谢绝了。白晶莹想，蒙古族刺绣还处于起步阶段，很多事尚在未知当中。要让刺绣这个古老行业成为新的脱贫产业，农牧民以此为"靠山"告别贫困，还是一个新的课题，既没有现成的经验可借鉴，也没有摸索的时间，只能在艰苦创业中边干边学。她相信依靠党的政策和群众的智慧，蒙古族刺绣一定会走出一条创新发展之路，可在目前，确实还存在着很大的不确定性。

蒙古族刺绣扶贫车间的建立迫在眉睫并被提上日程，可白晶莹没有钱，没有钱也得做，她只能用诚心打动合作者的心。白晶莹主动提出让厂房的老板当扶贫车间经理，她说："你注册一个企业，就叫祥瑞刺绣扶贫服务公司吧，你是我们的老板，我们用你的房子，我们的人在里面干活，怎么样？"望着恳切的白晶莹，他什么也没说就答应了。

从租赁到合作，白晶莹又渡过一次难关。她开始筹备成立扶贫刺绣车间的各项事宜，也在网上发布了招聘大学生的信息。

这次招聘已不同往日，此时的蒙古族刺绣已有些名气，大学生们看到信息后，慕名从各地向这里赶来。大学生彬彬和吴志强也回来了。回到科右中旗那天，因为太晚，他们不愿意打扰家人休息，就在车站的长椅上睡了一宿，第二天一早，他们直接赶往招聘地点。从新疆农业大学毕业的安常福更是辛苦，路途太远，他是坐了40多个小时的火车从新疆赶回来的。

在这次招聘中，白晶莹提出了所学专业和技能方面的要求。在众多的应聘者中，白晶莹着力选拔和留用蒙古族刺绣发展急需的人才，尤其提出了有服务基层的意愿和具备良好语言沟通能力两个要求。这次招聘会仍是由白晶莹主持，只是考试的题目有了变化，增添了画图和刺绣产品演示等相关内容。她定了几个问题，让大学生们现场回答：一是怎样进一步推动文化产业的发展；二是怎样在大环境中发展蒙古族刺绣；三是怎样建立现代的新型产业。她要让大学生提出他们的想法。通过招聘，又有9名大学生进入蒙古族刺绣团队。他们依然是没有工资，要在服务农牧民的过程中艰苦创业。新招聘的大学生也早有了思想准备，对拿不到报酬毫无怨言。

白晶莹喜欢这些年轻人，珍视他们的专业和青春活力。未来，他们将是承担蒙古族刺绣产业重任的人，白晶莹要求他们在工作中分工明确、合作无隙，在产品上要思路创新、意识创新、内容创新，在生活上则要对自己严格要求，永远保持一颗上进和谦虚的心。

在采访中，当问及大学生达布希拉图是怎么知道蒙古族刺绣要招人，又是怎么想到来这里的，他说是看到旗里官网上的招聘信息。达布希拉图大学毕业2年都没找到工作，只能回乡在地里干农活。2年中，他很迷茫。人们不时地说，一个堂堂正正毕业的大学生在地里耗着，真是白瞎了。2017年，他的女朋友通过教师资格考试，去了科右中期，正好他看到招聘广告，通过考试进入蒙古族刺绣团队。达布希图说，这对他来说同样是一个机遇，也是一个挑战。

达布希拉图描述他第一次走进扶贫刺绣车间的情景："我到的第一

天，听说咱们的大学生创业就业扶贫协会要成立。成立仪式上，杨福林主任让我来读章程。当时我挺紧张的，拿着材料准备了半天，晚上回家又读了几遍，但是第二天到了现场还是紧张，有些字读不出来。对我来说，这是我人生中的第一份工作，以前也没经历过这种场合，因此非常紧张，也满心敬畏。

　　"我来的时候，一楼还很空很乱，还没收拾干净，只有几个凳子和几张桌子。白主席出现了，给我的第一个感觉她就是位慈祥的长者，同时她也挺严肃。看着有些脏乱的厂房，我们当时都在想，这个企业起步真是艰难，能好起来吗？不过转念一想，克服各种困难总会好起来，咱们年轻大学生有好心态，有干劲，总会有好起来的一天。"

　　其实，起步阶段的蒙古族刺绣产业，人们并不怎么看好。安常福说："刚开始我也有些怀疑。来协会的那天，其实我们来了5个人，3个人看到一楼那几张桌子，当时就走了。我听了白姨讲的产业发展规划，也持过怀疑态度，但是我相信这个人。那会我不认识她，只是凭感觉，觉得跟着这个老太太干是不会错的。"

　　更多的大学生看中的是这个就业创业平台。他们敢于冒着风险进入蒙古族刺绣团队，是饱含着对家乡父老、对故乡的一片深情，只要能回报养育之恩，又有什么可怕的呢！

　　他乡虽好，亦是异乡；我乡再差，亦是故乡。

从大学生创业就业扶贫服务协会成立起，整整一个星期，年轻的大学生们都投入扶贫刺绣车间的粉刷、打扫、清理工作中，他们在尘土飞扬的车间，用汗水和信心开始了就业和创业。

唯其艰难，方显勇毅。山高路远，风雨兼程。

大学生是有希望的一代，他们勇敢地走进蒙古族刺绣，为这个产业带来了青春活力，也带来了希望。

蒙古族刺绣扶贫车间成立了，蓝色的牌子迎街而立、阳光辉映下，整齐的大字熠熠生辉。车间门的右上角是"祥瑞刺绣扶贫服务有限责任公司"，正中间是"蒙古族刺绣扶贫车间"，左侧是"蒙古族刺绣生产加工基地"，右侧是"蒙古族刺绣传承保护基地"，四块牌子都突出了扶贫和服务农牧民，传承文化、发展旅游的职能，体现了这个车间的根本性质和特点。

"攻"在当前，"谋"在长远。就在蒙古族刺绣扶贫车间成立的时候，一直以来支持和关心蒙古族刺绣发展的科右中旗扶贫省级联系领导，对蒙古族刺绣提出了坚持"四个不变"和"四个拓展"的发展模式。"四个不变"，即坚持符合实际的发展管理模式不变；坚持纯手工刺绣原则不变；坚持产业的群众性不变；坚持对优秀民族传统文化的传承和保护不变。"四个拓展"，即把科右中旗拓展为全国手工刺绣培训生产基地；要对刺绣工艺进行拓展创新；产品向实用化、时尚化、品牌

蒙古族刺绣扶贫车间成立于 2017 年
7 月，这座占地面积 2800 平方米的四层
小楼，在科右中旗是一个地标式建筑。

化、国际化拓展；拓展大师级刺绣人才培养渠道。这"四个不变"和"四个拓展"进一步厘清了蒙古族刺扶贫产业的发展思路，为蒙古族刺绣快速崛起明确了方向和路径。白晶莹深受启发，从此，她将蒙古族刺绣扶贫产业、非遗文化产业的发展放在更宏阔和更长远的目标上。

扶贫车间开始运转了，旗里的老百姓纷纷涌进车间想学刺绣。大学生们没有想到，老百姓想学刺绣的愿望这么迫切，积极性这么高。很快，座位都满了，人们还往里挤。后来，坐着的人看不见就站起来，车间里站满了人。他们叽叽喳喳地议论着："来这学绣花都是免费的，老师教不要钱，针头线脑也不要钱，学好了还能挣钱呢！"

从这一天起，扶贫车间挤满来学习刺绣的农牧民，他们在这里学习刺绣，听老师指导，交流刺绣心得，完成订单，扶贫车间真的成了一个温暖的刺绣之家。农牧民连绵不断地向扶贫车间走来，这个坐落于科右中旗的一座四层小楼，成了这片大地上一个地标性的建筑。

通过半年多的培训和反复练习，绣工们的刺绣技术都提高得很快。此刻，已有不少绣工通过考核评比，刺绣技术达到二级工甚至一级工的水平。成为二级工，妇女们就能接3500元的订单了，当然，一级工接的订单更大，挣的钱也更多。妇女们热情比拼，已经成为蒙古族刺绣的常态。梅荣说："当我成了二级工的时候，可兴奋了，那个关终于过了，感觉就像考上大学。姐妹们也都憋足了力气下着功夫，一级一级地过。我从二级工成为一级工，更兴奋了，就像上学的时候考到了前三名，特有成就感，是那种靠自己的努力有了收获的成就感。"龙梅也说："进步能不快吗？都在比啊！我用了半年多的时间成了一级工，开始接六七千块钱的订单，这对还是二级工的姐妹肯定是一种激励。"

听了她们的话，我打心眼里为她们高兴。从她们洋溢的神情中，你能感受到她们除了在人生中找到了目标，在生活中找到了依靠，有了安身立命的本钱，还克服了自卑找到了自信。梅荣说："以前打工的时候，看到大学生心里就会不舒服。因为我念到高二，一直是好学生，如果不是家庭困难，我也考上大学了。后来到了这里，与大学生一起工作，凭着业务能力不断得到认可鼓励，我再也没有了自卑感。现在，我和他们一样，这超乎了我的想象，我没想到会进步得这么快。我也吃惊于自己的变化，觉得有理想了，不只是收入问题，因为刺绣不像打工那样，在家就能做，我可以好好照顾我的母亲。"

白晶莹把考核评级的激励机制引入订单生产，是为了提升绣工的整体水平，给企业积累人才，同时，也是为了培养本土绣工，成立研发团队。白晶莹善于发现身边人的优点，能最大限度地调动人们的热情，发掘她们自身的潜力，也能在给予压力的同时给予信心。对于初学者，无论她们绣得怎么样，白晶莹都会给予肯定和鼓励。她会对她们说："你的配色很好，你的针脚拿捏得不错，你适合绣花卉……"然后，她才指出她们刺绣的不足。对于技术成熟的绣工，白晶莹则以艺无止境的标准来要求。

　　成立研发团队的条件成熟了，白晶莹立刻组织成立研发团队，梅荣和龙梅被选为研发团队副组长。这是一份莫大的荣誉，梅荣和龙梅却心慌胆怯、诚惶诚恐。于是，梅荣去找白晶莹，想辞掉副组长的职务。她说："白姨，我从来没想过当领导，自己做得也不是那么好，感到压力很大。"白晶莹说："你这个副组长是选出来的，不要辜负大家的期望。你不要有压力，我相信你有这个能力。你不会的东西是很多，但是你可以去学。咱们认识这么长时间，我觉得你能行。"

　　白晶莹见她依然有顾虑，又说："我觉得你进步很快，自己也很努力很认真。其实，一直以来我都在观察你，你工作积极，各方面做得也挺好，和同事、朋友、农牧民相处得很融洽，跟大学生之间的沟通也可以。现在不论是年龄还是其他方面，你正是出成绩的时候，就是有压力也不要说我干不了，不要有这种想法。不会的你可以问我，我可以教你。做事不要有试一下、看一看的想法，做就一定想办法做好。"

　　梅荣的顾虑解除了，白晶莹也确实如她所说，开始教研发团队更多新的东西。每当研发新产品的时候，白晶莹就会跟大家坐在一起，二三十人一起认真地研究讨论，经常到很晚。为了启发大家，让大家学会独立思考，她往往不会直接做示范讲明白，只把思路告诉大家，然后让她们自己去想、去做，等到大家把想法或者是做出来的样品展示出来时，白晶莹再和她们一起讨论，看是否适应市场需求，是否能够投入研发生产。

在白晶莹的带领下，绣娘和大学生们一起投入新产品的研发。为蒙古族刺绣新的系列产品的研发生产，他们日夜攻关。研发团队的工作进展得非常顺利，白晶莹又邀请了盟、自治区、全国的刺绣大师加盟，并借助内蒙古自治区美术家协会、书法家协会等专业艺术家团队，开展富有民族特色的精品样图的创作和设计。

研发团队建起来了，白晶莹又开始跑就业局。因为仅有12个大学生是远远不够的，她要迅速组建一支集营销、管理、服务为一体的精英团队，加速拓展市场，完善市场运营机制，力争走出一条社会效益与经济效益双效统一的产业发展之路。

人才，关乎蒙古族刺绣产业的发展和未来。

旗就业局人才中心非常配合，向白晶莹详细介绍了科右中旗大学生的就业情况。白晶莹了解到，除了部分考上事业编制、公务员编制的大学生，还有为数不少的大学毕业没找到工作，他们或在当地，或已经外出打工。基于这样的情况，旗里组织了招聘考试。经过几轮考核，又有40名大学生被蒙古族刺绣扶贫车间录用。

对于大学生在没有报酬的情况下，投身蒙古族刺绣的这件事，我心里一直有些疑惑，旗就业局长帮我解开了这个疑惑，"蒙古族刺绣是带动上万贫困劳动力脱贫致富的项目，在全区用这么大力度带动增加收入的，也是排在前几名。因此，无论是自治区，还是兴安盟、科右中旗，都在各方面给予了政策倾斜，投入蒙古族刺绣产业的大学生应该是没有后顾之忧，这也是一个重要原因。当然，因为他们的加入，蒙古族刺绣才越做越大，越做越强，带动的劳动力也越来越多。"

当52个朝气蓬勃的大学生站在白晶莹面前时，她顿时热泪盈眶，她对大学生们说："孩子们，欢迎你们！接下来你们还是没有工资，要经过艰苦创业才能取得成功。将来的某一天，你们会记起今天的奋斗，记住蒙古族刺绣是从这里启程，从这里出发的。"

白晶莹说，那一天是蒙古族刺绣历史性的一天，她望着52个大学生齐刷刷地站在车间里，心情激动并充满了力量，这标志着蒙古族刺绣产业大学生人才团队已初步形成。培养本土人才，鼓励外出能人返乡创业，积极投身家乡建设，这为蒙古族刺绣的发展夯实了人才基础。

很快，新被聘用的40名大学生全面参与到蒙古族刺绣产业的各个环节，一部分大学生加入产品研发中心，一部分大学生进入销售中心、管理中心。蒙古族刺绣产业在极短的时间内形成了集图案设计、产品生产、网络销售和市场开发为一体的企业管理团队。白晶莹针对大学生协会，制订了实行企业化管理的细则，协会的大学生们需职业化着装，严格遵守协会管理制度，分工明确，各司其职。根据工作要求，白晶莹又制订了协会对全旗开展刺绣培训工作的12个苏木镇进行统一管理和一对一服务的部署和安排，在迎合市场需求的情况下，对扶贫刺绣车间内的农牧民进行统一管理、统一培训、统一指导。在接收订单后，协会根据订单内容，将裁剪好的布料和图案统一发放给绣工，从而确保产品标准的统一。蒙古族刺绣遍布全旗12个苏木镇的173个嘎查，全旗从事刺绣的人员越来越多，协会要在规定的日期和时间验收，对合格的刺绣作品进行统一回收并当场结算。

针对基地，白晶莹确定了逐步扩大规模、完善设施、提高生产研发能力的发展思路。基地总面积3800平方米，已配有缝纫车间、刺绣实训车间、成品室、研发室、展览室，能同时容纳1000人工作。白晶莹计划将建档立卡的贫困户安排在这里，对她们给予更多的照顾和帮扶。

针对车间库房，采用规范化库房管理制度，分为半成品车间和成品车间，所有农牧民的刺绣作品按规格、颜色、价值、材质等进行分类归放，放在半成品车间，以备加工成品，而所有经过加工并合格的成品，均分门别类归放至成品车间。每个车间均配备专人管理，最大限度地提升车间的运行效率及营销环节的规范管理。

大学生负责对全旗12个苏木镇进行的一对一服务开始了，他们纷纷下乡走苏木、过嘎查。对建档立卡贫困户实行上门服务，这是一个了不起的举措，也是中国解决妇女贫困问题的伟大举措。大学生们上门下订单，上门回收结算，给贫困农牧民妇女致富提供了保障，同时也节省了时间，省去了出门的不便。农牧民妇女在刺绣的同时，依然可以做农活，干家务，照顾孩子和老人。而刚毕业的大学生，也在这种深入生活的过程中，收获了快乐，得到了锻炼。他们以非常阳光的姿态参与到这个时代为人民服务和脱贫攻坚的伟大实践中来，实现着当代年轻人奋斗有为的梦想。

2017年毕业于内蒙古农业大学的彬彬说："在这个扶贫车间，我不仅实现了自身的就业创业，还帮助乡亲们走上靠刺绣脱贫致富的道路，这里是我实现自我价值的平台。"

当问起几个大学生下乡到苏木嘎查对建档立卡贫困户服务的事，没有人说辛苦，只是说自己管理的苏木嘎查有多少绣娘，有多少人脱了贫、摘了帽，而夏天的热，冬天的冷，路途的远，这一切他们都不记得了。他们都是在外打工回来的大学生，能够回家乡就业，凭借所学专业和能力被安排在自己擅长发挥的岗位，都非常知足。他们或管理、或服务、或销售、或开拓市场，分工不同，却非常辛苦而团结，他们热爱这个大家庭的和睦，他们热爱这份事业。

采访时，永辉给大家播放了一段视频，那是在去年联谊会现场，永辉录下来的。视频中，这些可爱的大学生和他们的白姨相拥相簇，他们的欢笑与歌声极其感染人：

　　我喜欢一出门，
　　就为了家人和自己的理想打拼。

我喜欢一家人，

心朝着同一个方向眺望。

我喜欢快乐时，

马上就想要和你一起分享。

我喜欢受伤时，

就想起你们温暖的怀抱。

我喜欢生气时，

就想到你们永远包容多么伟大。

我喜欢旅行时，

为你把美好记忆带回家。

因为我们是一家人，

相亲相爱的一家人，

有缘才能相聚，

有心才会珍惜……

　　白晶莹将竞争机制同样引入大学生团队，负责一对一上门服务的大学生使刺绣队伍更加壮大，大学生们也越来越会干，越来越想干，越来越能干，业绩翻番。彬彬说："我今年被派往新佳木苏木组织培训农村妇女发展刺绣产业，经过2个月的积极努力，刺绣从业人员从150多人发展到700多人，到年底有望发展到2000多人。"问及他和农牧民沟通

　　果戈里说，青春之所以幸福，是因为它有前途。大学生的到来，为蒙古族刺绣带来了青春活力，也带来了明天和希望。

的情况，他说起初交流有困难，他心里急也不敢表现出来，"有的农牧民文化程度不高，咋说呢，就是不理解、不支持你的工作。我就慢慢开导她们，经常下乡跟她们聊，聊得多了和她们成为朋友，就让她们学习刺绣。还有的不好管理，我就让刺绣带头人帮着做工作，她们都是刺绣好、农牧民信任、带动力强的妇联主任，她们说的话农牧民都听，否则根本管理不了。"

大学生团队用和农牧民交朋友，让基层妇联主任发挥作用的方式，使工作更加顺畅起来。农牧民把大学生当成亲人，家里有什么困难都会对大学生说，他们也尽可能给予帮助。

大学生们将贫困户的刺绣进行统一验收后，在二楼刺绣缝纫车间加工为成品，再由大学生创业就业扶贫服务协会将扶贫户的产品销售，最后由各妇联将结算资金发放至贫困户手中，账目统一记录在扶贫档案上，档案实行日统计、月公开制度，切实保障了贫困户的每一笔收入。

看着这些勤奋努力、不计回报的大学生，白晶莹异常心疼，她把他们当成自己的孩子。每天下班后，她都要到车间去看看他们，跟他们说说工作、生活，带着他们一起看农牧民交上来的刺绣，和他们一起设计图纸，总结工作中的经验与不足。白晶莹教孩子们做人要正派、公平，做事要得体，考虑大局，讲话办事要讲原则、讲诚信，包括语言表达、举止行为都要规范讲究。她强调团队精神，告诉他们要团结奋斗，互相补台，互相学习，不说不利于团结的话、不做不利于团结的事。她讲大学生团队的宗旨是服务老百姓，不能太计较个人的利益得失。她给孩子们做了规定：无论是什么场合，不管是谁来，一律不准喝酒，不准抽烟，如果抽烟，一定要在公共场合以外的地方；不可以参加社会上一切不利于工作的活动，每人必须净化工作圈和生活圈；正常的搞对象谈恋爱可以，但在工作的8小时之内，不允许因恋爱关系、婚姻关系影响工作。蒙古族刺绣产业要想发展，走得长远，一切运作要规范化、现代化。白晶莹也用新时代对年轻人的管理办法来要求自己，言传身教，以身作则。直到今天，没有一个大学生违反过这些规定。

　　一支训练有素的青年队伍在蒙古族刺绣产业中成长，白晶莹用心经营着他们的成长，喜见他们的成长。她批评他们时说："你们这样不行，哪像个年轻人，要检讨、要承担。"她鼓励他们时说："孩子们，你们做得好，我不会忘了你们，未来你们是最优秀的企业家，最棒的管理者。走着看吧，我的孩子们……"

　　采访中，我与大学生团队有过多次接触，他们的理想信念、个人素质、工作作风都给我留下了深刻的印象。一天晚上，我旁听了他们的会议，他们每个人都把自己的工作弄得清楚利索，都在寻找自身的差距并勇于纠正错误，对工作中出现的不足，都在自觉地做检讨和反思。会后，我采访了杨福林，他说："这么多人在关注我们这个产业，连中央都在关注，我们更要自律、自觉，为公司求发展，更要为百姓做实事。"杨福林的话也是大学生共同的心声，他们言行合一，和白晶莹一起守望着蒙古族刺绣和那些贫困的农牧民。

然而，企业要效益，合作者也要效益。合作的老板见白晶莹和大学生们只有奉献没有回报，难免开始忧虑。合作2个月后，他对白晶莹说："我整不了了，你们自己整吧。这房子你们租吧，每年租金50万。"白晶莹答应了老板提出的要求，她很感谢这位老板当初将厂房让出来，让蒙古族刺绣扶贫车间有了落脚之地，她感谢他对蒙古族刺绣产业的帮助和支持。

人各有志，凡事不能勉强。

蒙古族刺绣产业在与时俱进中不断更新自己的理念，大学生研发团队开始把文化产品与旅游紧密结合起来，改变了蒙古族刺绣原来只做传统文化产品的做法。根据市场需求，研发、设计、生产、销售以民族传统元素与时尚元素相结合的工艺品、小饰品、休闲时尚品、旅游商品，进一步丰富了箱包、抱枕、桌旗、床上家居用品等系列。蒙古族刺绣凭借着独具民族特色的精美工艺和符合现代审美的时尚设计，逐渐得到消费者的青睐，并在网络平台打开了销路。

从这一年起，蒙古族刺绣开始参加各种展会，这是蒙古族刺绣开阔眼界，学习提高的机会。通过与其他绣种的比照，蒙古族刺绣确立了自己的发展方向，那就是发挥传统蒙古族刺绣在棉、麻、皮革上的特殊技艺，再增添新的元素，设计面向广大消费人群的产品，使"老手艺"变为新的文创产品和旅游商品。

2017年，是内蒙古自治区成立70周年之际，内蒙古各族儿女载歌载舞，欢庆盛大的节日，蒙古族刺绣在这幸福的时刻崭露头角、倾情绽放。在内蒙古自治区成立70周年大庆兴安盟文创大赛中，蒙古族刺绣获得金奖，成为科右中旗的富民产业。在全区蒙古族拉弦乐器制作技艺、刺绣及剪纸项目精品评选活动中，蒙古族刺绣获得最佳针法奖铜奖。与此同时，蒙古族刺绣以其深厚的民族文化传承和精湛的技艺获得自治区文化厅草原文艺精品创作工程·民间文艺作品创作扶持资金的支持。这个正在发展、壮大的非遗项目引起了越来越多的关注。

第八章 我奋斗，我幸福

　　白晶莹和她的团队带动农牧民妇女脱贫，取得了阶段性的成果。培训结束后，白晶莹的工作依旧繁忙，为了方便同农牧民交流，她特意建了一个刺绣微信群，工作之余，哪怕只有半个小时的休息时间，她也会打开微信看看，在群里和大家说说话，听听她们的想法。

　　白晶莹的手机24小时开机，存有很多农牧民的微信，每天有上千条信息，但群里所有的农牧民，即使有事情需要她帮忙解决，有技术要着急请教，只要到了晚上9点以后，她们就不会打扰她，她们说要让白老师好好休息。

　　晚上9点以后不打扰白老师，这是绣娘们的集体"约定"。

　　让我震撼的是，几年来，散居在科右中旗各个地方的绣娘们，一直遵守并不约而同地完成着这一"约定"。

　　这个"约定"是绣娘们的自觉行为，是善举，是她们感恩的心。白晶莹不止一次跟我提过这件事，每次她都是泪光闪动，她的心被身边人温暖着，久久地温暖着。

在白晶莹的努力下，科右中旗已形成51个刺绣产业村、2.1万名绣工参加的刺绣团队。引入竞争机制后，人人力争上游，提高自己的刺绣水平，凭实力承接订单。一级工的订单是上乘的，手工好，卖得也快；二级工的订单要求没有一级绣工高，卖得也没有一级绣工那么快；三级工接的订单愈发少，价格也便宜很多。在蒙古族刺绣产业链条上，每个级别的绣工都有活儿干，这使得32家实体店的货物保持常新不断。白晶莹给贫困户搞刺绣培训，带出了很多优秀的徒弟，这些徒弟又通过培训带动其他人，如此循环不断，一个庞大的刺绣群体在科右中旗形成，蔚为壮观。

白晶莹的美术天分极高且设计得非常快，蒙古族刺绣的图案设计由她一人完成。每次她画好后，再让人复印交给农牧民，后来竟然欠了复印社5万多元，还起来也是费劲。为了省钱，也为了鼓励农牧民的积极性，让她们学得快，白晶莹就现场设计图样，农牧民需要什么，她就画什么。每到周六日，农牧民就到车间排队，等着领白老师的图稿。有的牧民带着衣服和布料来，说："白老师，我想在蒙古袍上绣个图。""白老师，我想在靴子上绣。""白老师，我想在帽子上绣，你看绣什么好？"各种各样的要求。白晶莹按农牧民想要的图案，在布料上画出来，经常是一画就是一整天，累得嗓子哑了，胳膊也抬不起来了，可每当看到大家满意地拿着图样离去，她疲惫的身体立刻被内心的满足代替。农牧民感动地说："一个干部能免费给我们画图样、培训，

　　现如今，这样规模的产业村在科右中旗有 51 个，巍巍矗立。它们承载着一个国家温暖的记忆，展示着一个个村庄平凡的荣耀。中国的乡村正在发生巨大变化，未来，它们是最好的见证者。

还垫钱给我们提供材料学习。不说别的，就是自己找图稿去复印，也要花不少钱，可白老师从没让我花过一分钱，白老师太好了！"

白晶莹深深地懂得，10元、20元对老百姓来讲不是个小数目，每一分钱都来之不易，因为她们的生活不容易。只要能够帮助她们，自己辛苦一点、累一点不算什么。百姓的眼睛是雪亮的，她们领会白晶莹的恩情，到处说白晶莹这也好、那也好，来学习的人越来越多。白晶莹累并快乐着，她希望尽一己之力让当地的老百姓尽快脱贫，拥有技艺，养活自己和家人。她的脑海里经常出现农牧民生活幸福的景象，她说那景象极美，她向往并努力使之变成现实。

2017年10月，盟里的扶贫工作队到科右中旗调研，调研组走了很多地方，他们听到农牧民都在说刺绣，看到家家都有人在刺绣，他们被深深地震撼了。回去后，扶贫干部和调研组把了解到的情况和白晶莹的事迹向相关部门做了汇报。很快，他们带着人来了并召开现场会进行研究讨论。结论是蒙古族刺绣产业基本形成，政府每年投入100万元用于培训。鉴于白晶莹做出的成绩，这一年，她被内蒙古自治区推荐选送为全国先进个人。

2017年10月18日，中国共产党第十九次全国代表大会在北京人民大会堂召开。这是在全面建成小康社会决胜阶段，中国特色社会主义发展关键时期召开的一次十分重要的大会。在谈到扶贫攻坚时，习近平总书记强调指出，坚决打赢脱贫攻坚战。让贫困人口和贫困地区同全国一道进入全面小康社会是我们党的庄严承诺。要动员全党全国全社会力量，坚持精准扶贫、精准脱贫，坚持中央统筹省负总责市县抓落实的工作机制，强化党政一把手负总责的责任制，坚持大扶贫格局，注重扶贫同扶志、扶智相结合，深入实施东西部扶贫协作，重点攻克深度贫困地区脱贫任务，确保到二〇二〇年我国现行标准下农村贫困人口实现脱贫，贫困县全部摘帽，解决区域性整体贫困，做到脱真贫、真脱贫。

习近平总书记在十九大的讲话，给深度贫困区的科右中旗人民以巨大的信心和鼓舞，白晶莹和她的团队用实践贯彻落实十九大精神，较之从前，他们更加忙碌了。白晶莹开始组织丧失劳动能力的建档立卡贫困户老人贴花增收，针对无劳动能力的建档立卡贫困群众发起了新的攻坚战。与工艺复杂的刺绣相比，贴花操作简单、容易上手。每个苏木嘎查的活动室都座无虚席，老人们认真听着旗扶贫车间专业老师的讲解，她们的脸上洋溢着幸福的笑，笑容里充满了对新时代的感恩和期许。贴花培训，这是白晶莹因人制宜，帮助建档立卡贫困户做的又一举措。随着贴花增收订单培训的扩展，提高了不少农牧民参加培训班的积极性，帮助不能完成复杂刺绣工艺的嘎查群众加入刺绣产业中来。"不落一村，不落一人。"即使是丧失劳动能力的人，白晶莹也想办法把她们拉进脱贫的队伍中。

在新形势下，蒙古族刺绣又接到了新的工作部署和安排，为了保护传承弘扬蒙古族刺绣文化，开发具有民族特色的旅游产品，科右中旗旗委、旗政府重新制定了大力发展民族文化旅游产业以及图什业图蒙古族刺绣产业发展的总体思路。

蒙古族刺绣继续以培训为基础，通过主阵地开展集中培训，努力让所有贫困妇女掌握刺绣技术。与此同时，在科右中旗职业技术学校，成立蒙古族刺绣培训基地，开展长期定向高层次的培训，为蒙古族刺绣的传承和发展培养生力军。

在此基础上，组织苏木镇班子成员、妇联主席、第一书记、嘎查书记、嘎查妇联主任进村入户，深入开展贴民心、接地气的宣传，鼓励民间的能工巧匠设计图案、创造样图，群策群力，开掘百姓的内在潜力和动力。旗妇联刺绣协会，通过走下去，开展全域分散培训，使60%以上建档立卡贫困户参加培训，拓宽农村牧区贫困妇女就地增收的渠道，真正实现贫困妇女足不出户增产增收。

在刺绣产品销售上，继续采取"企业+协会+基地+农牧民"的发展模式，带动大学生创业，服务于农牧民，助推刺绣扶贫产业发展。由50多名大学生组成的大学生创业就业扶贫服务协会和祥瑞刺绣扶贫有限责任公司，继续负责12个苏木、173个嘎查的一对一服务，对建档立卡贫困户实行上门服务，继续统一收购贫困户刺绣产品，开展线上线下销售，积极参加各地展销会，拓展产品销路的同时，也努力使产品的知名度越来越高。

从2017年4月至11月的7个月，蒙古族刺绣产品的销售额达670万元，从事刺绣的建档立卡贫困户人均增收超过2000元，最高达8000元。大学生创业就业扶贫服务协会，已将刺绣产品销往呼和浩特、北京、沈阳、长沙等地，并加强了营销手段。大学生创业就业扶贫服务协会积极探索电商+刺绣，进行线上销售、线下体验，引导支持企业采用电子商务。大学生们用移动终端等信息化手段开拓市场，让群众手里的刺绣插上互联网的翅膀，助力农牧民脱贫致富。

科右中旗立足草原生态，发挥绿色优势，挖掘传统民族文化，在脱贫攻坚中因地制宜，多管齐下，新举措、新模式层出不穷，让昔日的深度贫困地区融入消费大市场，走出了一条绿色发展的乡村振兴之路。

这一年，经中宣部联络协调，湖南省长沙县与科右中旗结对开展"携手奔小康"行动。湖南省长沙县农业企业投资成立了内蒙古兴安盟湘蒙农业科技开发公司，专门大面积种植蔬菜。对于一直以种植玉米等农作物的科右中旗来讲，来自经济较发达省份的帮扶，不仅助力他们摆脱贫困，也为这里带来了新的发展观念。新成立的内蒙古兴安盟湘蒙农业科技开发公司，当年就与农牧民签订了1.1万亩的流转土地，计划到2018年流转土地3万亩。长沙县企业已在科右中旗扎了根，决定一年接着一年干，帮助农牧民脱贫。湘蒙农业科技开发公司负责人张腾辉说："一开始农牧民不相信在这里能种出蔬菜，担心收不到土地流转租金。

了解情况后，我们开始以现金的形式发放流转租金，并且一次性付清三年的流转租金，农牧民这才相信了。"

张腾辉常年驻守在科右中旗，带领当地人一起下地干活，免费传授蔬菜种植技术。不久，在这一望无际的土地上种出了蔬菜，长势非常好。一些建档立卡贫困户开始跟着长沙县的企业种植蔬菜，并且从种植技术、设备到销售都跟企业签订合同，完全零风险。当地人很快尝到了甜头，每年280元一亩的土地流转费，3年流转费一次付清。附近村民也开始主动到蔬菜基地务工，一天150元，工作8小时，和城里人上班一样。

巴宝音图和刘晓亮是一对90后的小夫妻，家里因为老人治病欠下10多万元的外债。在家种地收益低，夫妻俩不得不前往呼和浩特打工，一直没挣上钱。长沙县企业在家乡种植蔬菜后，他们就回来了。家里100多亩地，一年流转金就有3万多元。夫妇俩每天在基地干活，一个月也可以赚六七千元，巴宝音图说："以前，全是等、靠、要，现在，我们和湖南人一样学着吃苦，越干越有劲。"

种植蔬菜不仅让农牧民提高了收入，也改变了当地人传统、高盐、单一的饮食习惯。以前这里的蔬菜比肉贵，现在，当地人开始在院子里种菜，随时可以吃上新鲜蔬菜了。

科右中旗蔬菜种植成功，极大地鼓舞了当地的农牧民。他们开始慢慢转变思维和做法，开始大面积规模化种植，现代化作业，蔬菜品种也越来越多，被北京、上海、沈阳等地蔬菜大超市直接订购。蔬菜种植带动了农牧民就业，农业技术有了很大的提升，经济效益非常好，产值突破一个多亿。

科右中旗的沙地很难种植其他农作物，但非常适合种植向日葵。一直以来，因为技术落后产量不高，收购商也以交通不便为由，把瓜子的价格一压再压，当地农户挣不到什么钱。湖南省长沙县嗑磕食品公司在科右中旗高力板镇国光村开辟了葵花种植基地，第一年种植葵花1000多亩。他们传授农牧民种植技术，保底回收上不封顶，使种植户没有了后顾之忧。而且他们的收购价比原来提高了1/3，让农牧民拿到了实实在在的收入。建档立卡贫困户赵大军2017年搏了一把，种植100亩向日葵，收入竟达到15万元以上。按他的话说："自己是上了奔小康的高速路。"

这一年，额木庭高勒苏木二龙屯嘎查，以绿色生态米为主在网上销售，一年销售额二三百万元。他们在二龙屯建起了小型磨米厂，日加工能力达到小米60吨、大米150吨。最高的一次，网红散打哥一秒钟卖了6万多袋300多吨大米。网红主播薇娅3分钟卖了4万多袋200多吨大米。自从搭上电商平台，这里的米就源源不断地销往全国各地。

这一年，额木庭高勒苏木二龙屯嘎查、巴彦呼舒镇乌逊嘎查等种植的黑木耳也初见成效。这是内蒙古自治区妇联的帮扶项目，在突破技术难关、打通销售渠道后，也取得了成功。

额木庭高勒苏木巴彦敖包嘎查的317户农牧民，利用村口种植的百亩颜色源于绣娘们的心情，她们身着华裳，略施粉黛，透出从未有过的自信与从容。从她们的面貌上，可以看到她们的现在与未来。此刻，她们不仅仅是刺绣工人，还是代表时代风貌的女性，明艳、动人，与蒙古族刺绣艺术完美融合。扶贫先扶智，这场时尚走秀让她们意识到，每一个人都有追求美的权利，每一个平常的日子里都是诗，还有远方。

花海和草原上很少见到的大片树林发展起集体经济，做起了乡村旅游，被评为2017年全国文明村镇。

科右中旗，扶贫脱贫的路上，成果已现。

蒙古族刺绣无疑更是一个重要的话题。

这一年，央视财经频道《生财有道》栏目介绍了科右中旗在扶贫攻坚中发生的新变化。白晶莹继续组织农牧民妇女进行义务培训，2.1万名农牧民从事的刺绣产业在冰雪北国形成一道亮丽的风景。

这一年，蒙古族刺绣培训班的学员还参加了自治区第五届残疾人技能竞赛、五角枫艺术节活动、中国速度马大赛等。介绍了白晶莹的事迹，宣传了科右中旗蒙古族刺绣，在中央电视台一套、二套、四套、六套、七套、八套、九套、十二套、十三套及兴安频道播出，兴华网、《内蒙古法治报》相继报道后，社会反响强烈。

这一年，专门成立的网络公司，对蒙古族刺绣进行了宣传、推广。2017年，蒙古族刺绣参加了兴安盟蒙古族服装服饰展览会，全国"大众创业、万众创新"活动。

辽阔的科尔沁大地，蒙古族刺绣旧貌换新颜，生机再现。白晶莹怀揣责任和担当，践行着一个共产党员全心全意为人民服务的初心。

初冬时节，我怀着朝圣般的心情来到科右中旗，走进蒙古族刺绣车间。

蒙古族刺绣车间作为扶贫示范基地，每天迎接着来自全国各地的人。车间共由四层组成。一楼大厅展柜里摆放着满满的奖杯和奖状以及平安瓶、烟袋、绣鞋、被面、荷包等刺绣作品。开放的服务窗口前，大学生正在接待来交付订单产品的苏木嘎查扶贫车间负责人，检验、清点、核对、入册一气呵成，非常流畅。他们告诉我，每天的工作都很忙碌，他们在基地值班，更多的人为建档立卡贫困户上门服务去了。他们说："在白姨的引领下，蒙古族刺绣才有了今天的局面。白姨一有空就过来，不出差的话，几乎天天都过来。她总是提醒我们，广阔的市场意味着更高的要求，我们必须不断学习，不断更新观念，创造创新，才能跟得上时代的步伐。我们也必须为农牧民服务，这是我们应该做的工作，是我们进入蒙古族刺绣产业团队的初衷。"谈起工作中的收获和付出，他们都充满激情，满脸洋溢着青春的光，对企业的发展更是信心十足。

我问起大学生团队的一些具体情况，他们兴致勃勃地介绍起来。截至2017年，蒙古族刺绣车间已入驻大学生57名，一部分人留在基地抓培训、抓新产品研发，一部分人跑市场、抓订单，形成了集图案设计、产品订单、电商、网络销售、市场开发为一体的刺绣产业人才团队。在这里，大学生不仅实现了就业创业，还帮助乡亲们走上靠刺绣脱贫致富的道路。在这里，他们找到了实现自我价值的平台。

"来到蒙古族刺绣车间后，我先后在通辽、呼和浩特、长沙、香港等地开拓市场，拿回200多万元的订单。前几天，又在北京签订了一批蒙古袍演出服订单，目前正在紧锣密鼓地安排绣工绣制。"安常福说。

"刚开始，大部分人并不认可我们的产品。我第一次去内蒙古自治区商务厅时，他们准备组织商品在香港销售，但是只要了我们10个枕头。回来后我做了汇报，我们的产品也进行了调整。第二次去呼和浩特，是参加宣传部组织的会展，好多人才知道蒙古族刺绣。那是我第一次参加大众化消费的展会，适合白领阶层的产品好多人也不认可，她们说你这产品绣得好，就是日常用不了。回来后，我再次反馈信息，我们的产品也开始向大众化产品倾斜，对网站设计产品也进行了更新。几年来，我们一直在这样做，直到产品得到大众的认可。"一路走来，跑销售和市场的安常福感受很深。

缘何在短短的时间里，蒙古族刺绣以燎原之势，在科右中旗迅速发展成重要的文化产业和脱贫产业？科右中旗旗委书记白云海说："除了白晶莹的引领带动，离不开一支有着'扶贫攻坚突击队'之称的大学生队伍的全力帮助，大学生在强力助推这个产业中，展现了当代青年的社会担当。"

要放飞梦想，更要牢记承诺和奉献。大学生奔走于科右中旗的各个苏木嘎查，以实际行动助力祖国脱贫攻坚大业。由大学生负责的从事刺绣的贫困农牧民人数，记录着他们为农牧民服务的初心和成长的足迹：

巴彦茫哈苏木负责人安常福：1240人；

巴彦淖尔苏木负责人塔娜：1174人；

好腰苏木负责人乌兰：1145人；

新佳木苏木负责人彬彬：1365人；

高力板镇负责人王文军：2316人；

巴彦呼舒镇负责人包永辉：3069人；

杜尔基镇负责人包国军：1272人；

哈日诺尔苏木负责人包永刚：440人；

巴仁哲里木苏木负责人包永刚：1380人；

额木庭高勒苏木负责人吴志强：1368人；

代钦塔拉苏木负责人乌云高娃：1784人；

吐列毛杜镇负责人达布希拉图：1657人；

…………

在一楼大厅，我见到了兴隆屯嘎查刺绣扶贫车间负责人其木格，她带来200件欧衣绣品和3件大幅牡丹刺绣。在工作人员验收后，她拿到了5000元的酬劳，这是兴隆屯嘎查20名妇女近10天的劳动所得。拿到钱后，其木格高兴地说："跟着白主任可没少挣钱，过去自己绣好了东西拿去卖，一没人要，二卖不上价格，好东西一年也只不过挣个一两百元。我是白主任的第一批学生，我们不用画图案，绣就可以了。我也不会画，都是白主任给我们画。我们都想绣得好，为挣钱，也为回报白主任付出的辛苦。以前刺绣，只是自己喜欢，多数是绣给自己用，对外出售也卖不上钱，做梦都没有想到兴趣爱好也能挣钱。上半年，我们全村刺绣收入就有16万元，我的刺绣收入最高，挣了2万多元。预计到年底，全村刺绣收入可达30多万元。"现在，其木格所在的兴隆屯嘎查已成为远近闻名的刺绣产业村。

有了好产品，也有了好销路，农牧民增收不成问题。如今，像其木格这样的绣娘已经不在少数。生活富裕了，东西卖出好价钱还能走向全国，农牧民甭提多高兴了。

通往车间二楼的楼梯口，墙上悬挂着"感恩党、跟党走、奔小康""我奋斗，我幸福""我脱贫，我光荣"等刺绣大字，分外醒目。二楼是产品加工车间，在嗡嗡运转的普通缝纫机、高级缝纫机、直驱平缝机、码边机和其他刺绣设备前，缝纫工们正在将绣娘们精心绣出的刺绣，点缀装饰在蒙古袍、钱夹、笔筒、靠垫、桌布、纸巾盒、笔记本、汽车挂件、箱包等半成品上。我看了产品制作和检验过程，缝纫工们对产品的要求太认真了，极小的瑕疵也决不允许，她们的严谨着实令人叹服。

走进蒙古族刺绣车间，600多名正在飞针走线的绣娘，瞬间缤纷视野。绣娘们坐在绣架前，神情专注，十指春风，宛如仙子。一幅幅刺绣作品，伴随着妇女们的一双巧手氤氲而生。绣布上花鸟鱼虫栩栩如生、湖光水色活灵活现，如果不是亲眼所见，我断不会相信，她们中的很多人才学了不到一年的时间。她们绣的是刺绣，更是她们的锦绣生活。

身旁的一位绣娘，是高力板镇赛罕达坝嘎查的龙梅，再次见到她，我非常高兴。她正在绣的凤凰跃跃欲动，似要飞出织布，非常传神，我忍不住停下脚步欣赏起来。她见到我也很高兴，喜滋滋地说起她现在的心情："我现在每天绣，这心和绣的凤凰、荷花什么的都搁在一起了，这花鸟虫鱼像活的一样。自从开始刺绣，身心都舒服了，想一直绣，感觉现在的生活就像这绣布上的画一样美呢！"听，这就是我们的金牌绣娘，这就是缘何凤凰于飞。

随行的代钦塔拉妇联主任乌云高娃告诉我，现在，全旗妇女都喜爱刺绣，每一幅作品都倾注了她们的情感。众人拾柴火焰高，因此，旗里发展刺绣产业才能一呼百应，才有了今天这样让人振奋的局面。

见我停下来说话，绣娘们纷纷跟我打招呼，她们说刺绣是个特别好的活计，每天一放下家里的事，她们就三个一群两个一伙地凑在一起绣，绣到夜里两三点是常事。绣娘们你一言我一语地说着刺绣、念着家常，话语里透着对刺绣的喜爱，对生活的质朴追求，一张张粉黛未施的脸绽放着喜悦的颜色。我问起她们现在的生活，她们或说家庭，或说个人的遭遇，贫困曾是她们共同的境遇。

"现在好了。"绣娘们都这么说。

在科右中旗，2.1万多名农牧民妇女投入刺绣事业，她们用指尖触摸时代，感应潮流与传统的碰撞，尝试着打开了一个从未见过的新世界。白晶莹将竞争机制引入后，绣娘们个个争上游，人人拼绣艺已成为一种风尚。

是啊，"现在好了"真好！我想，这是白晶莹最想听到的话。

越来越多的农牧民向蒙古族刺绣队伍靠拢过来，这也是白晶莹最愿意见到的。

置身于蒙古族刺绣车间，无论你是谁，你都会想看绣娘们的笑，想倾听她们的故事。

代钦塔拉苏木贫困户阿勒坦琪琪格说："因为是喜欢做的事情，所以兴趣越来越高。为了不落在年轻人后面，一心想着努力把刺绣绣好。学会刺绣以后，十分珍惜时间。"

代钦塔拉苏木另一位贫困户七月说："我们旗里发展刺绣产业后，我的生活好起来了，信心也足了。学会刺绣以后，不缺零花钱，减轻了生活负担，今后想让孩子也学。现在我绣花挣了7000多元呢！"

王金莲，巴彦呼舒镇乌逊嘎查人。2012年，丈夫遭遇的一场车祸打破了王金莲原本平静温馨的生活。面对丈夫昂贵的治疗费用和2个正在上学的孩子，王金莲愁苦不堪。她除了要种家里的50多亩地，还尝试过养牛、卖雪糕、绣枕头套，收入微薄，生活捉襟见肘。2016年，王金莲一家被纳入贫困户。她对我说："今年，我靠刺绣挣了7000多元，除了补贴家用，还买了70只小鸡，前一段卖了50多只，又挣了3000元。异地搬迁项目实施后，我家住进了新房，摘掉了贫困户的帽子。现在入股合作社，每年可以拿到3300多元的分红，还养着4头牛和20多只羊。"现如今，王金莲是巴彦呼舒镇乌逊嘎查刺绣带头人，她所带动的104位绣娘，都通过自己的双手改变了生活。像王金莲这样的绣娘在科右中旗还有很多，刺绣作为家里的额外收入，让这里的妇女找到了生活的价值。如今在乌逊嘎查，几乎是户户有刺绣，家家有绣娘，全嘎查从事刺绣的妇女就达150多人，年人均收入2000元到8000元不等。

我看见一位绣娘正在黑色布料上绣一朵粉红色的梅花，问她绣出来用在哪里，她告诉我是用在蒙古袍的领口和袖口。我问她能不能让我试着绣几针，她立刻站起来。我问会不会给绣坏了，她笑着说："绣吧，能修。"我接过来一根很细很小的针，照着她手指点的地方绣了下去，针是下去了，可下面那只手很费力才找到针的落点，只绣了几针，手心就有了汗，针也不听使唤。绣娘笑着说："没什么，你初学，针线也欺负你呢！"俗话说："三年磨出一个绣花娘。"看来真是如此。

吴占子过去在砖厂打工，一天累得直不起腰。2017年夏天，吴占子看到村里不少人做刺绣，赚了钱，便辞掉了砖厂的工作，也学起了刺绣。她对我说："在砖厂一个月也挣三四千块钱，刺绣一个月也挣三四千块钱，这个轻巧嘛！在家我还能照顾老人，看孩子，做饭啥的都可以。"望着身材瘦小的吴占小，我无法想象她在砖厂打工的情景，她太瘦小了，风一来就被吹倒的感觉。我为她选择刺绣，找到一份适合她从事的工作而高兴。

我转到进来时就看到的一位年轻绣娘身边。她绣得很快，刚才我走进来时，她刚刚起针，才一会儿工夫，湖蓝色的底料上已绣出一片绿叶和牡丹花影影绰绰的花蕊。她是巴彦呼舒镇乌逊嘎查的金牌绣娘。我问她绣出来的牡丹用在哪里，她说是用在包上，很漂亮的，人们很喜欢。她告诉我："父亲早年去世，母亲又有高血压、心脏病，我只念了高中没能上大学。我也做过大手术，家里十分困难，只能带着母亲到处打工。2017年，我开始学习刺绣。今年挣了5万多元，明年争取挣6到7万元吧！我和母亲都非常高兴，感谢白老师的帮助，也感谢大学生团队。大学生团队什么都管，除了上门一对一下订单、收货、结账，还关心我们的家庭，关心我和母亲的身体和生活。我几乎什么都不用管，只管好好绣，绣完了就挣钱了……"

这时，杨福林带着阿里巴巴集团考察团来到蒙古族刺绣扶贫车间，我采访了他。他说："蒙古族刺绣产业要发展，必须积极拓宽销售渠道，利用互联网平台的即时性与'无疆界'渠道，坐上'互联网+'的快车，通过电子商务公共服务平台进行销售推广。我们的产品即将通过阿里巴巴电商渠道进行销售，目前双方正在加强合作对接，争取合作项目早日落地。"杨福林还谈到了蒙古族刺绣与鄂尔多斯羊绒集团、鹿王集团的合作，这两个世界知名的羊绒集团也落户科右中旗，蒙古族刺绣将在它们的高端产品上根据定制方需要进行生产。另外，一些企业界的高级人才，有特殊需求的央企和国企，也洽谈了特殊产品的定制和合作。

离开刺绣车间，乘车向高力板镇出发，汽车驰骋在平坦的乡间公路上，畅通无阻，道路两旁的草场上牛羊点点，还有蒙古马、骆驼在长空之下寻寻觅觅，天地间一派祥和安宁。司机师傅对我说："以前下乡都是沙窝子路，一天只能到一个地方。这两年好了，路修通了，电和水也接上了，农牧民再不用受风沙冷冻之苦，家家也都住进了砖瓦房……"听到司机师傅这么说，我感到很温暖，也感叹这里发生的变化。要知道，落后和贫穷曾是这里给人最深的印象。

车到了高力板镇，街道和店铺都很整洁，路上的行人却很少。司机师傅说："几年前，这里还是个封闭的小镇，冬闲的时候，人们只能靠喝劣质酒、打几毛钱的小麻将消磨时间。现在你看，人们都忙着刺绣呢，不仅女人绣，闲下来，有的男人也跟着绣，我们都叫他们男绣娘，好听吧？我估计这会儿就是想喝酒、打麻将也找不到人陪喽！"高力板镇有3万人，共19个嘎查，在科右中旗是个人口较集中的镇。我急于见从事刺绣的建档立卡贫困户，就让司机把我直接送到镇刺绣扶贫车间。在这里，我见到了高力板镇的绣娘们。她们又在举办刺绣培训班，讲课的老师正是那个曾经的"麻将头子"赵霞。联想到赵霞之前的生活，此情此景，让人感慨丛生。

我认真地听完赵霞的课，约她坐下来，让她随便说点什么。

赵霞先是说起了培训："一方面是为巩固提高农牧民的刺绣技术，一方面也是企业不断研发新产品的需要，如果不培训农牧民，就完成不了新的订单。"接着她又说起了这一年多的变化："以前热衷打麻将，我丢下家和孩子不管，闹得家里鸡飞狗跳，其实那时我对自己也挺绝望的，也不知道自己能做点啥。打麻将不是好事，遭人白眼，背后总被人指指点点，我很苦闷却想不出啥出路，就打算那么浑浑噩噩地过下去。自从学会刺绣以后，人们都说我变得像个女人了，家庭和睦了，女儿也上了学，我还带了70多个徒弟。你看，我这也是文化人说的那叫什么来着，桃李满天下呢！这一年，我收入3万多元。以往的麻友现在变成绣友，大家一起比拼刺绣技术，靠能力挣钱，这可比打麻将强多了。"赵霞一脸的笑，大大的眼睛满目生辉。

行走在高力板刺绣扶贫车间，一朵鲜活的牡丹刺绣深深吸引了我，粉红色的牡丹开放在绿色的底绸上，绸面上，叶片到叶梗的颜色由浅渐深，一抹红镶嵌在一片渐变的绿色之中，艳而不俗，娇而不媚，刺绣多了份出尘的清幽，却又不失牡丹的富贵。凭直觉，这是一个浪漫的绣娘，对色彩有着极强的感知力，她把绘画中的光和色用丝线和针法表现出来，让丝线随着图案的结构变化和光影明暗而游走，在视觉上造成一种层次感和真实感。我找到她的时候，她的织布上，另一簇深红色的牡丹也呼之欲出。这位绣娘对我说，她从小就喜欢刺绣，喜好搭配颜色，和丈夫自由恋爱结婚后，因为农活多，生活又困难，就很少有时间绣了。丈夫是一位乌力格尔艺人，去年收入3万多，自己也重新把刺绣捡起来，还跟着白老师学了不少新技法，靠刺绣赚到钱，日子过得轻松舒适。她现在的梦想是一直绣下去，凭着绣花的双手，与一家人好好地生活，然后，等日子再好些，就和家人去大城市旅游。

绣娘的心，有了远方，是刺绣带着她走向了远方。

在杜尔基镇靠山嘎查，我又见到了褚玉何。他激动地对我说："我的4万多块钱手术费已经攒够了，年底就去做手术。"褚玉何眼泪快要流出来了。

巴彦茫哈苏木哈图布其嘎查金牌绣娘天晓说："今年我领到了3万多，这对我们农村家庭来说不是一笔小的收入，是白主任给我们贫困户带来的收入，我们永远忘不了她。"

在巴仁哲里木镇翁根海拉苏嘎查，我再次见到了马八十五，虽然他是一位高位截瘫的男绣娘，建档立卡贫困户，依然瘫痪在床，但绣起花来一点不比别人差。他平躺在炕上，熟练地做着刺绣，场面感人而生动。谈起刺绣给自己带来的变化，马八十五心情很激动，"自从遭遇车祸已经躺了10多年，不仅给家里带来负担，整个人也快垮了。我一接触刺绣，就喜欢上了，这心思一转移，就不像以前那么胡思乱想了，也有了信心，多绣多挣钱，能补贴家用很开心。今年我挣了2000多元，以后还会挣更多！"

包双梅，代钦塔拉苏木茫来嘎查人，因丈夫患病致贫，被纳入建档立卡贫困户。包双梅是图什业图蒙古族刺绣培训班第一批学员，学会刺绣后，她经常和村里其他绣娘一起刺绣，绣品完成后由图什业图蒙古族刺绣扶贫车间的工作人员入户回收。她对我说："我以前收入一年不超过一两千，学刺绣以后一年的收入一万多，生活比原来好了很多。我今后会更加努力地绣，绣得越好，收入会越多。"

绣娘固仁其其格，56岁，她和丈夫都是下岗职工。下岗以后，固仁其其格一直在当地打工，有2个儿子，她得拼命挣钱维持生活，一度愁苦。她对我说："以前只能做清洁工洗碗，一个月顶多挣2000元。"从2017年开始，固仁其其格拿起了绣花针，一个月就挣了5000多元，生活宽裕了，愁苦的心也云开雾散了。

在巴彦茫哈苏木葛根敖日都嘎查，我见到了刘玉清。她是建档立卡贫困户，在做刺绣之前，生活入不敷出，家里唯一的经济来源是种地。2017年，旗里办刺绣培训班，刘玉清初次接触了刺绣，并被这门传统手艺所感染，她也开始绣了起来。刘玉清说："以前孩子一周最多5元钱的零花钱，现在孩子和老人的生活费都不用愁了，刺绣给我们这些老百姓带来很大的帮助。"

在高力板镇白音道卜嘎查，我见到了男绣娘白玉双，他从37岁就开始做刺绣，一绣就是6年。白玉双说："这是我家乡这边的传统，应该把这传统一代代传承下去。我刺绣的时候总会想起自己小的时候，那时，妈妈总是把花呀、草呀绣在我的衣服上、被子上、枕头上，一看到刺绣心里就觉得暖和。"白玉双把刺绣手艺教授给嘎查其他的村民，鼓励他们学习刺绣，凭双手脱贫过上好日子。截至2019年，他已经走进20多个贫困农牧民家中，教他们学习刺绣，这些人的生活状况都发生了改变。

在代钦塔拉，我见到了曹峰，他已为儿子在北京装了人工耳蜗，刺绣和正在康复的儿子给他原本绝望的家庭带来了许多欢乐。在扶贫车间，我还见到了梅荣，她对我说："没有精准扶贫，没有白姨，就没有我们今天的生活。白姨非常关心我们，我刚开始学刺绣的时候，我妈住院没有钱，白姨听说后，就给我拿了5000块钱，我感动得直掉眼泪。白姨说：'没事，几个大订单，这个钱就挣回来了，先把你妈治好了，等治好了病，你再全心投入工作。'嗯，就是白姨说的，妈妈好了以后，几个大订单，这钱就挣回来了。"

接着，梅荣又讲起了白晶莹对她们的培养，激励她们不断追求："白姨总说刺绣不只是挣钱的工具，它是一门艺术，需要你达到一种理想的境界。我就想，在这里其实比念大学还有意义。因为这个东西是艺术品，它永远都有你达不到的高度，你永远都是一边学一边做。我感觉空间好大，有可以自由发挥的那种感觉。就在前几天，大家说我各方面的工作还可以，选我当研发团队组长。我开始带一个团队去做，我们一起加班，我把好一些的工作安排给别人，费时的、劳累的工作自己承担。这也是白姨教我的。有的时候出了一点小状况，我就很着急，就怕姐妹之间有矛盾，给白姨打电话求教，白姨就告诉我怎样做调解，她还告诉我接下来该怎么做。现在，我有时间也会去苏木嘎查教学……"

走访过的苏木嘎查，到处是驻村干部、第一书记的身影，所见无不是砖瓦房、水泥路、自来水，村容齐整干净。参与蒙古族刺绣产业的贫困农牧民，改变过去"等、靠、要"的思想，用双手改善生活，她们说挣来了面子，挣回了尊严。她们告诉我，白老师说过，不能光靠国家帮，好日子更要自己去挣。尽管她们过去的遭遇不同，现在却同样努力而幸福。她们靠着一团彩线，一根绣针，一块布料，一双勤劳灵巧的手，告别过去走向富裕，改变着自己的生活，绣着五彩人生，自觉不自觉地传承着民族的传统文化。

生活会越来越好的，美丽的绣娘们！我想每个人都愿意这样祝福她们。

这一年，白晶莹把农牧民刺绣的收入都结清了。蒙古族刺绣有了100多万元的收入，他们还了部分贷款，大学生在这一年只开了3个月的工资，白晶莹一分也没有，还欠着银行几十万元贷款。

为了让农牧民增收，白晶莹请当地的公司、妇联等单位帮忙订购产品。春节将至，她再次请农发行伸出援手订下40万元的订单。

白晶莹对大学生们说："宁可我们不发一分钱，也决不欠农牧民一分钱。"大学生团队也纷纷表示："只要能让我们的传统文化得到传承和发展，只要能为农牧民增收创建一个平台，我们不发钱也没什么。"大学生创业就业扶贫服务协会主席杨福林更是豪迈地说："2018年，我们要在今年人均增收2000元的基础上，让农牧民的人均收入达到3000元至5000元。"

望着眼前这群朝气蓬勃、乐于奉献的年轻人，白晶莹更有了信心。"青年兴则国家兴，青年强则国家强。青年一代有理想、有本领、有担当，国家就有前途，民族就有希望。中国梦是历史的、现实的，也是未来的；是我们这一代的，更是青年一代的。中华民族伟大复兴的中国梦终将在一代代青年的接力奋斗中变为现实。"蒙古族刺绣产业的大学生团队有着坚定的理想信念，志存高远，脚踏实地，勇担当，敢作为，在实现蒙古族刺绣产业扶贫的生动实践中，正放飞着青春的梦想，与祖国同行。

第九章 坚守与奉献

　　2018年3月5日，习近平总书记在参加十三届全国人民代表大会第一次会议内蒙古代表团审议时强调，全面建成小康社会，标志性的指标是农村贫困人口全部脱贫、贫困县全部摘帽。打好脱贫攻坚战，关键是打好深度贫困地区脱贫攻坚战，关键是攻克贫困人口集中的乡（苏木）村（嘎查）。要采取更加有力的举措、更加精细的工作，瞄准贫困人口集中的乡（苏木）村（嘎查），重点解决好产业发展、务工就业、基础设施、公共服务、医疗保障等问题。这是向最后的堡垒发起冲锋前下达的战斗动员令，号召战斗在扶贫第一线的全体指战员巩固战果、攻克重点，务必取得脱贫攻坚战的全面胜利。

　　2018年初，科右中旗旗委、旗政府把发展蒙古族刺绣产业作为打赢脱贫攻坚战的重要产业平台，成立了刺绣产业发展专项推进组，任命白晶莹为图什业图蒙古族刺绣产业推进组组长。这一年，白晶莹被调到旗人大，开始担任党组书记、人大主任一职。

　　新的任命让白晶莹感到肩上的责任越来越重了，开拓蒙古族刺绣国

内国际市场，把科右中旗打造成中国最大的刺绣产业基地，带领农牧民
"居家就业，巧手致富"，这不是一个简单的任务。该从哪里入手？又
该从哪里突破？一个个问题摆在白晶莹的面前。

　　白晶莹把目光瞄准了与科右中旗结对帮扶"携手奔小康"的湖南省
长沙县。那里有湘绣，历史悠久，技艺成熟且形成了很好的市场运作模
式，能不能和长沙县开启"优势互补、合作共赢"合作模式呢？从而在
达到相互交流、相互学习目的的同时，拓展蒙古族刺绣产业的市场。

　　牵手湘绣，让蒙古族刺绣兼容南北刺绣的特点，以全新的面貌"走
出去"，走得更远，实现产业的长足发展，这是白晶莹必须要做的事
情。她开始多方奔走，在帮扶单位中宣部的大力支持下，蒙湘结对帮扶
很快促成。

　　2018年3月，湖南省长沙县组织12名湘绣专业技师深入科右中旗，免
费开展为期12天的"蒙湘牵手，绣美生活"刺绣技能培训班，这是一次
难得的向姊妹刺绣艺术学习的机会。白晶莹组织全旗12个苏木镇4000多
名绣工参加培训，这其中有建档立卡贫困户1770人。培训依然是理论培
训与实践指导相结合。这次理论培训主要是讲解湘绣的产品效益和发展
前景，目的是引导当地妇女加入刺绣生产队伍，实现"居家就业，巧手
致富"。实践培训是刺绣老师手把手教学，重点教授刺绣的基本针法、
单面绣的基本绣法及设计构图等。"之前学习了蒙古刺绣，现在又学习
掌握了湘绣的刺绣手法，等于又多了一门增收致富的技艺，我有信心早

日实现脱贫致富。"朝胡尔图嘎查妇女其其格这样说道。

"蒙湘牵手，绣美生活"培训为蒙古族刺绣向湘绣学艺搭建了平台，也开启了蒙古族刺绣借鉴、提高、融合、共享的开放与包容之路。在首届世博会主旨演讲中，习近平总书记就已明确表示过，世界贸易"不是中国的独唱，而是各国的大合唱"。这是习近平总书记在十九大提出的"人类命运共同体"理念的延续。总书记呼吁，各国人民同心协力，构建人类命运共同体，建设持久和平、普遍安全、共同繁荣、开放包容、清洁美丽的世界。这是一幅无比美丽的图景，它是具有中国特色的人类发展理念，更是中国人民的"世界梦"。蒙古族刺绣亦然，要通融合作，取长补短，互通有无。白晶莹决定加大蒙古族刺绣"走出去"和"引进来"的力度，并以此促进产业的发展，提高技术的创新。不久之后，蒙古族刺绣与湘绣借鉴融合的强大优势显现出来。白晶莹抓住机会，带领蒙古族刺绣与湖南省长沙县签订了协议，在科右中旗设立蒙绣研究所，与湖南省长沙县共同开发推广蒙绣产品并实现订单式生产。

蒙古族刺绣与湘绣的深度融合，让蒙古族刺绣保留了民族韵味的同时增加了时尚元素，陆续开发出以古今名画为题材的"富贵荣华"系列、山水花鸟题材等系列刺绣艺术品，从而使刺绣的品种更加多元，寓意更加深刻，色彩更加艳丽丰富，做工也更加精细，新开发的产品相继成为酒店、商场、宾馆、居家悬挂的装饰佳品。现代建筑注重公共空间的拓展，为刺绣走出闺阁提出要求和可能，蒙古族刺绣创造的大幅作品融入了更广阔的社会生活中，在公共空间与大众共享，长度几米、几十米的刺绣，在各大重要的场所迎门而立。

2018年5月19日，内蒙古花季旅游暨兴安杜鹃节在阿尔山杜鹃湖畔开幕。此次活动含兴安杜鹃节、第十五届蒙古族服装服饰艺术节、"内蒙古味道"美食嘉年华等活动。为了此次服装服饰艺术节，蒙古族刺绣从4月初就开始筹备，共选出67套服装，36名模特参加了3个组别——传统服饰、现代服饰、行业工装的比赛，是本次内蒙古花季旅游节中兴安盟所有旗县参加人数最多、参赛组别最多的队伍。预赛中，科右中旗获得传统服饰组第二名的好成绩，并被选为此次开幕式的礼仪服饰，绽放杜鹃湖畔。蒙古族服饰艺术是内蒙古重要的非物质文化遗产，也是蒙古族的传统文化精髓之一。图什业图王府服饰、图什业图蒙古族刺绣、图什业图民间刺绣等都是科右中旗的非遗项目，参加此类活动，既保护和弘扬了优秀传统文化，又助推了传统科尔沁服饰走向更大的舞台。

同年5月，蒙古族刺绣登上2018年深圳文博会的展台。这次文博会，苏绣、蜀绣、湘绣、粤绣等靓丽云集。蒙古族刺绣以其独特的气质、古朴的风韵和充满生活气息的生动展现，受到广大时尚人士及各大批发商的青睐，前来咨询、购买、商谈合作事宜的客商络绎不绝。深圳文博会的成功展示，开阔了蒙古族刺绣的视野和发展思路，白晶莹看到全国同行推出的刺绣产品，进一步领会了传统刺绣的魅力和活力，借助时尚力量推动传统手工艺传承的紧迫感和责任感，让她加快了蒙古族刺绣在产品设计理念和营销模式上的转变。

7月6日，距离2018年深圳文博会过去2个月，蒙古族刺绣再次在深圳中国非物质文化遗产交流会上亮相。在这次文化交流活动中，蒙古族刺绣作品《芍药绽放》大放异彩。作品以芍药花为元素，色彩协调，做工细腻，别具特色。深圳非遗生活文化产品有限公司将其作为礼品送给马耳他驻华大使，大使先生称赞这份礼品是"风格独特的少数民族杰出手艺代表"。白晶莹在接受采访中表示，之所以选择这份礼物，不仅是因为《芍药绽放》非常适合大使的身份，也由于中国文化曾与诸多国家有过深度交流，这对"一带一路"沿线国家和地区的文化交流具有重要的现实意义。

这次活动充分发挥了科右中旗的资源优势、人文优势和深圳非遗生活文化产业有限公司的资金、管理及产业发展等综合优势，为打造蒙古族刺绣工艺品牌形象、产业的创新升级打开了更广阔的空间。

在不断参加国内国际展会和交流中，蒙古族刺绣又与内蒙古宝格达商贸有限公司、广东印象草原实业发展有限公司、蒙农云联（北京）农业科技发展有限公司、未来大世界教育咨询（北京）有限公司合作，走上了共同打造开发民族文化产业之路。通过学习融合鲁绣、湘绣、苏绣、蜀绣的技法，蒙古族刺绣开发出更加时尚化、国际化的产品，订单不断增长，销售也供不应求。这些订单包括棉麻、真丝、皮革等材料制成的服装、装饰画、生活家居用品、办公用品等。

　　蒙古族刺绣产业秉承"开放合作，命运与共"的理念，积极参与国家和内蒙古自治区举办的节庆、宣传、展会、竞技、商贸洽谈、旅游活动，先后参加了2018年文化和自然遗产日非遗宣传展示活动、中蒙俄国际绿色有机产品博览会、北京消费扶贫展览会、第六届中国公益慈善项目交流展示会、内蒙古自治区商务厅采购活动、内蒙古自治区文化博览会、内蒙古自治区第三届文博会、创意十二月新"绣"内蒙古活动、西拉沐沦蒙古族刺绣与服饰文化展、2018年第十三届中国阿尔山国际养生冰雪节等，与其他企业一道向着"包容、普惠、平衡、共赢"方向发展，践行"新时代，共享未来"的时代主题。

　　同年9月，蒙古族刺绣参加了"丝路绣梦·巾帼匠心"中国内蒙古民族服装服饰法国卢浮宫精品展，亮相巴黎服装服饰采购展及意大利米兰时装周。与此同时，蒙古族刺绣还参加了在北京举办的中国国际时装周民族服饰服装文化秀。紧接着，又参加了第六届中国工艺慈善项目交流展示会。蒙古族刺绣以独特的民族气质、丰富的文化内涵以及精湛的工艺，受到了中外业界及众多媒体关注，人们在精美的刺绣前流连忘返。喜鹊图案的手提包，带有牡丹花样的抱枕，昂首奋蹄的蒙古马壁挂，几何花纹的蒙古袍等，这些饱含蒙古族刺绣元素的作品，因所用材料不同，呈现的气质也不尽相同，有的是刺绣在丝绸等软面料上，纤毫毕至、灵动秀美；有的是用骆驼绒线、牛筋等刺绣在羊毛毡皮靴等硬面料上，以凝重质朴取胜。有的刺绣作品在风格上，以大面积的贴花，粗犷匀称的针法，鲜明的色彩对比，给人以饱满充实之感；有的则侧重内涵，没有大红大绿的渲染，在花形设计方面简洁大方，淡雅适度，显得清秀劲拔，活灵活现。

　　发源于中华传统技艺的蒙古族刺绣，于豪放中见灵秀，于粗犷中见细腻。其豪放粗犷继承自先祖皮革补绣的工艺，灵秀细腻融合了湘绣、鲁绣、苏绣等其他地区刺绣的艺术元素。从图案设计、选材加工，再到整理装裱，蒙古族刺绣把高标准放大到整体设计之中，完美地勾勒一针一线。白晶莹将蒙古族传统刺绣手法和现代刺绣技艺组合在一起，精益求精，注重把握每一个细节。她深知刺绣形神兼备的文化内涵，追求蒙古族刺绣作品的神韵，融民族元素与审美于一体，体现刺绣内在的气质。对于形，白晶莹除了选择传统的织布，还选择了更具有表现力的丝绸，借助丝绸的质感，让蒙古族刺绣呈现出不同于过去的表现，这不仅意味着创新，同时也对创意设计、材料组合、风格把握等刺绣技术提出更高要求。选择了将丝绸与蒙古族刺绣相结合的具有挑战性的刺绣方法，就要有驾驭它的能力，才能在此基础上做得恰到好处。为追求品质，白晶莹让绣娘细抠一针一线，也就是说，在绣工手中，每一针每一线不仅是对顾客负责，更是对技艺的追求和对文化的尊重与传承。

　　白晶莹经常对绣娘们讲，都是一根线，那横的、竖的、倾斜的，90

度的和80度的完全不一样，竖的就会亮一些，横的会避掉一些光，倾斜则会和顺一点……

凡事皆贵在用心。

历尽千帆，蒙古族刺绣带着自己独特的风格走上国内国际大舞台，受到中外客商的喜爱，企业也开始有了长期稳定的订单。

白晶莹和绣娘们让世界看见了内蒙古之美。

新的机遇，对绣工和企业都提出新的要求。白晶莹知道，作为地区扶贫产业和非遗文化的蒙古族刺绣，虽然有很独特的韵味，但要想走出深闺，要在国内外市场保持持久的生命力，还需要不断提升它的创新力和竞争力。

一场苦练内功，提高刺绣水平的比拼再次掀起，众绣娘纷纷争做金牌绣娘、一级绣工。在外力和内力的共同推动下，绣工的整体水平快速提升。家家在刺绣，人人比技艺，科右中旗大地上，十指春风吹皱一池春水。

要占领广阔的市场，需要对产业精心布局。蒙古族刺绣通过"企业+协会+基地+农牧户"的模式，又扶持成立了沃尔墩刺绣产业发展有限公司、图什业图民族手工艺协会，与大学生创业就业扶贫服务协会、祥瑞刺绣扶贫服务有限公司搭建起蒙古族刺绣产业的组织架构，进一步拓宽了市场，使内外销售订单产品同步发展，并充分利用自身资源进行优势

　　随针线游走的是岁月，是汗水，是心血。几年来，白晶莹不敢有丝毫懈怠，她在追求刺绣的技艺中探究文化，帮助农牧民脱贫奔小康。她不再从刺绣看世界，转而从世界看刺绣。于是，时代风貌，历史兴衰，纷纷聚拢在针尖，或轻轻薄薄，或绵密厚实的刺绣凭借着指尖的力量拉近了生活与幸福、人与美的距离。

互补，快速抢占市场先机。

沃尔墩公司没有走整体工厂化的发展路线，因地制宜采用了"车间+合作社+农牧户"的生产模式，在51个特色苏木嘎查设立生产车间和刺绣培训基地，采用订单模式，由协会发展客户、建立销售渠道，企业与客户签订合同，企业再根据订单需求回收刺绣作品。企业与绣工的合作以统一培训管理、统一材料发放、统一成品回收、统一收入结算的方式进行，由此形成了独特的产业运作模式。

负责全旗12个苏木镇对接服务工作的大学生创业就业扶贫服务协会，开展线上线下销售，参加各地展销会，进行产品推介，负责打开市场销路，同时加强基地建设，扩大规模，完善设施，提高生产研发能力，并对基地的缝纫车间、刺绣车间、成品室、研发室、展览车间实行分工管理，责任到人。营销团队在全国设立了37处销售合作点，蒙古族刺绣的产品销售节节攀升，订单也像雪片一样飞来。

守住传统、守住文脉，才能换来"金山银山"，这是白晶莹的清醒认识。为了让传统的刺绣技艺与现代审美相结合，白晶莹积极打造蒙古族刺绣研发团队，在培养本土刺绣设计人员的基础上，继续聘请兴安盟、自治区、国家级的高级设计研发人员，让他们出谋划策引领市场，给传统手艺注入现代美，不断用新产品提升民族刺绣的文化内涵和品牌价值。与此同时，白晶莹借助美术家协会、摄影家协会、书法家协会等专业艺术家团队，开展富有民族特色的精品样图创作。借助文化旅游节庆活动，开展精品刺绣评选活动，提高产品的附加值，推动刺绣由"产品"向"作品"的转变。这些由众多艺术家参与打造的蒙古族刺绣新品，用料讲究、款式多变、色彩和谐、工艺复杂，被业内人士称作精工细制的"高、精、尖"作品。白晶莹就让这些精工细制的"高、精、尖"佳作主动"走出去"，积极参加各类展销活动，并在基地和图什业图亲王府设立展厅，全方位提高蒙古族刺绣的知名度和美誉度。

在此基础上，蒙古族刺绣还与内蒙古自治区展览馆合作，在内蒙古自治区展览馆传统工艺馆一层展厅，设立蒙古族刺绣展台；在传统工艺馆三层展厅，为蒙古族刺绣传承人和手工艺者提供学习、培训、研讨、交流的空间。

力"绣"不欺，勤则不匮。

白晶莹说，只要我们勤于劳动、善于创造，蒙古族刺绣产业就一定会越来越好。

内蒙古自治区传统工艺工作站科右中旗分站，是白晶莹组建的又一支研发团队。自从成立以来，研发团队积极开展非遗工艺的创新研发，加快本地非遗及传统手工艺教育培训的开展。蒙古族刺绣创新研发文创系列10种、婚庆系列12种、生活用品系列300种、装饰系列15种、旅游纪念品系列700种。其中，以框画、被褥、蒙古袍、箱包、时尚服装服饰、羊绒围巾、保健枕头等为典型作品。迄今为止，蒙古族刺绣已有儿童系列（山丹花图案）、中年系列（夕颜花图案）、老年系列（寿桃图案）、庆典系列（玫瑰、牡丹图案）、民族系列、家居系列、办公系列等1072种主打系列产品。

白晶莹把这些研发成果进行推广，交给祥瑞刺绣扶贫服务有限公司负责的扶贫车间生产加工，由此，使研发成果直接转化为生产力，扩大了产品市场，扩展了就业人群，提升了产业价值，为农牧民带来了就业机会和实实在在的经济收入。

围绕"脱贫攻坚，建立共赢"的蒙古族刺绣扶贫模式，白晶莹继续开展长期、定向、高层次的培训，系统讲解材料选择、图案布局、色彩搭配、刺绣技艺，变"冬闲"为"冬忙"，让广大贫困妇女在冬闲季节充实忙碌起来，通过"走下去"，开展全域分散培训。到2018年，已先后培养了2000名刺绣骨干，然后，让她们继续深入全旗各嘎查开展拓展培训、蹲点教学，手把手教授农牧民刺绣技艺。培训出的一级绣工主要负责接国际订单，二级绣工主要负责接国内订单，三级绣工主要负责接本地订单。原先掌握刺绣手艺的多是年长的妇女，通过培训，使掌握刺绣手艺的人群年龄范围拓宽到18至70多岁，她们个个成了蒙古族刺绣技艺传承的守护者，人人堪当传承人，为蒙古族刺绣手艺的传承做出了积极贡献。在刺绣材料（底料）的供给上，继续免费为绣娘提供针线、布料等，继续鼓励民间的能工巧匠设计图案、创作样图，以促使优势产业快速发展起来，群众的腰包也尽快鼓起来。

　　围绕全旗发展民族文化旅游产业的产业定位和总体思路，依托民族文化特色，着力打造全域旅游、四季旅游总体发展战略，白晶莹挖掘深具民族特色的图什业图蒙古族刺绣的潜力，在全旗大力开展以"蒙古族刺绣——'绣'出老区农牧民新生活"为主题的大众创业行动，与脱贫攻坚、农牧民素质提升、乡村振兴相结合，探索脱贫攻坚新范例。

　　蒙古族刺绣产业经过不断发展建设，企业部门更加健全，功能也更加完善，不但有了100人的蒙古族刺绣服装表演队、45人的刺绣产品研发团队、100人的缝纫团队，还有了100人的装饰团队、300人的蒙古族刺绣金牌绣娘团队。这些围绕产业建立起来的部门，可以独立参加展销、承接创意订单、组织生产、进行装饰布展，不仅为企业节约不少钱，更锻炼培养了蒙古族刺绣团队的综合实践能力。

　　蒙古族刺绣作为古老的民族技艺，历经数百年，生生不息，得益于中华民族深沉厚重的文化土壤，得益于世代同心的守护传承。在全面提升蒙古族刺绣品牌的同时，白晶莹与大学生团队组织了"蒙古族刺绣国家级非物质文化遗产"和"中国蒙古族刺绣之乡"的申报工作。两份申报饱含了蒙古族刺绣团队对民族文化遗产的深情厚谊，他们希望科右中旗这个民族刺绣之乡，在国家的重视下得到更好的保护传承和发展，能够在新的时代向党和政府，也向人民交出满意的答卷。

　　2018年9月20日，白晶莹在青海省西宁市召开的全国特色手工业扶贫车间现场会上做了典型发言。在这次会议上，蒙古族刺绣助力科右中旗农牧民妇女脱贫的做法，受到来自全国扶贫战线同仁，特别是来自边疆地区和少数民族地区代表的广泛认同，成为可复制、可推广的经验。

坚守和奉献能成就典型，典型是一种示范，有引领作用。

脱贫系国家大业，奋斗在脱贫攻坚战线上的人们是英雄。国务院扶贫开发办每年评选表彰一批为脱贫攻坚做出突出贡献的人士。2018年全国脱贫攻坚获奖者产生，科右中旗人大常委会党组书记、主任白晶莹位列其中。

2018年10月17日晚7点，中央广播电视总台《庄严的承诺——2018年全国脱贫攻坚奖特别节目》录制现场，动人的音乐中，大屏幕上推出颁奖词。

颁奖词："她带领科右中旗2.1万名妇女从事蒙古族刺绣产业，以绣花精神推动扶贫工匠，引领贫困群众迈向脱贫致富的新生活。她就是贡献奖获得者——白晶莹。"

演播厅内音乐深情、灯光璀璨，著名朗诵家徐涛声情并茂的朗诵感人肺腑。央视主持人海霞与科右中旗人大常委会党组书记、主任白晶莹从舞台的深处缓缓走来。

"泥泞崎岖，平平常常。寒来暑往，多少沧桑。呕心沥血，无畏雨雪风霜。履职尽责，守望大地山河。把穷乡僻壤变成美丽田园，让绿水青山点化金山银山。没有惊天动地的经历，却有改天换地的伟绩。信仰每年的 10 月 17 日（国家扶贫日），国务院扶贫办都会举办一场隆重的晚会，致敬表彰全国脱贫攻坚战场上的奋斗者和那些默默躬耕的无名英雄。

的丰碑上，铭刻脱贫攻坚的功勋。扶贫干部，敬业担当，作风优良，初心不忘！"

海霞说："来给大家介绍一下，白晶莹同志是咱们内蒙古兴安盟科右中旗的一位扶贫干部，由她带动推进的刺绣扶贫产业项目已经帮助内蒙古当地的很多贫困的农牧区妇女走上了脱贫致富的路子，能不能告诉我们一下，现在有多少我们农牧区的妇女因此脱贫致富了呢？"

白晶莹说："目前，我们带动了全旗2.1万名农村牧区妇女，参与到刺绣中。其中，有2895个建档立卡贫困户在这里面参与学习提高收入。2017年，我们2895个建档立卡贫困户年收入增加了1809元，那么预计到2020年，建档立卡贫困户的年平均收入要增加到5000元以上。"

海霞说："真的是好日子越来越多了。我相信这个项目不仅仅带动了这么多人就业，带动大家脱贫致富，它传承发展了咱们少数民族优秀的传统文化，同时让更多的人了解蒙古族文化，真的是一举多得……"

参加了颁奖晚会刺绣技艺演示的绣娘赵霞对我说："那场面真大，规格也太高了，组织单位是国务院扶贫办，受表扬的都是全国扶贫的英雄，我为白主任获得贡献奖感到高兴，也为咱科右中旗和我自己感到高兴。可那是在央视的演播大厅面向全国人民面前演出，我其实可紧张了。录制的那个晚上，我生怕出错，给科右中旗、给咱蒙古族刺绣，还有怕给白主任脸上抹黑，要是手抖得厉害可就没法绣了。白主任一上来，我们都激动得流泪了，真的是太激动，太高兴了……"

在这次表彰会上，白晶莹作为2018年全国脱贫攻坚贡献奖获得者在全国人民面前精彩亮相，赵霞和科右中旗的4位农牧民绣娘也"绣"进中央电视台。在第五个国家扶贫日之际，她们携手向全国所有脱贫攻坚英雄致以最崇高的敬意。

2018年10月26日，刚刚参加过全国表彰的白晶莹，带着蒙古族刺绣服装表演队和产品，参加在北京举办的"深山集市——内蒙古草原集市专场"服装服饰展。伴随着悠扬的马头琴声，一件件承载着民族传统文化美学密码的蒙古族时装和生活装在T台上惊艳亮相。在美轮美奂的民族服饰时装秀中，蒙古族刺绣推出2018年刺绣新品系列。

2018年底的一天，扶贫刺绣产业收益现场发放会在科右中旗召开。农牧民绣工欢聚一堂，她们又一次来领取自己的酬劳。自从培训以来，这样的发放会每隔一段时间就举办一次。根据企业流程，绣娘们按照订单图案和要求在家刺绣，再由协会回收、结算。蒙古族刺绣产业拓宽了农村牧区妇女就地增收的渠道，她们足不出户就可以挣现钱、增收入。绣娘们感到非常满足，她们不仅找到了就业岗位，挣上了钱，改变了生活境况，还为全旗的脱贫，为家乡建设做出了自己的贡献。

在这个温暖的冬天，再次发放的总金额是183万元，主要涉及12个苏木镇、51个产业村的8700人，一幅幅刺绣、一叠叠现金、一张张笑脸汇聚成最精彩的瞬间。

刺绣带来了一种意识的生发和延展。绣娘们发现自己不只是守在家中，做细碎家务，她们也可以赚取家用，成为家里的顶梁柱，也因此由内而外产生了独立意识。绣品按件计费，拿到钱后，绣娘们第一件事就是给家里的老人、孩子、丈夫添置衣物和生活必需品。为了美好生活，她们的双手愿意永不停歇，用辛劳守护好一家人的温暖，这是绣娘们内心柔美而坚韧的梦想。

2018年底，科右中旗从事蒙古族刺绣的农牧民已超过2.1万人，全年实现1800多万元的刺绣产销收入。其中，建档立卡贫困户年平均增收2000元以上，有500名技艺精湛的绣工年收入平均达到3万元。在产业发展带动下，60多名大学生学成返乡创业，他们或依托刺绣产业立定脚跟，或以此为支点，找到了更加符合自身发展的新路径。企业有了盈利，还清了全部贷款，大学生也开了工资，普通大学生的工资是每月3500元，管理层的10名大学生的工资是5000元。

2018年，扶贫刺绣车间25名销售员拿回450万元订单，加上当地订单，当年的销售额突破500万元，并在区内外建立了37家实体店。他们正力争在2019年发展到50家，约2000名绣娘年收入达到3至5万元，争取全年实现1000万元的销售额。

企业步入了正轨，白晶莹告诫大学生们要戒骄戒躁，继续保持艰苦创业、服务基层农牧民的初心。她给他们讲如何当老师，如何当带头人，如何当一名成功的企业家，让他们时刻保持勤奋与思考。她要求他们学会分析国内外市场趋势，明确自己的使命任务，提前制定发展目标，让企业在新时代不断地向前进步。白晶莹也跟大学生讲，蒙古族刺绣有悠久的历史，它出身名门，生在科尔沁大地，蒙古族刺绣有今天的成绩，这是党和政府、广大人民群众共同努力换来的，而蒙古族刺绣的未来，大学生们必须，也有义务让它生长得更舒展、更高，开枝散叶，为世间共享。

第十章 助力脱贫的引路者

　　万象更新的2019年拉开了帷幕，一股奋发的气氛在科右中旗广袤的大地上升腾，经久不息。

　　3月5日，全国"两会"上，习近平总书记再次参加内蒙古代表团审议，这是党和国家对内蒙古的重视和关心，内蒙古各族儿女倍加感动。内蒙古的8位代表，分别就发挥基层干部"领头雁"作用、加强生态环境保护、发展民营经济、打赢脱贫攻坚战、提高资源利用效率、完善大病兜底保障机制、建设现代能源经济等问题发言。

　　2019年的春天，这是一个冰释雪融的季节。内蒙古自治区人民政府向全社会公示，10个国家级贫困旗县退出了贫困旗县序列，科右中旗也摘掉了压在头上几十年的深度贫困旗帽子，干部群众无不欢欣鼓舞。在这场消贫战役中，马产业，牛、羊、兔养殖产业，水稻、木耳、畜草种植，光伏、电商、旅游、蒙古族刺绣等11个主导产业，确保了户户有增收项目、人人有脱贫门路，可谓功勋卓著。一位农民高兴地对我说："我家脱贫了，去年还挣了2万多元。"另一位农民更加激动，他信心满满地说："党的政策好啊！现在孩子上学的学费有了，看病不愁了，住房也翻新了，我家的脱贫也只是时间的问题。""今年，除了在自家的地里种好粮食，我家还想入股合作社养50头生猪，靠着国家扶贫的好政策，我们拿出勇气、信心，再辛苦上一阵子，贫困户的帽子马上就摘掉了。"

我问旗委一位小干事："你觉得科右中旗能在2020年如期脱贫吗？"这是一名刚毕业不久的大学生，说起话来还有些腼腆，但他的目光很坚定，"那还用说嘛，一定会的！"紧接着小干事斜对面的一个小伙子操着东北口音说了一句："那已经不是个事儿！"说完发出了自信而爽朗的笑声。

科右中旗建档立卡贫困人口8436户、22075人，自精准扶贫实施以来，累计脱贫8347户、21848人，未脱贫89户、227人，贫困发生率降至0.13%，137个重点贫困嘎查全部出列。

摆脱贫困，之于这里，"那已经不是个事儿！"

好日子不远，美梦将圆了。

现在，科右中旗为数不少的嘎查通过建立"文明奖励超市"，评选"十佳文明户""道德模范""最美家庭""最美庭院户"等典型模范，在群众身边建立起一座座灯塔，引导农牧民传承优秀民族文化、提升个人道德素养、改善生活环境、共建文明乡风。桃李不言，下自成蹊。广大农牧民群众正在潜移默化中受感染，农牧民文明素养和社会文明程度正逐步提升。自开展农牧民素质提升工程以来，农牧民群众过去"等、靠、要"思想逐步转变，"我脱贫、我光荣，我奋斗、我幸福"，争做脱贫致富的带头人，科技意识和市场经济意识提升得很快，想要摆脱贫困的意愿都非常强烈。

巴彦茫哈，中宣部定点帮扶点就设在这里。几年来，在中宣部的大力支持和帮助下，巴彦茫哈苏木哈吐布其嘎查积极传承蒙古族刺绣文化，发展蒙古族刺绣产业，嘎查建起了80平方米的刺绣车间，引导妇女农闲不闲，拿起绣花针。如今，哈吐布其嘎查已成为远近闻名的刺绣产业村，绣娘已发展到90多人，年收入最高的可达5万多元。

刘孟兰是巴彦茫哈苏木哈吐布其嘎查的一级绣工，去她家采访的那天，刘孟兰正与嘎查几个姐妹一起刺绣。农闲之余，她们就聚在一起相互学习交流。刘孟兰一家5口人，2015年2个孩子在上学，母亲患病，因学、因病被识别为建档立卡贫困户，现如今早已在各种帮扶措施下摘掉贫困户的帽子，自己也通过刺绣手艺挣钱补贴家用。"我是从2017年开始学的刺绣，起初不会绣，就看过老一辈人绣，刚开始学的时候很难，后来苏木、嘎查开展培训教我们刺绣。今年，我的刺绣收入就达到2万元。2017年到现在，通过刺绣已经挣了5万元。刺绣对我的生活起到了很大的帮助。"刘孟兰高兴地说着。

蒙古族刺绣，不仅绣出了哈吐布其嘎查近百名技能型妇女的美好生活，更走出了一条传承民族文化、拉动农牧民增收致富的好路子。"学刺绣的人越来越多，她们有了不错的收入，发挥了妇女'半边天'的作用，家里的生活越来越好。不仅如此，她们也变得越来越自信、自立、自强，生活丰富着呢！"巴彦茫哈苏木妇联主任、苏木刺绣产业负责人海棠兴奋地讲述着。

4月的一天，我在蒙古族刺绣车间恰巧赶上绣娘们领现金。从早晨到中午，绣娘们极有秩序地排着队，满车间笑脸飞扬，那神情堪比人间四月天。发放会后她们并没有离开，因为每次发放会后又会有新的订单，订单不断，绣娘们的收入就有保证。

也是在4月的一天，哈吐布其嘎查活动室内热闹非凡，嘎查文艺爱好者正在排练节目，为即将进行的演出做着准备。"我们嘎查通过经常性开展文艺演出、友谊篮球赛、读书交流、集体看电影等多种方式，为农牧民搭建文化平台，丰富农牧民的精神文化生活。"哈吐布其嘎查驻村第一书记王超说道。

王超这位中影集团的年轻党员，被中宣部派到科右中旗巴彦木哈苏木哈吐布其嘎查担任驻村第一书记。他说："我们嘎查主要是发展养牛业，也有一个刺绣车间，我们有自己的绣娘。从2016年12月开始，我们共组织了300多场次的培训班。从2016年到现在已经过去几年了，一开始协会给她们一些订单，就是她们可以卖一点是一点，十块，百十块的这么一个规模。现在，总的经济收入还是非常可观的。从2016年到现在，我们嘎查的绣娘刺绣收入大约是56万元，挺多的。有那么几位绣娘，每年有1万至2万多元的收入。因为她们的主业是养牛，都是用业余时间来绣，所以能卖1万多元已经是非常不错了，相当于一个月有1000多元的收入。这对农牧民来说也是一笔可观的收入。你想，家里的柴米油盐酱醋茶，日常的消费都可以通过刺绣来解决，其他的支出那就是靠养牛养羊的钱了。"

"欲筑室者，先治其基。"基层党组织是中国共产党执政大厦的地基，是党同人民群众保持血肉联系的基本纽带。在脱贫攻坚中，一批又一批思想好、作风正、能力强的精兵强将不断奔赴脱贫攻坚最前线，覆盖全国12.8万个贫困村。中国共产党以前所未有的气魄和雄心，倾一国之力，倾全民族之情投入这场精准脱贫的行动中。

"歌儿舞起来，心儿舞起来，把烦恼抛到九天外，我们和快乐一起舞起来。"黄昏时分，嘎查活动室内响起欢快的广场舞音乐，农牧民群众崇尚文明健康生活方式、追求美好生活、携手共建美丽和谐新农村的精气神儿呼之欲出。

这个春天，承载了2.1万名绣女，2895名建档立卡贫困户，50多名大学生创业就业扶贫服务协会的蒙古族刺绣扶贫车间和51个刺绣产业村的扶贫车间，在全国扶贫大会上，被时任国务院扶贫办党组书记、主任刘永富称赞："科右中旗的扶贫刺绣车间，是全国最大的扶贫车间。"

　　全国最大的扶贫车间，是一份至高的荣誉。它离不开科右中旗旗委、旗政府的努力，离不开白晶莹的无私奉献，也离不开大学生团队服务农牧民的初心和他们为蒙古族刺绣产业的发展经年累月的奔波辛劳。

　　曾经深度贫困的科右中旗，在这场旷古未有的脱贫攻坚行动中，在这条奔小康的道路上，旧貌换新颜，生机不断。白晶莹和大学生怀揣责任和担当，践行着共产党员和当代青年全心全意为人民服务的初心和使命。

　　2019年4月的一天，我又一次见到了白晶莹。我们的谈话刚刚开始，她的手机就响了起来。她急忙说："不好意思，我先接个电话。"接着电话，她拿出一份设计图稿与电话那边沟通起来。他们在电话中商量设计与修改，白晶莹提出自己的建议，并根据对方的要求在画稿上认真地做着标记。

　　那幅刺绣图稿是蓝天白云下的中华人民共和国版图，版图中身着艳丽民族服装的56个民族欢聚一堂，图的顶端有"热烈庆祝中华人民共和国成立七十周年"的字样。整幅刺绣主色调选择的是黄色，象征着大地，红色代表的中华人民共和国，蓝色是天空的颜色，白色代表河流。她说，中华人民共和国成立70周年是大事，一点都马虎不得，这幅图稿已经来来回回改过好多遍了。

　　几天后的一个夜晚，白晶莹带着我出了城区，在凸凹不平的土路上驱车近40分钟后，到达一个有一排平房的地方，那里很安静。我们被一位六十几岁的大爷带进屋里，眼前的景象让我惊讶不已，才几天的工夫，那幅蓝天白云下的中华人民共和国版图，那身着不同服饰的56个民族已经完成一大半。10个金牌绣娘轮班，5个人一组，老少绣娘齐上阵，有纫针的、有分线的、有刺绣的，大家昼夜不停地在赶制迎接祖国七十华诞的作品。白晶莹上前安静地看着，没有人说话，整个房间只有针起针落，彩线穿梭。面对那样的场面，面对那样的宁静，我无法控制自己的情绪，泪水无声落下。

这是科尔沁的绣娘们献给祖国最好的生日礼物。"祖国母亲，生日快乐！"

2019年的这个春天，白晶莹更加忙碌了，不是与研发团队设计和研讨产品，就是与客户谈合作和订单，要么就是与贫困地区来的取经团交流脱贫攻坚经验。

白晶莹告诉我："每天来找的人很多，从来不敢关机。"我问她现在的蒙古族刺绣是政府订单多，还是商家订单多，她说："都很多啊，像妇联要召开大型会议，为节省经费，就把原来的会议礼品改成绣有精美花草图案的手绢，这既节省了费用，又有纪念意义。每天太忙了！"我说这是好事。"是好事，可太忙了，有时候也会搞得自己手忙脚乱，担心影响产业的产品升级和品质。"白晶莹严肃地说，"每一个客户都要认真对待，每一件绣品我们都要严格把关，绝对不能糊弄人。"科右中旗扶贫省级联系领导对蒙古族刺绣的发展提出过"四个不变"，她认为是必须坚持的。一不变，就是符合实际的管理和发展模式，不能说变就变；二不变，就是手工刺绣的手工不变，不能市场好了，就上机器，这个不能变；三不变，就是蒙古族刺绣或者全国刺绣基地的手工刺绣群众性不能变，最后发展成产业也不能丢了群众，这是蒙古族刺绣的本质属性，希望以后带动更多人参与进来，群众属性进一步覆盖；四不变，就是民族优秀传统文化的传承保护不能变。

　　无论什么场合，白晶莹穿着都很得体，她的服装色彩搭配、款式、做工和面料，无论哪方面来看，都体现出一种朴素、含蓄、内敛的风格，给人非常舒服的感觉。她说："这都是我自己设计的。"这让我感到非常惊讶。"我的衣服和家人的衣服基本都是我设计的，之前是我母亲做，现在是我做，困难年代过来的，节俭惯了。"她哈哈大笑起来，紧接着又补充了一句："都是穷给逼出来的！""您对自己不舍的，但对别人舍的。为了农牧民妇女学会刺绣，您一直在义务培训，用自己的工资买贫困妇女的绣品，帮她们渡过难关，借钱买布料、针线给农牧民，钱不够用自己的房子抵押贷款……"我不禁感叹道。"那不一样，那是事业。"说起这些，白晶莹充满了敬意和深情。

　　她说："是姥姥和妈妈教会了我刺绣，也教会了我尊重传统，用女性的视角表达情感，阐释民族传统文化的内涵。我是从很小的时候学起，起先只是好奇觉得好看，并不懂得人们通过刺绣表达对生活、对自然的认识与理解，它寄托着一种精神和情感。长大些才知道刺绣里有人们对天人合一，顺应自然，遵循自然规律，享受自然赐予的种种追求。于是，我开始用图案饰样来阐释对生命生活的感悟和敬畏，慢慢地也成了我对生命和自然的自觉。在刺绣方面，女人们除了需要精湛的技术，不断地精益求精，对艺术的领悟，细心、静心、恒心，将自己的情感融入作品中，还要懂得利用自然，达到人与自然交融的状态。刺绣真的是艺无止境……"听着白晶莹的讲述，仿佛置身于一次生动的课堂，在聆听民族文化内涵、民族技艺传承与发展的阐释与解读。

　　时间已经很晚了，白晶莹从刺绣谈到了精准扶贫，谈到了农牧民妇女的脱贫问题。当我问她为什么要个人承担全部的风险，难道有国家的投入做起来不是更顺利时，她说："把刺绣列为精准扶贫项目，是自治区、兴安盟、科右中旗政府为农牧民妇女脱贫做出的一个大胆决定，如果成功了，那功劳应该归于几级政府和为这一事业奔波劳苦的同志们；如果失败了，责任只能是由我个人承担，因为我是这个项目的发起人。这个项目存在着很大的风险，从来没有人这么做过，也就没法去借鉴。让农牧民妇女学会刺绣，再形成具有生命力的产业，路还很长，没有人知道它到底行不行，一切都要在摸索中总结行进。如果失败了，我又拿了政府的钱，那我的罪过就大了……"我问她，一个人一直在为蒙古族刺绣奔波忙碌，是不是很辛苦，她笑着说："怎么是我一个？为蒙古族刺绣奔波忙碌的是全旗的干部和职工，乃至于自治区、盟里的领导都在为这件事出谋划策，积极地寻找出路啊……"

　　我被白晶莹朴素高尚的情感打动了，特别是当她说到不能要政府一分钱，要自己想办法的时候，我更是被深深地震撼了。白晶莹的平易和蔼，让我们的谈话轻松起来，她是位具有现场控制力和说话艺术的人。我们谈起了培训，我问她，也有不少地方在搞各种各样的培训，为什么有的地方就是推进不下去，反反复复没啥效果，为什么蒙古族刺绣搞培训就能成功，是不是有什么秘诀，她笑着说："嗨，哪有什么秘诀啊！坚持呗！一些地区也做培训，也有项目，为啥不成功弄不下去？那是因为很少有人能在非常困难的条件下认真地坚持做下去，好多人还停留在面上，把内容交代了就走了。用心教和不用心教完全不一样，说到根子上，还是看与百姓有没有感情，愿不愿意为她们付出，有没有耐心。其实就这么简单，培训了没有效果，也只能反反复复，还能咋办？"话虽朴实，却句句在理。

　　和百姓有感情，愿意为她们付出，就这么简单。

　　2017年3月20日，也就是白晶莹在巴彦塔拉苏木举办的第二期刺绣培训班刚结束，她就接到了巴彦呼硕镇罕乌拉嘎查农牧民妇女打来的电话，她们在电话里不停地说："白老师，来给我们讲课吧，我们都在等着！"她们不挂电话，反反复复地说着这一句话。这些农牧民太想学刺绣了。白晶莹眼前浮现出的是罕乌拉嘎查会议室的情景，冰窟窿一样的屋子，没有任何取暖设备，怎么能坐得住人！3月的科尔沁，气温还是零下30多摄氏度。她说："你们嘎查的会议室没有取暖设备，怎么给你们讲课呀？你们会被冻坏的。"电话里传来的是一群妇女的声音："没事，白老师，我们不怕冷，我们都穿厚棉袄，棉乌拉。"白晶莹心里一阵难过，她本是个表达能力很强、很健谈的人，但那一刻，她说不出话来。放下电话，白晶莹赶紧把去巴彦呼硕镇罕乌拉嘎查培训的时间做了安排。白晶莹明白她们之所以这么着急，是因为她们打听到巴彦塔拉苏木举办的第二期刺绣培训班刚结束，还没有决定第三期培训班办在哪里，巴彦呼硕镇的妇女们想着赶紧插进来，她们担心把培训安排到后面去。她们也在争分夺秒，这是好事，白晶莹无法拒绝，这样的事情发生在贫困的农牧民身上，她累也感动，也欣慰，还有什么比渴望好生活并为之去拼搏更好的事呢！她在意着农牧民的这种转变，她感到脱贫有望，蒙古族刺绣传承和发展有望。

第二天早上不到6点，白晶莹就与旗妇联、扶贫办、就业局、乡镇的几位同志一起赶到罕乌拉嘎查。当他们走进会议室时，70多个穿着厚棉衣、棉乌拉的妇女已经站在那里，她们在等她。看着这些穿着臃肿的妇女，白晶莹的心五味杂陈，她向她们鞠了一躬。罕乌拉嘎查培训班就这样开班了，并且一直是在寒冷的气温下进行的培训，可直到结业也没有人缺席过。会议室里没有黑板，白晶莹就把白纸贴到墙上用钢笔画图讲解。和其他培训班一样，她给农牧民讲刺绣的针法和技法，讲刺绣文化，讲传统和市场消费趋势，也讲蒙古族服饰特点，讲当下的扶贫政策。培训班结束时，白晶莹给她们下了订单，参加培训的妇女们欢呼雀跃。

　　白晶莹对我说，冬天的培训不好受，夏天的培训也同样难受。她说："我讲课的地方都是在基层，三伏天多热啊，没有电扇空调，我给她们讲，一讲就是一两个小时，逢周六日，都是上午讲完，下午继续讲，每次都讲得口干舌燥。课结束了本想歇歇，凉快一下，可她们都不走，都聚到身边，上百人全烀到身边来了，问这问那：'白老师，我没听明白，这个怎么回事？老师，这个怎么做？'她们呀，有的不洗澡，也不刷牙，大热天，那味儿熏得我难受。可又能怎么办呢？如果嫌弃，老百姓就会不信任你，早就走远了，不再靠近，也不刺绣了，继续过以前的生活。我一直把她们当亲人，所以才赢得了她们的信任。可信任归信任，人还是受不了，实在不行了我就说，你们围得我喘不过气，让我出去喘口气再说。我人是走出去了，但屋子里的味儿好像都到了肺里，干呕几下，喝几口水缓过来点，就得赶紧再进去，直到把她们提出的问题回答完了才算结束。"

　　白晶莹能坚持下来，真的不容易。我问她，这么累，身体受没受影响，她笑着说："年初体检了一次，还很正常。"接着，她谈到了母亲的担心："老母亲见我劳累的样子，心疼地说：'会不会当领导啊？人

家当领导可不是你这个样子。’我又能说什么，这就是工作，这点考验
我还是能经受得住的。"

　　白晶莹对农牧民怀着深厚的情感，在2年的培训中，她倾尽心力。她
们基本都没怎么念过书，艺术修养更谈不上，学习刺绣又要立竿见影，
想马上就绣出东西来，白晶莹理解她们，只能牺牲个人休息时间去培训
农牧民。每期培训班，她都要给农牧民讲一些能够帮农牧民提高个人修
养方面的内容，这是为长远考虑。她清楚要想让这些人成长为优秀的新
时代的绣工，不仅仅是让她们掌握一门技术，帮助她们在技术上提高，
还要帮助她们在文化素质、艺术品味、道德修养等方面不断得到提升。
她们中的很多人要从习惯性的思维模式跳出来，来改变并且接受新的生
产生活方式，适应和认识这个时代。这是农牧民思想上的一次变革，往
重里说，是她们观念上的一次革命。

　　科右中旗地处偏远，大多数农牧民都没有走出去过，有的家庭至
今还没有电视，培训班上的一些人对外面的世界不是很了解。直到今
天，在地广人稀比较落后的农牧区，有时候农牧民对所有的干部仍沿用
一个古老的称呼——达勒嘎。达勒嘎是官员的意思。他们难得有与达勒
嘎近距离见面的机会，白晶莹因势利导，把刺绣培训班当作介绍时事、
传递党的声音、宣传扶贫政策的阵地，让农牧民感知时代，从心灵深处
认识和了解党的关怀与期待，激发她们关注社会，有所作为。每一期培

训班，白晶莹都让同行的旗妇联、扶贫办、就业局、苏木镇的负责人讲话，这尤为重要，这能使贫困的农牧民真切地感受到，解决她们的贫困已不是个人问题，而是关乎科右中旗、关乎国家、关乎中华民族的问题，是总书记，是我们的大达勒嘎直接过问并满怀期待的精准扶贫事业。白晶莹语重心长地对她们讲，不能再有任何懒散和犹豫，国家落后就挨打，个人落后就脱不了贫，就拖了国家的后腿，这样是不好的。她鼓励她们加入蒙古族刺绣中来，靠双手过上好日子，活出个好模样。

经过培训的农牧民，思想和精神面貌改变都很大，这无疑是更重要的扶贫，白晶莹功不可没，可白晶莹不止一次地说："精准扶贫，是国家实施的伟大战略，成果是大家的。老百姓的收益是旗里扶贫产业带来的，是旗委、旗政府安排我去带动大家，绝不是个人行为，我没有什么功劳。"这是白晶莹作为一名基层共产党员的无私与忠诚。

谈到如何用订单培训这一模式的时候，白晶莹告诉我其中的秘诀。她说："你一定知道蒙古族有一句谚语：蒙古人的眼睛是长在手指头肚上的。"我是知道这句谚语，但并不能完全懂得它深层的含义。白晶莹说："对，这就是秘诀。农牧民不会相信你说得天花乱坠，她们要看得见，摸得着才行，一句话，要见收益，见现钱。每一期培训，尽管我都是从刺绣的技法开始讲解，但在课程的进行中，围绕着订单产品指导她们具体操作的。每当培训班结束的时候也是下订单的时候，农牧民妇女无不踊跃接单，她们参加培训就能接到订单，能挣到钱，你说她们能不愿

　　音乐起了，背景是草原的黎明，乌兰牧骑的姑娘们舞出
了绣娘们对美好新生活的向往，一根绣针、几缕丝线，绣出
花草，绣出流淌在大地上的芬芳。"半边天"的新生活正在
新时代绽放新的神韵与光彩。

意、能不高兴吗？这是实实在在解决问题。"我问她，这样做，在没有市场销售保证的前提下，个人承担的风险是不太大了，她说："是啊，我也害怕，所以才不敢让国家投入。如果没有形成长效机制，培训一结束，让受培训的人又回到原来的状态，使国家的扶贫项目落空，投入的培训费白白浪费，那就是对国家不负责，甚至是犯罪。就算你把项目选得再准，如果头一年培训100人，第二年还是这100人，那对得起谁？绝不能那么干。精准扶贫，要探索一条可复制、可推广的路子，培训完要有效果，让贫困农牧民通过掌握的技术增加收入，然后，再去培训壮大队伍，这样的培训才能有意义。我现在希望有更多懂政策、有技能、能经营的蒙古族刺绣带头人，通过自力更生走上致富的道路。"

要开拓市场，就要不断有新产品出现。在工作和培训之余，白晶莹忙里偷闲地自学企业经营管理、市场营销，对国内外刺绣的发展趋势、购买群体进行仔细分析研究，然后，再制定和修改培训和设计方案。在农牧民刺绣技术还不够成熟的起步阶段，她下的订单都是些刺绣拖鞋、背包、手机套、桌旗、枕套、民族工艺枕头等小产品。尽管都是些小产品，也挣不到多少钱，却能让农牧民有成就感，能调动起她们的积极性。大多数情况下，这些订单都是白晶莹在每一期的培训前争取来的，大部分产品被各旅游景点订购，剩余的被摆放在图什业图王府销售，满足游客的消费需求。白晶莹从培训的第一期开始就在思考，待农牧民的刺绣水平普遍提升后，开发出的产品也要与之俱进，要设计出一些精致的、高端的产品，如此才能推动蒙古族刺绣向前发展，农牧民脱贫致富才能早日实现，而蒙古族刺绣也才能够在与时代共振中，守住传统并创新发展。

改变从刺绣开始，在今天的科右中旗，十指春风，吹散乌云，吹散贫困，吹来了妇女们"居家就业，巧手致富"的新风尚。

"半边天"的新生活正在新时代绽放新的光彩。

为推进蒙古族刺绣产业发展，2018年底，由科右中旗扶贫省级联系领导积极争取申请的800万元文化产业发展专项资金及时到位。经过一年的全面建设，从173个行政村选出30个村，规划建成了培训车间，添置了硬件设施，如花撑子、展示柜等配套设施，蒙古族刺绣扶贫车间产品库房也进行了扩建。与此同时，由专项资金支持的蒙古族刺绣博物馆建设完成，并于2019年12月正式投入使用。

在一个暮色将至的傍晚，我怀着崇敬的心情走进蒙古族刺绣文化博物馆。这是一座集收藏、研究、展示、教育、宣传、娱乐、购物等功能于一体的具有专业特色、民族特色和地方特色的专题性博物馆，科右中旗已将它作为旅游精品线路中的重要景点来推动。来到这里，游客不仅可以了解蒙古族刺绣的历史与发展，还可以近距离领略巧夺天工的蒙绣神韵，体验民族文化的独特魅力。

展厅面积为2700平方米，整个馆内布置由白晶莹负责设计。馆藏颇为丰富，分陈列、展卖、活动三个区域。陈列区一件件珍贵的历史文物讲述着科尔沁悠久的繁华和厚重的人文。展台上精美的平安瓶、荷包、香囊、蒙古袍、挂毯、箱包等，彰显出新时代蒙古族刺绣的成就。展卖区典型的蒙古族卷草纹、云纹、盘肠纹服饰、扇袋、经卷、荷包琳琅满目，令人应接不暇。活动区为中小学生学习和传承传统文化的场地。这座博物馆也是广大农牧民学习、交流、参观刺绣文化的基地，是绣娘们展示作品，更是蒙古族刺绣助力全旗脱贫攻坚工作成果的展示平台。

博物馆的一本小册子引起了我的兴趣，了解蒙古刺绣的一扇窗，向我缓缓打开：

蒙古族刺绣在科右中旗有深厚的群众基础和文化底蕴。刺绣艺术直接美化人民的生活，而刺绣图案的内容也是和生活、大自然分不开的。蒙古族生活中，用毡和布里阿耳皮做底子制作的各式贴花鞍具、蒙古包和密缝毡子等都引人注目。这些贴花艺术，其底料比较粗厚，用牛筋或驼绒线缝制。比如在白毡料上一般用驼毛线和马尾，在布里阿耳皮上一般用牛筋缝制，其针法主要是套古其呼，即用同等距隔的点缝制，用这种方法和材料缝制的贴花自然给人以粗犷的美感。而那些用布或绸缎做底子的绣花则显得精细，其针法也十分讲究……

科右中旗蒙古族刺绣文化博物馆位于科右中旗图什业图赛马场西，展厅建筑面积 2700 平方米，是集收藏、研究、展示、教育、宣传、娱乐、购物等功能于一体的具有专业特色、民族特色、地方特色的博物馆。

第十一章 十指春风『半边天』

2019年，之于蒙古族刺绣，注定是不平凡的一年。

2019年6月3日，中国手工刺绣传承创新大会携手蒙古族刺绣合作品牌印象草原，在北京钓鱼台国宾馆举行新闻发布会。这次大会得到了中宣部、文化和旅游部、全国妇联、国务院扶贫办的高度重视，来自科右中旗的绣娘们展示的蒙古族刺绣，引发众人赞叹。特别是蒙古族刺绣合作品牌印象草原的羊绒刺绣新品，立体直观地向世界展现了蒙古族刺绣独特的魅力。印象草原2019摩色Ⅳ羊绒刺绣新品系列惊艳了全场，为现场嘉宾带来一场时尚盛宴。在这次发布会上，白晶莹做了激情洋溢的发言，她说："通过此次活动，蒙古族传统手工刺绣搭上非遗生活、印象草原等现代服饰企业和文化产业的顺风车，这是绣娘们梦寐以求的夙愿。希望通过与大企业、大集团的合作，促使蒙古族刺绣产品走出内蒙古、走红全国、走向世界！"

中国手工刺绣传承创新大会由中国纺织工业联合会、兴安盟委行署、北京服装学院共同主办。大会旨在挖掘中国刺绣优秀传统文化的价值内涵，激发传统工艺的生机与活力，以展示为载体，展示中国刺绣传统技艺的独特价值与无穷魅力，展示民族刺绣艺术的保护传承、发展成果，弘扬非遗文化，展现刺绣之美，将民族刺绣文化推广传播至国内外。大会期间，相继举办了"发现·蒙绣之美"座谈会、中国手工刺绣传承创新成果展、中国手工刺绣作品秀、2019中国（内蒙古）国际手工刺绣高峰论坛、图什业图蒙古族刺绣深度体验等系列活动。

　　2019年7月15日，正值酷暑，习近平总书记又一次来到内蒙古考察，他在赤峰考察时强调，要重视少数民族文化保护和传承，支持和扶持非物质文化遗产，培养好传承人，一代一代接下来，传下去。此时，科右中旗已成为最大的刺绣产业基地，旗委、旗政府决定举办万人刺绣培训大会，用实际行动保护和传承非物质文化遗产，为刺绣产业的发展和农牧民致富营造更大的空间。

　　7月19日，科右中旗万人刺绣培训大会就要在图什业图赛马场举行。18日晚，白晶莹从旗委开完会已是凌晨一点多，她没有回家，直奔赛马场而去。

　　深夜里，协会的大学生团队、旗团委、交警以及公安局抽调来的同志，还有附近听闻消息自愿赶来的农牧民，大家都在赛马场里忙碌。38排绣架以及每个绣架上的针线、布料都要摆放好，这需要时间，也需要人力。

"谢谢你们了，谢谢你们，你们辛苦了！"望着忙碌的人们，白晶莹感动地对他们说道。

为了这场刺绣培训大会，全旗总动员。

前几日，还是奔腾喧嚣的赛马场，此时万籁寂静。望着空无一人的会场，百般滋味涌上心头，白晶莹说不出是紧张，还是担心。173个嘎查的绣娘们正从四面八方星夜兼程赶赴会场，她们距离这里很远，入场时间是凌晨5点，怎么过来？她们能及时赶过来吗？那么多人一齐进场，秩序和安全也是要特别注意的。还有，从沈阳订购的绣架，晚上8点才运来，运来后组装，却发现有1350个绣架有故障，找来10多个工人紧急修理，好在已经修好。作为这场活动的总指挥，白晶莹需要考虑周全，事无巨细，就是再累再困也要打起精神，不能有一丝纰漏。

朝霞终于慢慢映红了天空，晨曦渐起，辽阔的赛马场被涂抹上了一层薄如蝉翼的光亮。白晶莹迎着朝霞的方向，表情庄严而充满期待。4点20分的时候，寂静的大地上，突然传来了脚步声，越来越近，白晶莹看见了，一群熟悉的身影正向她走来。今天的主角上场了！她激动地喊道："你们来了，我的绣娘们，欢迎你们！"巴彦呼硕镇的农牧民绣娘身着彩衣第一个到场，紧接着赛罕塔拉的绣娘也来了。快到5点的时候，一下子又进来3000多人，她们如运动员一般列队入场，按各自嘎查的标牌找到了位置，庄严地坐到已备好的绣架前，等待刺绣开始的口令。

两位统计员不停地把统计出的绣娘人数递到白晶莹的手中，白晶莹大声地宣读着，高亢激动的声音在赛马场的上空回荡："现在是4000，5000了，到5233了……不，还有，最后的数字是……10573？同志们，我们参加此次大会的绣娘总人数是10573人、10573人！"

朝霞渐退，一缕晨光清晰地照在白晶莹的脸颊，晶莹的泪珠在光晕里晶莹闪亮。

大学生统计员陆续把各分会场的统计数字交到白晶莹手里，分会场的绣娘也都按时到达指定会场。刺绣培训大会盛况，伴着黎明的缕缕清风，在会场缓缓飘荡：

> 高力板镇506位绣娘参加万人刺绣培训大会。高力板镇共有19个嘎查，2100多人学习蒙古族刺绣，其中贫困户311人。现已培养一级绣工150人，二级绣工400人，三级绣工1500多人。金祥、老公司、赛罕道卜等嘎查已成为刺绣产业示范村。
>
> 新佳木苏木506名绣工参加此次培训大会。新佳木苏木建档立卡贫困户有249人参与到刺绣中。苏木现有4个刺绣产业村，分别为哈日巴达嘎查、东太本嘎查、新发嘎查、浩力宝嘎查。
>
> 巴彦淖尔苏木共506名绣工参加此次培训大会。目前，全苏木参与刺绣人数近千人，其中建档立卡贫困户322人，共设立7个产业村，包括一级绣工100人，二级绣工150人。

　　10573 名绣娘同场刺绣，创造了"规模最大的蒙古族刺绣技艺展演"大世界吉尼斯纪录。对于绣娘们来说，这已不再是简简单单的一份工作，她们用指尖装点出的是一个民族多姿多彩的样貌，越来越多的绣娘正在学习拥抱时代，尝试打开一个更广阔的天地。刺绣中，她们的世界里有了梦和远方。

巴彦茫哈苏木8个嘎查选派506名绣娘参加活动。今天，绣娘们举起绣针，拿起绣线，同场刺绣。同时，刺绣老师在现场进行讲解和指导。目前，巴彦茫哈苏木共有刺绣人员1240人，其中贫困户196人，从事刺绣产业至今，共创收310150元。

好腰苏木镇9个嘎查506名绣工参加此次培训大会。现场，绣娘们穿针引线，同台献艺，用针尖上精美的画幅，指尖上精湛的绣技，为人们呈现了一幅幅致富美景。目前，好腰苏木镇共培育500多名绣娘，带动122名贫困户灵活居家就业，绣娘们用传统的指尖技艺铺平群众增收致富的锦绣之路。

吐列毛杜镇共910人参加此次培训大会。截至目前，吐列毛杜镇20个嘎查集中举办刺绣培训班10期，培训绣工1000人次，已培养出一级绣工200人、二级绣工300人。全镇从事蒙古族刺绣的农牧民及居民超过1657人，其中建档立卡贫困户235人。现在，吐列毛都镇已实现60万元的产销收入。建有8个产业村，成立沃尔墩刺绣产业发展有限公司第九分公司，签合同的绣工达200人。

来自巴仁哲里木镇及哈日诺尔苏木共710人参加此次培训大会，充分展示了蒙古族刺绣传统技艺的独特价值与无穷魅力，展现了民族刺绣艺术的保护传承、发展成果，为弘扬非遗文化，保护民族瑰宝起到重要引擎。

额木庭高勒苏木巴彦敖包嘎查共1208人参加此次培训大会。目前，额木庭高勒苏木巴形成蒙古族刺绣基地。全苏木绣娘有484人，其中贫困户54人。苏木辖内兴隆屯嘎查、二龙屯嘎查、巴扎拉嘎嘎查、车家营子嘎查等形成规模较大刺绣基地，成为农牧民增收的重要渠道之一。

7点还差5分钟，刺绣培训大会马上就要开始了。这时，一位70多岁的老太太急匆匆地找到白晶莹，"我得坐到前面，这辈子赶上这么个机会不容易，得给我安排个好地方。"老太太很认真。白晶莹立刻让大学生把她带到距离主席台最近的绣架前，老人家满意地坐到了嘎查队伍的前排。她高兴地回头，向着身后的绣娘们打了一个"OK"的手势，白晶莹会心地笑了。"老姐姐，你'OK'了，我们才能'OK'！"白晶莹也向她做了一个"OK"的手势。

7点整，刺绣培训大会准时开始，10573名绣娘同场刺绣，15位来自全国各地的刺绣老师走进绣娘中间指导，15位企业家现场观摩。企业家代表北京鹿王羊绒公司总经理陶越在大会上做发言。唐人手绘皮雕艺术公司、内蒙古宝格达商贸有限公司、北京鹿王羊绒公司与科右中旗沃尔墩刺绣产业发展有限公司现场签订总计1000万元的刺绣产品订单合同。

大会现场宣读了中国民间文艺家协会命名科右中旗为"中国蒙古族刺绣文化之乡"，同意建立"中国蒙古族刺绣文化传承保护基地"的决定，并向科右中旗授予"内蒙古自治区刺绣文化之乡""内蒙古自治区刺绣文化传承保护基地"牌匾。旗公证处公证员现场对万人刺绣培训进行公正。

9点10分，10573名绣娘的刺绣全部结束。大世界吉尼斯申报部部长关玥代表大世界吉尼斯总部在大会上宣布，由科右中旗人民政府、兴安盟商务口岸局、科右中旗文化旅游体育局主办，科右中旗蒙古族刺绣产业推进组承办的"最多绣娘同场蒙绣"活动，成功创"规模最大的蒙古族刺绣技艺展演"大世界吉尼斯纪录。关玥代表大世界吉尼斯总部向科右中旗颁发认证牌。

全场响起经久不息的掌声和欢呼声。

长沙市湘绣研究所的总工艺师江再红说："蒙绣率先做这么大规模的现场培训活动，非常了不起，值得我们学习。我没想到蒙古族刺绣已经发展得这么好，队伍这么大，它的未来会更加繁荣，会有更多的收获。"

内蒙古宝格达商贸有限公司总经理双喜说："看到家乡的民族刺绣产业有这样好的发展，我感到骄傲和自豪。去年就和咱们中旗有过合作，这次的万人培训大会，不仅仅是传承，更是一种创新。作为家乡人，我更要大力支持，这次准备签订300万元的订单。"

9点30分，农牧民开始按顺序退场，半个小时全部退场完毕。白晶莹吩咐各领队和负责人，回到家一定要反馈信给她，农牧民路途遥远，她们中有的已经70多岁，有的还怀着孕，她实在是放心不下。

"杜尔基镇平安到家。"

"代钦塔拉苏木平安到家。"

"巴彦淖尔苏木平安到家。"

"巴彦茫哈苏木平安到家。"

"吐列毛杜镇平安到家。"

"额木庭高勒苏木平安到家。"

…………

中午12点30分开始，按她的叮嘱，各领队和负责人纷纷发回"平安到家"的消息，白晶莹一颗悬着的心这才踏实下来。

"我们的农牧民太好了，她们都是从很远的地方赶来，为省钱，几个人拼一辆车一分钟不差地到了。进场的时候，她们就像运动员入场一样整整齐齐的，我实在是太感动了，她们真的是太好了，我们的农牧民太好了！"时隔多日，每每说起那天的情景，白晶莹的内心总会升起脉脉柔情和无限的感动。她对这些农牧民实在是太有感情了，她反反复复地念叨着："我们的农牧民太好了！"

要知道，在这些绣娘的心里，白晶莹也是"太好了"！

2019年7月下旬，我随内蒙古自治区文联"深入生活，扎根人民"扶贫攻坚主题采风创作调研团再一次来到科右中旗。行程安排中，我们的阳光下，绣娘们像是在完成一个重要的仪式，针线过处，草木皆春。她们坚韧、勤奋，用巧手一针一线制作刺绣，改变了自己的人生，也推动了民族文化的输出与延续。

第一站就是参观蒙古族刺绣扶贫车间。

这一次，我采访了分管扶贫开发的王海英副旗长，请他从扶贫的角度谈谈蒙古族刺绣。王旗长从科右中旗的历史文化、地域特点、物产资源讲起，讲到了当地的生存与发展的条件。他说："历史上这里以牛羊产业为主，由于生态环境恶化，无论是靠天吃饭的农业也好，或是粗放经营的牧业也好，都成了异常脆弱的传统产业。稍受干旱、风沙、灾害、疾病的影响，农牧民的处境就会更加艰难。这里的干部和群众为了摆脱贫困真是殚精竭虑，想尽了一切办法，但始终没能找到准确有效的扶贫之路。2013年，总书记提出精准扶贫，全旗干部学习习近平新时代中国特色社会主义思想，国家精准扶贫战略提出后，人们的思维方式发生了很大的转变。如果没有国家大政方针出台，没有这样的时代背景促使干部们去思考、去摸索，也就不会有刺绣扶贫产业的思路出来。

"我们当时的政协主席白晶莹深入调研，在调研过程中，她发现蒙古族刺绣有深厚的群众基础，同时拥有市场需求和广阔的发展空间。这个时候，一直寻找精准脱贫突破口的白云海书记想到了文化旅游，想到了亲王府的西跨院，于是，就有了他们为精准扶贫进行的第一次接触。正好白晶莹也擅长这个，喜欢这个，她本身就有这方面的传承，自然一拍即合。旗里作为精准扶贫项目立项，我们作为龙头项目推动，由发起人、带头人白晶莹组织培训，在培训中注重培育老百姓的造血功能，同时开展素质提升工程。白晶莹同志确实是一位优秀的党员干部，她不仅亲自义务培训，还进行设计推广，并且与自己的工作结合，充分发挥政协知识密集、人才储备广的优势，推销出类似平安瓶这样的一批刺绣产品。此刻，自治区、盟里全方位的精准扶贫也已启动，自治区各级领导来调研，帮扶国家级贫困旗县。科右中旗扶贫省级联系领导经过调研非常认可这个产业，认定发展刺绣是文化和产业的很好的结合，是一个很好的新的扶贫产业。特别是总书记关注这个扶贫产业，这更坚定了白云海书记和白晶莹主任的信心，他们努力推动蒙古族刺绣发展创新，从而达到扶贫和发扬传统文化的目的。

　　"产业要发展，白晶莹需要一个团队。人员从哪儿来？她想到了那些想就业创业的大学生。大学生没有工资，把所有的工作都承担起来。原材料费开始是由白晶莹出钱垫付，她从各处借来，卖了产品再还借款。后来培训的人多了，产品也就多了，收上来的刺绣也有不少不合格的，白晶莹就召集企业家，他们买走了不合格产品，把钱给了老百姓。没过多久又没有资金运转了，大学生就去贷款，买原料送给农牧民。这个过程，事实上是很艰难的。

　　"蒙古族刺绣是一个可以兼顾家里活计的事业，它不占据主要时间，这非常符合广大农牧民的实际情况。它有群众基础，底蕴深厚；它空间很大，不保守，包括技艺上也不保守；它市场很广，它是民族的东西，吸引全世界；它表现形式很广，可以在一个包上，可以在首饰上、手机套上，也可以体现在服饰上、被单上、褥子上。生活中，没有谁能离开这些物件，也没有谁能离得开装饰。人对生活都是有追求的，现代人尤其离不开，他们已摆脱了贫困，温饱也解决了，在跟着时代前行，因此，蒙古族刺绣发展前途不可限量。

"现在，蒙古族刺绣产业正在蓬勃发展，巨大的包容性决定了它广阔的舞台。蒙古族刺绣已走入南方最发达的地区，也走出了国门，在国外也受到了青睐，世界通过它看到了中国脱贫的大决心，也看到了中国传统文化之美……"

王海英旗长的一番话，让我对科右中旗、对白晶莹有了更深的了解。王海英和白晶莹一样，对这片土地和这片土地上生活着的人们爱得深沉真挚。他们赤子情怀，乡情无限，他们更是弘毅道远，勇于担当，履行着一名普通共产党员"为中国人民谋幸福，为中华民族谋复兴"的神圣职责。

一天晚上，我跟随采风创作调研团再次见到了白晶莹，她还是那么忙碌，只能利用工作餐的时间与我们边吃边谈。谈到万人刺绣培训大会，白晶莹感慨万千："农牧民群众太好了！如果我们派车接送1万多名农牧民，得多少车啊！她们都是主动来的，坐的车都是农牧民自己想办法找的，几家找一个车，回去的时候也是一样。这说明啥呀？说明科右中旗的老百姓热爱刺绣，对这个产业有感情，她们愿意为这次刺绣大会出力，还把这当成特别光荣的事，大老远的路程，70多岁的老人都来了，谁看了心里不感动，我是太感动了。没有农牧民群众的支持，蒙古族刺绣产业走不到今天。"

是啊，白晶莹说得对，历史的创造者永远是人民群众。

蒙古族刺绣作为全国脱贫的一张名片，引起了采风创作调研团同志们的兴趣，他们想听白晶莹谈蒙古族刺绣产业，谈精准扶贫项目形成产业的过程和体会。

白晶莹的表情严肃起来，精准扶贫项目要讲政治，蒙古族刺绣产业发展要讲经济、讲规则、讲奉献、讲效率、求发展，追求社会效益。在蒙古族刺绣产业的运行中，所有的程序和规章制度，包括会议，大学生的营销创业，财务管理，内部的经费运转，都是按国家规章制度来执行。所有的程序公开透明，阳光操作。日常工作中，白晶莹教导大学生只要能不花钱的事就不花，成由节俭，败由奢，一定要学会节俭，她对自己严格要求，也是能不花的钱绝不花。培训和办学习班，还有为老百姓服务的各个环节全都是义务劳动，时间久了，就节省了很多的资金。创业中，白晶莹在业余时间给老百姓无偿设计了1072种产品，画了7000多种图案。在她的带领下，大学生们也讲奉献，免费提供创意设计，虽然他们每月工资不多，但是他们有多大能力就使出多大本事，不计较个人得失，为广大的农牧民和蒙古族刺绣产业做着自己的贡献。

为了使蒙古族刺绣企业能够顺利发展，白晶莹努力上下协调沟通。她说："在整个蒙古族刺绣产业的发展中，我的身份是老师也是领导，因此要讲政治，所有的工作、培训、活动，都要围绕政治、围绕党的方针政策、围绕旗委的工作部署和扶贫工作开展。每一项工作，我都必须先征求领导和各方面的意见，我跟白云海书记基本上几天进行一次沟通。对于其他部门，我也主动协调沟通联系，让各部门发挥他们的主动性和积极性。比如，每期培训一结束，就将服务农牧民的接力棒交到当地妇联主任和刺绣带头人手中，充分调动12个苏木镇8个大的妇联主任、22个小的妇联主任的积极性，让她们分担内部工作，保证蒙古族刺绣正常运转。对于订购部门，我也积极沟通，让他们关注我们的蒙古族刺绣，如与文化（王府旅游）、扶贫、妇联、乡镇等相关部门的协调联系，目的就是使蒙古族刺绣发展能真正拥有合力。"

白晶莹非常注重吸引在外打工的姑娘和妇女回来，在她的劝说和鼓励下，一些在外打工的姑娘和妇女回到了家乡，投身蒙古族刺绣产业，有了稳定的收入。她们回来了，村里的光棍儿少了，空巢老人和留守儿童也有人照顾了。她说："我们这个旗偏僻，靠天吃饭。前些年，女人们为了生活出去打工，吸引她们回来就是解决社会问题，小伙子有对象了，家也完整了。要打造和谐社会，不能不顾小家，光棍儿、空巢老人、留守儿童等一系列的社会问题都得想办法解决。小家都和谐圆满了，大家也就和谐圆满了。"

在外打工的姑娘和妇女回来后，白晶莹做了精心的分类安排，55岁以上的搞传统刺绣，25岁到45岁的做由蒙古族刺绣改进的现代刺绣，至于一些进步快、技术好的绣工，就努力将她们培养成刺绣艺术人才。白晶莹说："人往哪儿变呢？往好了变，往高层次变，那就需要一个平台。比如，国家公务员，通过多年的培养和历练成为国家干部。再比如，艺术家，你给他一个舞台，他就会不断地提高艺术水平。而种地放牧的老百姓没有平台怎么办？扶贫只是第一步，并不是终极目标，要实现共同富裕，实现中华民族伟大复兴，首先要给老百姓一个转变思想，提高认识，改变人生的平台。刺绣不是简简单单为了让她挣钱，脱贫致富，要鼓励她们提高技术，鼓励她们有追求，让她们知道成为初级绣工后，她们可能就是旗里的名人，要是成为中级绣工，就会成为全盟的专家和名人；要是成为高级绣工，那可就是全国的知名专家了，未来你可能就是令后代儿孙骄傲自豪的刺绣大师、传承人，你会影响下一代，影响你的村子，影响科右中旗，这是多光彩的事。在转变人的方面要下大功夫，让她们学技术，还要学做买卖。要不断鼓励她们把刺绣做好了自己也可以卖，不一定完全靠大学生，可以自己创业。因此，每次大型展览展销会，我都有意识地安排一些年轻的绣工去参加，让她们演讲说话，进行社交，学简单的文字，学算账，让她们在这个时代不至于落伍，不能总在后面靠国家的帮扶，要扶她们的精神，让她们从内心去改变，这一点特别重要。"

至于大学生研发团队，白晶莹自信地说，在蒙古族刺绣的57个大学生中，不久的将来至少产生20个企业家，而2.1万名绣娘中，至少会有300

人成为高端刺绣艺术人才，在全国刺绣行业成为顶级的拔尖人才。

关于绣娘们，关于她的大学生研发团队，关于蒙古族刺绣产业，关于整个科右中旗的脱贫和未来，白晶莹一直在为这些人和事做着努力，自觉践行着作为一名党员和她身为科尔沁女儿应尽的职责和承诺。

她乐见家乡父老都有好的生活，乐见蒙古族刺绣传承久远。

一组数字，记录着艰辛，记录着白晶莹多年的心血，当然，也记录着科右中旗的贫困妇女，在摆脱贫困的道路上，愈来愈坚实的足迹：

西哲里木镇、哈日淖尔苏木绣工总人数：1820人，一级绣工45人，二级绣工110人，三级绣工150人。

吐列毛杜镇绣工总人数：1657人，贫困户225人，金牌绣娘25人，一级绣工65人，二级绣工350人，男绣工1人，残疾人绣工2人。

杜尔基镇绣工总人数：1272人，贫困户134人，金牌绣娘18人，一级绣工44人，二级绣工98人，男绣工1人，残疾人绣工3人。

额木庭高勒苏木绣工总人数：1368人，贫困户224人，金牌绣娘28人，一级绣工92人，二级绣工152人，残疾人绣工2人。

代钦塔拉苏木绣工总人数：1368人，贫困户绣工422人，金牌绣娘42人，一级绣工136人，二级绣工214人，残疾人绣工4人。

巴彦呼舒镇绣工总人数：3069人，贫困户绣工265人，金牌绣娘67人，一级绣工280人，二级绣工1400人，男绣工8人，残疾人绣工15人。

巴彦淖尔绣工总人数：1174人，贫困户绣工322人，金牌绣娘26人，一级绣工68人，二级绣工120人，男绣工1人，残疾人绣工8人。

好腰苏木镇绣工总人数：1145人，贫困户绣工210人，金牌绣娘20人，一级绣工41人，二级绣工99人，残疾人绣工3人。

高力板镇绣工总人数：2316人，贫困户绣工311人，金牌绣娘198人，一级绣工47人，二级绣工120人，男绣工4人，残疾人绣工5人。

白音茫哈苏木绣工总人数：1240人，贫困户绣工196人，金牌绣娘25人，一级绣工48人，二级绣工112人，男绣工2人，残疾人绣工6人。

新佳木苏木绣工总人数：1365人，贫困户绣工249人，金牌绣娘13人，一级绣工35人，二级绣工80人。

…………

在即将离开科右中旗前，我看了白晶莹的许多刺绣画稿，在她的画稿中随处可见她家乡的花鸟、草木和吉祥的图案，个个创意新颖且形象生动。这些画稿令人赏心悦目的同时，还让人有一种被深情祝福的感觉。在一件绣着12朵花的床罩前，她对我讲起了图案的寓意，12朵花象征着从清晨到夜晚的12个时辰里，在不同时间生命展现出的不同姿态，它提醒我们生活的每个时刻都如花一样美好。白晶莹的这些富有深情寓意的设计，在绣娘手中变成了刺绣艺术品而融入日常。物化于人，情融物中，这些美的创意来源于她身边普普通通的人和物，也来源于她对自然、对生活和生命的敬畏、感恩、爱与尊重。

"刺绣用的花草、鸟兽、鱼虫、吉祥图案以及人物设计等，都是我亲手画，其他的都画得快，人物稍慢些，2年多画了几千幅。好多人说我付出的辛苦和代价太大了，我说不是，我就是为了激发农牧民的积极性。每次讲完课，都有很多人排队等着领取图样，我把一叠纸放在那里现场画，哎哟，绣娘们那个高兴啊，高兴得跟拿上了宝贝似的，你说你能不感动吗！因为画里都融进了自己的情感，因此画得格外认真。我对画呀、绣呀啥的，特别喜欢。现在有了市场，也开始保护专利注册商标，已为274个图案申请了版权保护，给你们看的这些是不合格产品，好的都锁着呢！"她半开玩笑地说，"如果不申请专利注册，就会被别人抄袭。深圳的一家公司，他们让我提供图案，他们说我画的叶子好，我给提供了，他们拿去后竟注册成了自己的东西。"

当问她在产品的开发中有没有请著名画家来设计，白晶莹说："基本没啥作用。我在全国走访，看到苏绣和湘绣的大师真是很厉害，那水平高，可他们有的设计师，一年就出一部作品，甚至一部都完不成。他们设计好了拿给绣工去绣，绣完了就等着人来买，或者通过其他途径卖出去，若没有人来买或者没及时卖出去，就自己收藏或者继续等。蒙古族刺绣作为扶贫项目，不能这么干，我们要卖钱养活我们的农牧民，养活我的那些孩子（大学生）。再者说，画家画的东西是按自己的思路和风格来的，比方说马是飘着来的，线条写意，咱们的绣娘绣不了的。"

她说起了和某个服装学院学生进行的一次现场讨论，有位工笔画家说："蒙古族刺绣，你们这个东西太土了，跟不上时代潮流。"白晶莹就请学院的两个大学生现场给画，大家耐心等着，结果出来了，一幅画的是骷髅头，另一幅是蒙古人的头像，脸又圆又红。他们说："这就是时尚。"白晶莹说："骷髅头是蒙古族的忌讳，他们画的人像也不像我们，不能代表我们的文化，我们的绣娘无法坐在那绣骷髅，她们不能接受，我也不接受。所以，蒙古族刺绣一定要有蒙古族传承下来的东西，这样农牧民才更愿意绣。而且，蒙古族刺绣有着悠久的历史，头上绣的不允许绣在鞋子上，反之，鞋子上绣的也不允许绣在头上。荷花用在靴子的底部也不行，它是生在水里，是出淤泥而不染，是圣洁的。龙凤、花鸟、鱼虫图案，哪些是用在生活物件上的，哪些又是神话故事才用的，都有讲究，不能乱来。我认为文化和传统要在保护中传承。农牧民，你觉得他们好像什么都不懂，其实他们深受传统文化影响，你让她改变很难。当然，我们也需要时尚化和现代化，也在慢慢改进，吸收一些好的和适合蒙古族刺绣的设计。在新的时代下，必须守住传统，与此同时，鼓励创新工艺，适应新时代，向实用性、生活性、时尚性拓展，让现代人能够接受优秀的传统文化，让他们在服装、鞋帽、床上用品等物品中感受到传统文化的魅力，这也是我们的追求。"

说到新品开发，白晶莹兴致盎然："让我高兴的是，通过市场调研发现南方刺绣的优点是在真丝上用细线刺绣，这是他们的绝活儿，如果我们盲目学，100年也赶不上。可他们在皮子上、羊毛上或呢子上绣不了，所以，我们就把蒙古族刺绣和南方刺绣相结合，变成我们这边的特色。我们已在1.5、2.0、2.8、3.0毫米厚的牛皮上刺绣成功，牛皮上穿针，针不好过，我们研发出了新方法。这次在全国刺绣大会上有15件产品亮相，是和两家公司合作的，有各种各样的包，价位适中，质量好，在全国打出了品牌。我们在国内顶级的羊毛羊绒产品上绣花，鄂尔多斯羊绒集团准备在这里落户。国际上认鹿王这个品牌，我们和鹿王集团合作，在他们的产品上绣花。他们拿来了5种产品，要求在国内顶级的羊毛、呢子品牌产品上，根据对方需要的图案高端定制，一对一刺绣。还有一些有特殊需求的央企和国企，也找我们定制。我们新设计的床上用品4件套，是植物染色，我让有关部门特别设计了吉祥图案，提供给钓鱼台国宾馆。还有，我们在植物染色的羊绒睡衣上刺绣，那是比丝绸还薄

在牛皮上刺绣，这是蒙古族刺绣的独特工艺。科尔沁蒙古族刺绣含着东方韵味，生活在这里的绣娘善用自然之物，依靠巧思慧心将大地的馈赠之物，在指尖上化为生活之物。

的羊绒睡衣，质感好，穿上舒服，品质和成本是很高的。在羊毛、羊绒和呢子披肩上刺绣，南方人绣不了，天热时羊毛易发生霉变，我们也研究出特殊的办法解决这个问题了。"

对于蒙古族刺绣的未来，白晶莹非常自信地说："我们通过2年时间，打造出中国最大的刺绣基地。每年平均培训1万人，其中一级工2000人，二级工3000人，三级工5000人，不断提升蒙古族刺绣技艺。未来我们将通过开展技术交流，打造高端产品研发团队，计划在2年内，10种产品在兴安盟同行业内达到领先；3年内，20种产品在内蒙古同行业内达到领先；5年内，10种产品在全国同行业内达到领先；10年内，10种产品走入国际市场，占有一席之地，达到领先水平。最终目标是，到2020年产值达到5000万元，2025年产值达到1亿元。一个刺绣项目的销售额能够达到1个亿的很少，如果能做到，也就进入国家保护的品牌行列。精准扶贫必须是在实践上、行动上、作为上，去实实在在地带领农牧民想办法、找出路，真正使他们掌握本事，过上好日子。"

我问她个人有什么愿望想要实现，她说："我当过旗政府领导，做过旗委常委，加上政协、人大几个班子全走过来后，在政治上，组织信任我，给了我很多肯定，我非常知足；名誉上，已经得到全国表彰，也很欣慰。有各级领导的信任，老百姓的信任，退休前能做点有益党和国家，尤其是能帮助百姓们的事，我就尽最大的能力把它做好。那么多大学生跟着我，我要对这些孩子们负责。还有两年就退休了，我只希望把事做好。"

之于家乡，之于生活在片土地上的父老，白晶莹永远有说不完的话，放不下的情，割不断的爱。有时候，乡愁不必是相隔千里万里的相望相思，尽可以是晨昏相见的触手可及与牵挂，能在生养自己的土地上，在一个平凡的岗位上，为那些需要帮助的人谋生存，找幸福的出口，这不失为一份更深沉、更浓情的乡愁。

习近平总书记讲"止于至善""功成不必在我"的精神境界，"功成必定有我"的历史担当，"我将无我，不负人民"的奉献，这一切，在一个基层共产党员的身上，在白晶莹那里都有鲜活而直接的体现。

第十二章 让世界看见

初秋的科尔沁，芳草天涯，款款深情迎接四海宾客。

2019年8月1日，首届中国手工刺绣传承创新大会在科右中旗召开。首届中国手工刺绣传承创新大会以"奋斗逐梦·绣美山河"为主题，由中国纺织工业联合会、兴安盟委等单位联合主办。大会得到了中央宣传部、国家文化和旅游部、全国妇联、国务院扶贫办的大力支持，大会旨在通过展览洽谈、高峰论坛、参观考察、研讨交流等系列活动，大力培育蒙绣品牌，搭建我国手工刺绣技艺传承、设计生产、产业发展、市场营销合作平台，推动以科右中旗为中心的内蒙古东部地区逐步成为手工刺绣培训生产基地。

科右中旗扶贫省级联系领导在致辞时谈到，中国手工刺绣是中华民族大家庭民族团结的生动展现，各民族相互学习、相互借鉴，用手工刺绣谱写了共同团结进步、共同繁荣发展的秀美华章。推进中华优秀传统文化创造性转化、创新性发展，是习近平总书记对我们寄予的深切期望，也是我们共同的文化使命。

中国纺织工业联合会副会长杨纪朝代表主办方致辞时指出，当前，我国高度重视非物质文化遗产的保护与传承，中华优秀传统文化延续着我们国家和民族的精神血脉，既需要薪火相传、代代守护，也需要与时俱进、推陈出新。要引导人们树立正确的历史观、国家观、民族观、文化观，不断巩固各族人民对伟大祖国的认同、对中华民族的认同、对中国特色社会主义道路的认同。要坚定文化自信，把中华文明更好地传承下去。

在这次大会上，中纺联、非遗办经过组织并通过专家论证，决定授予科右中旗"中国手工刺绣创新创业示范基地"和"中国蒙古族刺绣文化之乡"。

在这次大会上，为进一步支持蒙绣产业，培养蒙古族刺绣专业人才，加快蒙绣产业升级，北京服装学院等12所高校与科右中旗共建蒙古族刺绣设计创新创意实践基地。

在这次大会上，科右中旗蒙古刺绣与内蒙古新华发行集团以及7家合作企业签订框架合作协议和产品订单合同，产品订单总额为6400万元。

在这次会议上，举办了"承荣·思新"2019中国手工刺绣高峰论坛会，来自全国各地的刺绣大师针对蒙古族刺绣生活化与产业发展之路进行了深入的讨论和交流。大会组织与会的全国各地刺绣大师和企业家前往蒙古族刺绣扶贫车间、蒙古族刺绣文化博物馆、乌逊嘎查和图什业图亲王府等地点，对科右中旗的蒙古族刺绣产业进行实地参观指导。

在祖国 70 华诞即将来临之际，70 位绣娘绣出了气势如虹的主题长卷《庆祝中华人民共和国成立 70 周年》。70 米长卷，70 年辉煌，7000 只蝴蝶。这是绣娘们送给青春祖国最诚挚的祝福。

在国家有关部委的大力支持下，通过中纺联及相关部门共同努力，积极搭建文化与产业、旅游等融合发展的平台，进一步促进了蒙古族刺绣在传承创新中融入人民群众生活，带动农牧民脱贫致富，农牧民素质提升，乡风文明建设中的重要作用，为助力脱贫攻坚和乡村振兴、传承优秀传统文化拓展了空间。

不获全胜，决不收兵，这是决胜脱贫攻坚的中国宣言，也是蒙古族刺绣助力农牧民妇女摆脱贫穷的坚定信心。

2019年8月10日，为进一步贯彻落实全区"布丝瑰行动计划"（布丝瑰，"妇女"之意），深入推进全旗巾帼创业创新行动、巾帼脱贫行动、乡村牧区振兴巾帼行动，引领全旗妇女在手工业、民族文化产业等领域创业创新，拓宽群众创业就业渠道，蒙古族刺绣与多家企业合作，举办了"巾帼匠心·草原绣梦布丝瑰工坊"订单培训。培训挑选出优秀绣娘，并为她们提供长期的订单支持。

与此同时，对还没有参与刺绣培训的闲散妇女和建档立卡贫困户，蒙古族刺绣举办了2019京蒙扶贫协作农牧民劳动力转移就业技能培训班，重点围绕绣花、盘秀、贴花、色彩搭配、刺绣针法、手工刺绣工艺技法等进行现场授课辅导。有6个苏木镇的200名建档立卡贫困户妇女参加了培训，带动她们就地就业致富增收，贫困群众在两地的扶贫协作中纷纷受益。勇敢走出家门的妇女发现，精准脱贫，将她们的生活和世界采访中，我听到了中国脱贫攻坚事业在祖国北疆发出的最炙热的回响：10月1日那一天，科右中旗的绣娘们，或聚集在家里，或在田间地头，她们和白晶莹一起高呼："我们伟大祖国繁荣富强！我们伟大祖国繁荣富强！"

改变了。

蒙古族刺绣助力农牧民妇女脱贫，针对深度贫困地区妇女的精准施策，融化了传统观念的坚冰，不仅帮助千万贫困女性赢得人生出彩的机会，也将她们的孩子和家庭带进了一个更为广阔的新天地。这是蒙古族刺绣助力脱贫攻坚超越当下，点亮未来，长久而温暖的力量。

2019年8月29日，第七届感动内蒙古人物颁奖盛典在内蒙古广播电视台演播厅隆重举行，现场揭晓了感动内蒙古人物10名、感动内蒙古提名人物10名，以及特别奖群体、集体3个。

10名感动内蒙古人物，10名平凡的人民英雄。兴安盟科右中旗人大常委会党组书记、主任白晶莹位列其中。她的感人事迹深深地震撼了观众的心灵，现场响起经久不息的掌声。

2019年10月1日上午，北京，丽日晴空。

中华人民共和国成立70周年庆祝大会群众游行活动在天安门广场盛大举行。作为全国助力脱贫代表，白晶莹登上了"脱贫攻坚"方阵的彩车。车到天安门前，白晶莹与其他12位全国脱贫攻坚的优秀代表眼含热泪激动地高声呼喊："我们伟大祖国繁荣富强！我们伟大祖国繁荣富强！我们伟大祖国繁荣富强……"

事后，在接受媒体采访时，白晶莹激动地说："机会是来之不易的，荣誉是至高无上的，责任则重于泰山，就是这种感觉。组织上，领导的信任和鼓励，激发我们更好地去做工作，作为一名党员干部履职尽责，我现在的决心是把工作做得更好……"

这是白晶莹的真实感言，是一名共产党员的肺腑心声。

2019年11月2日，蒙古族刺绣扶贫产业的好消息又一次传来。在新近举办的中国妇女手工创业创新大赛总决赛中，蒙古族刺绣荣获中国妇女手工创业创新大赛公益组金奖和传承组铜奖。

获得公益组金奖的"手工艺刺绣扶贫产业项目"带头人白晶莹，带动兴安盟科右中旗2万多名绣娘通过图什业图蒙古族刺绣产业稳定增收，成为带领贫困妇女"居家就业，巧手致富"的优秀典范。

获得传承组铜奖的"布丝瑰工坊汇"项目，积极搭建民族服饰、妇女手工艺产品的展示销售平台，联络近40家民族服饰小微企业、高校院系，积极探索民族服饰"元素化设计—整合产品—线上线下销售"的闭合产业链条，针对女大学生、妇女手工艺者开展培训，带动包括残疾妇女在内的手工艺人就业，脱贫致富。

"花随玉指添春色，鸟逐金针长羽毛。"随时光流动，源于清代的蒙古族刺绣，多年后，在时代的呼唤下，慢慢地告别闺阁，融入中华民族脱贫攻坚的伟大事业中，为世间寻常百姓所拥有。从古老的日常之物到镶嵌民族文化历史的画卷，从点滴的生活到至真至美的艺术，再到民

　　颁奖晚会上，白晶莹将象征民族团结、奉献与母爱的《草原阿妈都贵玛》刺绣赠予中国妇联。往昔，"三千孤儿入内蒙古"的动人画卷中，都贵玛对自己的要求是"收一个、活一个、壮一个"。今时，在全面建成小康之路上，中国执政党的承诺是"一个也不能少"。未来，实现中华民族伟大复兴，铸牢中华民族共同体意识，各族人民共同奋斗，共同繁荣。

生厚爱的七彩绽放。刺绣，这种因女性而诞生的技艺是女人们留下的另一种生命印记。在今天，穿越历史而来的刺绣，作为一种手工，一种文化，一种传统，当它与新的生活相遇，它的内涵也发生了新的变化。

2020年，全国决战脱贫攻坚进入倒计时，就在这时，一场突如其来的新冠疫情席卷了整个世界。为了全国人民的生命安全，中国，这个国内生产总值已突破100万亿元人民币的世界大国，果断地按下了"暂停"键。这个"暂停"，给中国经济社会带来了巨大的冲击，也给脱贫攻坚带来了更严峻的挑战。

中国彻底摆脱绝对贫困的目标还能如期实现吗？

疫情当前，决胜脱贫攻坚在即，人们不禁捏了一把汗。就在国内外对我们如期脱贫都信心不足的时候，2020年3月6日，决战决胜脱贫攻坚的电视电话座谈会在北京召开。参加座谈会的有党中央、国务院、省、区、市，中西部向中央签署脱贫攻坚责任书立下军令状的22个省、区、市、县的负责人。

座谈会后，党中央、国务院对52个未摘帽县实施挂牌督战，在稳岗就业、生产自救、复工复产等方面出台一系列举措给予支持和帮扶。国务院扶贫开发领导小组根据党中央部署，出台一系列快速精准的政策举措。

在以习近平同志为核心的党中央领导下，中国构建起严密、坚强的组织体系，五级书记抓扶贫，全党动员促攻坚，为打赢脱贫攻坚战"这一场硬仗"提供了坚强的政治保证。

科右中旗严格落实五级书记抓扶贫和"市县抓落实"工作要求，强化党政一把手负总责的领导责任制，全面推行"四包"责任制，凝聚起上下联动、全员参与的强大合力。旗委、旗政府成立22个专项工作推进组，确保指挥有序、运转高效。旗级领导包乡联村，保证每月至少10天时间进村入户、蹲点指导，旗委书记、旗长遍访所有嘎查，推动工作重心下沉，服务阵地前移。旗直部门包联1至2个嘎查，与苏木镇党委政府任务同担、奖惩同步。各苏木镇承担具体的责任，实行干部包片、选派工作组、干部职工全员扶贫等常态化制度，打通政策落实"最后一公里"。第一书记、嘎查"两委"、驻村工作队和党员以宣传政策、联系群众、示范带领为重点，自觉担负起组织群众、宣传群众、凝聚群众、服务群众的职责，做到人人肩上扛责任，个个身上有担子。

围绕解决贫困人口"两不愁，三保障"问题，启动实施了五项行动。通过精准落实，实现危房全面清零、易地搬迁到位、安全饮水达标、教育扶贫、医疗扶贫、社会保障兜底等的全覆盖。

对脱贫攻坚中存在的突出问题，旗委、旗政府聚焦中央专项巡视"回头看"和国家成效考核反馈的10个方面30项共50个问题，逐条逐项分析研究、举一反三，有针对性地制定了115条整改措施，逐一明确牵头领导、责任部门和完成时限，形成整改方案及"三个清单"，扎实推进整改，并在期限内完成整改。

如期实现全部人口脱贫，是旗委、旗政府在严密防控疫情的同时，绷得最紧的一根弦。对11个精准扶贫项目大力实施产业二次扶持，是新的举措。通过产业施策的全覆盖，实现全部人口的脱贫。对有意愿、有能力发展产业的建档立卡贫困户，落实到户进行补贴。

积极推行"菜单式""资产收益式""托管式"等多种模式，推动莱德马业、赛诺羊业、星业肉业、中阳农业、金格勒食品、二龙屯米业等龙头企业与贫困户建立稳固的利益联结机制，通过入股分红、资产收益、订单收购等形式带动贫困户人均年增收。

扶持猪、禽、菜、果、中草药为内容的"五小产业"，推动移民搬迁后的贫困农牧民发展庭院经济，光伏扶贫，降低生活成本，使无劳动能力、残疾贫困户受益。

积极挖潜，开发公益性岗位1124个，将有劳动能力的建档立卡贫困人口分别安置在全旗12个苏木镇的173个嘎查、464个艾里，从事农村保洁、保绿等辅助工作。安排农村牧区护林员岗位1000个，通过开发就业公益性岗位，实现"一人就业，全家脱贫"。

疫情之下，蒙古族刺绣也受到了巨大的冲击。由于国际、国内市场的严重萎缩，2020年新的订单迟迟难以落实。在这种情况下，白晶莹对蒙古族刺绣扶贫产业做了及时调整。为保证产业人员生命安全，蒙古族刺绣扶贫车间将假期延长，在第一时间通知大学生及绣工积极配合旗委、旗政府的疫情防控工作，做到无事不出门、不组织参与聚会。同时，要求1000名建档立卡贫困户绣工按时完成年前安排的300多万元的刺绣订单任务，确保她们在疫情期间增收。

大学生奔赴12个苏木、51个刺绣产业村卡口，让防控工作人员将订单交给农牧民绣娘。2020年上半年，在疫情期间，各苏木绣娘完成300多万元的订单，每人平均增收2000多元，其中收入在8000元至1万元以上的建档立卡贫困户1000多名，实现了"疫情防控与刺绣增收两不误"。

为维持车间的基本运转，蒙古族刺绣扶贫车间灵活调整工作安排，坚持"小任务在家完成，大任务做好防护迅速完成"的方针，实行电话调配，有重要任务的工作人员做好卫生防护措施，在蒙古族刺绣扶贫车间迅速完成工作。同时，车间配备了足量和齐全的消毒液、口罩、温度计、应急药品等防疫物资，安排专人每日按标准流程对车间内部、车间人员进行消毒和体温监测等工作。

疫情期间人员不能聚集，蒙古族刺绣产业就积极组织绣娘开展网上培训，80%的建档立卡贫困户绣娘参加了此次线上培训。绣娘们通过线上学习，提高了刺绣技能，提升了思想认知和艺术鉴赏水平，进一步掌握了具备接受更多刺绣订单的能力，为绣娘的刺绣技能提高与劳动增收，很好地奠定了基础。

为助力疫情重灾区早日战胜疫情，尽蒙古族刺绣产业人绵薄之力，心系疫情的白晶莹带领绣娘和大学生团队为武汉奉献爱心，筹集善款4万元，白晶莹以个人身份向武汉捐赠资金3000元，以内蒙古自治区妇女联合会支委和北疆靓丽女性的身份向内蒙古自治区女企业家协会捐赠善款3000元。

2020年，洪涝灾害接踵而来，一个月内，习近平总书记对汛情做出重要指示，要求统筹灾后恢复重建和脱贫攻坚工作，对贫困地区和受灾困难群众给予支持，防止因灾致贫返贫。

在极端困难的情况下，中国战胜了疫情和洪水，交出了惊艳世界的时代答卷。

2020年3月5日，国家扶贫办公示了如期脱贫的名单，2019年申请摘帽的贫困县，中西部22个省、区、市中，河北、山西、内蒙古、黑龙江、河南、湖南、海南、重庆、四川、贵州、西藏、陕西、甘肃、宁夏、新疆等15个省、区、市的242个贫困县宣布脱贫摘帽。其中，河北、山西、内蒙古、黑龙江、河南、湖南、海南、重庆、西藏、陕西10个省、区、市的贫困县实现了全部脱贫摘帽。科右中旗，也在这批脱贫的名单之中。2020年11月23日，中国最后一批贫困县成功脱贫摘帽。至此，中国近一亿极端贫困人口全部实现脱贫。

消息传来，举国欢腾。

为了这一天，国家为贫困地区投入了巨大的财力物力，仅仅一个科右中旗，为了帮助10多万深度贫困户脱贫，国家累计投放各类扶贫贷款3.53亿元，京蒙扶贫协作投入资金2.1亿元，凝聚社会帮扶力量定点帮扶单位累计协调投入9.13亿元。为了这一天，党中央、国务院、省、区、市、县层层签订责任状，300多万名干部担任驻村第一书记，奋战在脱贫攻坚的第一线，有1500人牺牲在工作岗位上；为了这一天，国家把最优惠的政策、最精准的举措、最真实的关怀送到每一个贫困户的手里，以"两不愁，三保障"为基础，帮他们实现了脱贫的梦想；为了这一天，党和国家领导人走遍了祖国大地，给人民群众送问候、送温暖，为了一个共同的目标砥砺前行，牵手相连，兑现对人民、对世界的庄严承诺。

在当今世界，肯做出这样努力和这样牺牲的只有中国共产党，能调动全党全国亿万人民倾尽举国之力脱贫攻坚的，也只有中国共产党。这是集中力量办大事的政治优势和制度优势，这是脱贫攻坚史上最感人、最有力量的中国故事。

2020年世界银行发布报告，可能全球极贫人口增加1亿多。而在这一年，中国却历史性地彻底摆脱了绝对贫困，实现了中华民族几千年的梦想，兑现了中国共产党对中国人民的承诺。

让我们通过一组确凿的数据来看中国减贫的成绩单：

改革开放以来，按照现行贫困标准计算，中国7.7亿农村贫困人口摆脱贫困；按照世界银行国际贫困标准，中国减贫人口占同期全球减贫人口的70%以上。占世界人口近1/5的中国全面消除绝对贫困，提前10年实现《2030年可持续发展议程》减贫目标。

到2020年底，中国如期完成新时代脱贫攻坚目标任务，现行标准下9899万农村贫困人口全部脱贫，832个贫困县全部摘帽，12.8万个贫困村全部出列，区域性整体贫困得到解决，完成消除绝对贫困的艰巨任务。

贫困地区农村居民人均可支配收入，从2013年的6079元增长到2020年的12588元。

有效解决看病难、看病贵问题。99.9%以上的贫困人口参加基本医疗，全面实现贫困人口看病有地方、有医生、有医疗保险制度保障。

贫困地区因路而兴，因路而富。截至2020年底，贫困地区新改建公路110万千米，新增公路里程3.5万千米，贫困地区具备条件的乡镇和建制村全部通硬化路、通客车、通邮路。

信息化建设也实现跨越化发展，贫困村通光纤和4G比例均超过98%。远程教育加快推进，远程医疗、电子商务覆盖所有贫困县，贫困县网商从2016年的131.5万家增长到2020年的311.23万家。

人类贫困版图被改写，缘何是中国？答案只有一个：全心全意为人民服务，一切为了人民。这是中国共产党的宗旨和初心。

中国共产党在成立之初，就承诺解放劳苦大众，要让人民过上好日子。从此，浴血奋战几十年。中华人民共和国成立时，中国是世界上贫困人口最多的国家，中国共产党毅然挑起重担，在社会主义建设时期，让6亿贫困人口摆脱了贫困。改革开放以来，通过有计划、有组织、大规模的扶贫开发，又实现减贫2亿。正是一代代中国共产党人前赴后继，奉献青春和热血，才创造了世界减贫史上的中国奇迹。

中华民族几千年来一直在和贫困抗争。当向贫困挑战的接力棒传到新一代中国共产党人手中的时候，世界正在经历百年未有之大变局。以习近平同志为核心的党中央兑现了中国共产党对人民的承诺，彻底战胜绝对贫困，不仅是要实现"第一个百年"的奋斗目标，更是为经济增速正在放缓的世界经济提供不竭的动力。

中国在减贫事业上取得的成功，世界各国学者、政要、企业家纷纷发声，致敬可爱的中国。让我们一起听来自世界的声音：

联合国秘书长安东尼奥·古特雷斯说："事实上，中国的发展已经让数亿人口远离贫困，而且中国正致力于在2020年彻底消除国内的极端贫困，所以这是中国对世界减贫事业最大的贡献。"

法国前总理让·皮埃尔·拉法兰说："中国的脱贫攻坚战，不仅对中国非常重要，对全世界消除贫困也非常重要。当我们说全球整体减贫取得进展的时候，其实很大一部分要归功于中国的脱贫成果，我们应该清楚地认识到中国的发展让数以亿计的老百姓脱贫，所以从这个层面来说，中国的脱贫攻坚有着国际意义。"

微软公司创始人比尔·盖茨说："中国推动了第一波极端贫困的减少。这是相当惊人的。在20多年的时间里，他们极大地降低了极端贫困率。"

澳大利亚前总理陆克文说："非常值得称道的是，这余下的近1亿贫困人口，不仅没有在中国政府的政策视野中被忽略，还成为执政思想的核心。"

俄罗斯外交学院前院长叶普盖尼·巴让诺夫说："中国在几十年时间内，在扶贫减贫领域实现了跨越式发展。我们可以从中向中国学到很多经验。"

联合国开发计划署驻华代表白雅婷说："中国的扶贫采取的是一种自上而下精准扶贫的方式。这需要人们从根本上了解基层和家庭贫困的本质，并找到解决贫困的具体措施。我认为，这对其他国家来说是一个值得学习的经验。"

俄罗斯著名汉学家尤里·塔夫罗夫斯基说："中国近几十年都在朝战胜贫困迈进。随着习近平主政，这场斗争尤为迅速地发展。因为奠定'中国梦'基础的，正是到中国共产党成立100周年之前战胜贫困。"

乌兹别克斯坦塔什干国立东方学院教授伊斯马特·别克穆拉托夫认为，中国的减贫成就主要归功于中国领导人将脱贫攻坚摆在国家发展的重要位置，并实地走访最贫困地区，亲自了解群众疾苦，在全国范围内领导打响了一场脱贫攻坚战。

尼泊尔前总理贾拉·纳特·卡纳尔说："习近平总书记对中国的脱贫攻坚工作投入了大量精力，经常深入一线，亲自视察贫困地区并就脱贫攻坚工作做出决策部署，努力解决民众在衣食住行、基础教育、医疗服务等方面遇到的困难，为提高中国贫困人口的生活水平付出了极大的、令人钦佩的努力。"

是的，中国的脱贫攻坚得以实现，是习近平总书记站在中华民族伟大复兴和人类减贫事业的历史高度，精心谋划，亲自部署，充分调动社会主义的制度优势，才取得了举世瞩目的伟大成就。

国务院扶贫办原主任刘永富说："这次脱贫攻坚战能打赢，最根本的一条是我们有一个坚强的领导核心。没有任何一个国家的领导人，像习近平总书记这样对脱贫攻坚这么上心、抓得这么紧、抓得这么实。习近平扶贫重要论述丰富发展了马克思主义的反贫困理论，也为世界的反贫困斗争提供了中国的智慧和中国的方案。"

2020年，蒙古族刺绣助力脱贫攻坚取得了阶段性成果，白晶莹开始为绣娘们描绘新的生活画卷。她开始筹建蒙古族刺绣职工的住宅楼（锦绣家园），她要让从事刺绣的农牧民妇女与城里人一样住上楼房，共享幸福美好的小康生活。楼址选好了，楼房的地基也打好了，绣娘们都盼着早日住进去。她们会时不时到正在建设中的锦绣家园走走，白晶莹也会去。

锦绣家园，这是白晶莹和绣娘共同商量的名字。

已经是蒙古族刺绣产业协会副会长的梅荣说："我以前想，只要能绣花挣钱养家，能养老妈，我已经很知足了，但是现在超乎我的想象，我又要买楼了。现在，我妈比我都高兴。之前，我一直在外打工，租房子、搬家是经常的。每次搬家都很费劲的，我妈就心疼。我们这个楼按揭是10年，每个月付1000多元，应该是很轻松。起先，我有点顾虑，我怕我妈住院或者是有其他情况，我妈岁数大了，我不能不担心。白姨说：‘如果有什么突发情况，有咱们的大家庭在，你不用想那么多，买吧，让你母亲在楼房里安享晚年。’”

对，有大家庭在，绣娘的心该是踏实的。

为绣娘们高兴，为白晶莹点赞。当绣娘们带着喜悦的心情感谢她们的白老师时，她说：“这没什么。总书记一再谆谆嘱托贫困县摘帽后，不能马上撤摊子、甩包袱、歇歇脚，要做到摘帽不摘责任、不摘政策、不摘帮扶、不摘监管。我们还要不断努力，把社会主义的新农村建设得更好，不辜负党和人民对我们的期待。”

2020年，科右中旗蒙古族刺绣协会正式成立。这个协会成立的目的，是为蒙古族刺绣产业的绣工提供坚实的后盾和支持，积极传承和弘扬蒙古族刺绣，给绣工评定技术等级并颁发等级证书，组织协调绣工参与参加活动及展览，为非物质文化遗产的长远发展做出努力。

2020年，代表着科右中旗蒙古族刺绣产业的另一项基础设施——蒙古族刺绣产业园区正式成立。园区集生产、办公、接待、展览、销售、展演、体验等多重功能为一体，从而使科右中旗蒙古族刺绣走向集约化、规模化、规范化、产业化成为现实。

　　谈到蒙古族刺绣产业人才的培养，白晶莹说，蒙古族刺绣计划在2020年共培训1万人，其中，科右中旗5000人，科右中旗以外内蒙古自治区内5000人。计划每年举办一次比赛，每年搞一次一级工、特殊绣工的发证仪式，以此来培养传承人。培训内容具体为蒙古族刺绣的12种技法和湘绣、苏绣的刺绣技法。本项工作已于2019年10月在科右中旗开展举办，培训以12个苏木镇为单位，共计举办12期，每期100人，共计1200人，已完成万人培训的1/10左右。

　　其中，白晶莹计划重点培养青年妇女骨干1000名，根据个人能力不同，在特殊作品研发、产业管理、赛事参加等不同领域实现自身价值；培养男性绣工300名，能力突出者继续深化培养为骨干人员；培养残疾人绣工280人，以实现劳动增收为主要目标。在刺绣体验园区，为老年人创造以刺绣为主题的现场氛围，安排相关体验内容，让老年人在愉快的体验中将传统的蒙古族刺绣技术传播，达到非物质文化遗产的传承效果。

　　至于产业的发展计划，蒙古族刺绣产业决定在2020年下半年前往北京，通过中纺联搭建的平台，召集行业专家在北京召开研讨会，重点研究部署产业未来发展的趋向和现存的问题，及时定位把脉，指出下一步产业发展的重点和方向。6月，邀请专家前往科右中旗视察，并就科右中旗蒙古族刺绣产业现有的1座蒙古族刺绣车间、1个蒙古族刺绣博物馆、1个蒙古族刺绣园区、1个培训基地、1个蒙古族刺绣体验区等基础设施以外，讨论研究科右中旗蒙古族刺绣产业还能够做哪些有助于弘扬传承非物质文化遗产的相关活动或内容。

2020年，白晶莹还计划在科右中旗亲王府所在地的景区内，建设蒙古族刺绣会展中心，占地面积约4万平方米。为传承和保护蒙古族刺绣文化，让儿童接受传统教育，蒙古族刺绣产业计划于2020年结合教育部门，在关心下一代工作委员会的指导下，在中小学范围内，每周按计划组织50名学生前往博物馆参观，用解说员讲故事、讲历史、讲艺术和创作小作品等方式，让孩子们在寓教于乐中增长知识，切身感受传统文化和艺术的魅力。

每年的8月，一年一度的那达慕大会都在科右中旗如期举办。蒙古族刺绣产业计划充分结合那达慕大会，邀请国内一些企业家到科右中旗旅游，同时，介绍企业对接蒙古族刺绣产品和刺绣订单。蒙古族刺绣产业，已经申报将每年的8月1日定为"蒙古族刺绣文化艺术节"，并在艺术节上积极开展文化演出、学术交流、研讨等相关活动，以产品推广、新闻发布等方式，让科右中旗蒙古族刺绣产业做好迈入"十四五"规划的准备。

"脱贫攻坚战已取得了全面的胜利，接下来将持续巩固脱贫攻坚成果，做好同乡村振兴的有效衔接。我们下一步的目标，是将蒙古族刺绣产业发展成为北疆民族产业、非遗振兴乡村经济的典型。"2021年2月25

日在全国脱贫攻坚总结表彰大会上，全国脱贫攻坚楷模荣誉称号获得者白晶莹信心满满地说道。

十指春风，妙手偶得，绣针起落间，美景跃然。蒙古族刺绣，这种诞生在指尖的温柔技艺，沿着丝线的纹理，在时间长河上漂移而来，在脱贫攻坚轰轰烈烈的时代，在民间温热的土壤里，氤氲出一个巨大的时空。时空里，融进了新时代的锦绣画卷，融进了百姓的安康富庶，也融进了故乡无边的蓝，世界无边的大。

后 记

2020年3月5日，国家扶贫办如期公布了脱贫名单，至此，内蒙古自治区31个国家级贫困旗县全部退出了贫困县序列。在这些脱贫的名单中，科尔沁右翼中旗赫然在列。

科尔沁右翼中旗是一个自然、人文都很美的地方，上苍把最美的风景留给了这片土地，也把酸楚贫穷留给了这里。曾经因为贫穷，它一度很压抑，甚至抬不起头，对这里的人来说，那是一段很不愿意提及的过往，好在那样的时光已经过去了。科尔沁右翼中旗又是一个特别幸运的地方，它遇上了这个时代，遇上了好政策，精准脱贫行动让6.73万贫困人口摆脱了贫困，2.1万足不出户的贫困农牧民妇女开始了新生，赢得出彩人生，并将她们的家庭带入一个全新的世界。科尔沁右翼中旗用刺绣助力攻坚脱贫，创造性地为世界妇女的减贫提供了可复制、可推广的"中国样板"。

作为对世界减贫贡献率超过70%的国家，中国所开展的脱贫攻坚力度之大、规模之广、影响之深前所未有，通过深入内蒙古深度贫困区的采访，我被这里发生的翻天覆地的变化深深震撼。在中国北疆，我看到了中国脱贫攻坚在这片土地上发出的炙热回响。

金双喜、赵霞、龙梅、梅荣、张占小、吴占子，每次见到她们时，她们一直在笑。那是种从灵魂深处流淌出来的笑，让人感到春和景明，眼前一片澄澈。她们以自己实实在在的生活，向世界讲述了一个个真实、立体、深情而饱满的中国故事。可以说，她们曾深陷贫困中，因为从中央到地方无微不至的眷顾与关怀，使她们的生活彻底改变。她们的过去和现在，若非亲见，你不会相信。这里的巨变，不仅是绣娘的生活，村容村貌，更大的变化是绣娘心中满满的希望。这是蒙古族刺绣助力脱贫攻坚超越当下，点亮未来，长久而温暖的力量。

在深度贫困地区行走，我有无尽的感动与感叹，特别是贫困群众对党、对国家自然流露的感激之情，给我留下了深刻的印象。深度贫困地区确实一度很难，世代贫苦的记忆，在一些人沟壑纵横的皱纹中依然清晰可见，但再难，都挺了过来，攻坚克难成为过去。从人们的神情里，从浩浩荡荡的脱贫队伍中，你会看到喜悦和温暖，更能看到豪迈与自信。

"民亦劳止，汔可小康。"消除贫困，自古以来就是人类梦寐以求的理想。几千年来，中华民族一直在与贫困抗争，无数先贤栉风沐雨，焚膏继晷，但依然无法真正摆脱贫困。当然，从全球范围来看，从来也没有哪个国家或政党真正做到让穷人完全衣食所安，住有所庇。可是，中国共产党做到了，从新中国成立以来，中国人民就与贫困展开了坚持不懈的斗争，尤其是党的十八大以来，中国共产党人勠力同心，倾一国之力，以非比寻常的智慧和魄力，全面推进脱贫攻坚，年均减贫达1000万人之多，14亿中国人从此迈入全面小康。

8年奋斗，中国全面消除绝对贫困，在"一个都不能少"的铮铮誓言背后，伫立的是300多万驻村干部、第一书记，是党、政、军和企事业单位的工作人员，是长期以来支持脱贫攻坚工作的社会各行各业。他们对人民群众充满感情，对党的事业无比忠诚，是他们用担当、信念，甚至是生命完成了堪为奇迹的伟大事业，他们是奋斗在前线的英雄。截至2020年底，全国共有1500多人将生命定格在扶贫岗位上。这是扶贫攻坚史上最摧人泪下的中国故事。伟大的成就，与伟大的奉献，与伟大的付出，从来紧紧相连，交相辉映。在这场轰轰烈烈的精准扶贫、精准脱贫的国家行动中，锻造形成的"上下同心、尽锐出战、精准务实、开拓创新、攻坚克难、不负人民"的伟大的脱贫攻坚精神，留存中国，贡献全人类。

向伟大的脱贫攻坚致敬！

·鸣　谢·

　　本书出版得到了内蒙古自治区党委宣传部、内蒙古自治区文学艺术界联合会、内蒙古自治区兴安盟科尔沁右翼中旗旗委宣传部、内蒙古自治区作协、远方出版社大力支持。本书图片均由内蒙古自治区兴安盟科尔沁右翼中旗旗委宣传部、蒙古族刺绣扶贫车间提供。感谢吴六喜、包宝海等摄影师为本书提供精美图片。